河南大学
文论与美学
丛 书

The Acceptance and Influence of
Lukács's Literary Thought in China

卢卡奇文艺思想在中国的接受与影响

王银辉◎著

商务印书馆
创于1897　The Commercial Press

国家社会科学基金重大项目
"马克思主义经典文艺思想中国化当代化研究"
(17ZDA269)阶段性成果

本书得到河南大学文学院重点学科经费出版资助

"河南大学文论与美学丛书"总序

河南大学文学院的历史,可以追溯到1923年省立中州大学(河南大学前身)的成立及相应的"文科"之初设,迄今已逾百年。今年3月举行的隆重纪念活动,彰显了文学院中文学科深厚的学科积淀和优良的学术传统,其文脉赓续,绵延至今。诚如关爱和教授在庆祝建院百年大会上的致词所言:"100年来,河南大学文学院与河南大学同命运、共发展,成为中原地区高等教育的参天大树。一代又一代名师在这里辛勤执教,演绎着智山慧海、前薪后薪的动人故事;一代又一代学生从这里走出,成就了民族复兴、国家发展的丰功伟业。文学院的过去的100年让我们无比骄傲和自豪。"河南大学文学院的文艺学学科,即是在这一传统中获得发展的重要学科之一。伴随着百年文院的历史嬗变,一代代学人辛勤耕耘,他们孜孜以求,薪火相传,使文艺学学科的研究形成了根底扎实深厚、学风朴实严谨的鲜明特色。

文学院建院早期,首任院长(即文科主任)由著名哲学家冯友兰担任,下设的国文系和哲学系所开课程包括"中国哲学史""西洋哲学史""美学""国文""诸子概论""文学批评""文学史论""文学概论"等;学院建立了学术团体"文艺研究会",编印有学术刊物《文艺》等。而在师资引入方面,则大力延揽名师来校任教，至新中国成立前，先后有冯友兰、郭绍虞、嵇文甫、段凌辰、刘盼遂、罗根泽、姜亮夫、高亨、朱芳圃、缪钺、卢前、范文澜等知名哲学家、中国文学批评史家、中外文艺研究专家到河南大学任教、做研究。在此时期，他们的研究成果也先后刊行，如郭绍虞在商务印书馆出版《中国文学批评史》（1934年，上卷）、罗根泽在北京人文书店出版《中国文学批评史》（1934年，周秦两汉卷），姜亮夫则以其北新书局版《文学概论讲述》作教材。这些研究成果都立意于在研究中国的文学批评中获得批评理论与文学原理，以指导未来文学，为河南大学乃至初创的中国文学理论研究奠定了基础，确立了具有现代意义的文学批评与理论学科形态。

新中国建立之后，河南大学文学院承继先贤学风，开拓新的领域，汇聚学术实力，使人文传统得以弘扬。先后来院执教的有于赓虞、张长弓、任访秋、高文、万曼、于安澜、李嘉言、李白凤、华锺彦等知名教授，他们的文学、诗学与美学研究，推进了文学院文艺学学科的发展建设，使其在延续先前醇厚学统的同时呈现出新的气象。进入新时期，河南大学文艺学建设再上新的台阶，一批中青年学者成长起来，顺应时代的新要求、新发展，学科建设不断强化，学术研究日趋深入；努力加强学术交流与合作，成功举办一系列国际国内大型学术会议。尤其是河南省高等学校人文社会科学重点研究基地"河南大学文艺学研究中心"的获批建设，使学科点持续凝聚专业特色，并逐步形成了较为合理的人才梯队，目前已在中国文论与比较诗学、西方文论与美学研究、文学批评与文化研究等领域形成鲜明的学术特色。

为了承传和弘扬河南大学文艺学及其相关研究的学术精神，近年来，我们已经陆续整理出版了一些代表性的成果，如《于赓虞诗文辑存（上下）》《任访秋文集》、"于安澜书画学四种"的《画论丛刊》《画史丛书》《画品丛书》《书学名著选》，以及列入"百年河大国学旧著新刊"丛书中的《中国文学史新编》（张长弓）、《晚明思想史论》（嵇文甫）、《唐集叙录》（万曼）、《中国文学概论》（段凌辰）、《东夷杂考》（李白凤）、《白石道人歌曲译谱新注》（高文、丁纪园）、《长江集新校》（李嘉言）、《花间集注》（华锺彦）、《庆湖遗老诗集校注》（王梦隐、张家顺）、《文心雕龙选讲》（温绎之）、《红学二百年》（李春祥）等。这些著作，有的虽跨越了漫长的历史，但仍因其具有的经典价值而历久弥新。

而这套"河南大学文论与美学丛书"，则是本学科在河南大学文学院的大力支持下新近组织的一套学术论著。其研究范围，涉及古今中外；在研究对象上，亦自由灵活，既有文论与美学史方面的阐释与建构，也有批评与理论上的探讨和论析。但无论怎样，都要求作者在各自的论域和论题上能够有所深化、有所拓展、有所创新。

"河南大学文论与美学丛书"的出版，得到了商务印书馆的大力支持和悉心指导，每每想起，感动不已。值此丛书出版之际，特向诸位深致谢忱！

张云鹏
2023 年 6 月

序一

张云鹏

王银辉博士的《卢卡奇文艺思想在中国的接受与影响》一书即将付梓，这是在他的博士学位论文的基础上经过较长时间的修改、补充和完善而完成的一部学术专著。银辉博士提出让我为他的这本书写篇序，作为他的博士导师，我感到非常欣悦，也义不容辞。

银辉来河南大学文学院攻读博士学位之前，硕士就读于兰州大学文学院，学习的专业是比较文学与世界文学。攻读硕士时期，他阅读了大量的中外文学作品和文艺理论著作，具备较为扎实的理论基础和比较深入的专业知识。在博士学习阶段，银辉珍惜时间，刻苦努力，潜心读书，勤于思考，不仅厚植了文艺学方面的学养，也进一步开阔了他的学术视野，增强了他的问题意识。这一切，都为他顺利完成博士学位论文打下了坚实的基础。进入学位论文选题阶段，围绕论文的具体内容，银辉和我进行了多次沟通。作为导师，我没有给他限定选题的具体内容和范围，而是围绕着当时文学院学科点招生所设立的专业方向和他已有的知识系统、学术背景及研究特点等，提出了几点建议，即选题要大致符合学位点目录上的"新文学与外来文化"这一专业方向的要求；要与自己的学术积累和研究能力相适应；能够在学界已有研究的基础上进行具有一定创新性和现实意义的探索。结合这些建议，银辉最终选择了"卢卡奇与中国现当代文学及其理论、批评的关系"作为自己博士学位论文的研究对象。

应当说，从当时的情况看，选择这一问题进行研究是具有较大难度的。这一方面是因为，卢卡奇作为20世纪具有重要影响的马克思主义理论家、美学家和文学批评家（如美国当代享誉国际的文学理论家雷纳·韦勒克就曾说，卢卡奇"是世界上除俄国以外最重要的马克思主义批评家"，是能够"提供一份20世纪欧洲文艺批评大纲"的"著名代表性人物"之一），其人其说在国内外学术界也一直是众说纷纭，颇具争议，甚至曾经成为学术界研究的热点问题；而要追踪和全面厘清这些难题，深入认识卢卡奇及其思想、理论的蕴含和复杂性，的确是一项非常具有挑战性的任务。另一方面，则是因为在"卢卡奇与中国现当代文学及其理论、批评的关系"这一论域，以往虽有一些介绍与论评，但对卢卡奇的著述自20世纪20年代开始传入中国迄今已有百年的传播、接受、影响及研究的历史，则还很少有人进行系统的和全面的梳理与研究。而要在此方面有所创获，无疑具有很大的难度——需要投入大量的时间和精力爬梳史料、辨析源流；需要熟稔那些曾经接近或进入卢卡奇作品的中国现代作家、批评家和理论家们，整合比较、剔抉归纳；并结合历史语境对其进行细致的分析和深入的阐释，如此等等。

然而，对于一篇高质量的博士学位论文而言，有难度、有分量，富于挑战性，正是其写出新意的前提条件和重要支撑。正因此，我支持银辉迎难而上，鼓励他充分利用自己已有学术积累和研究特长，深入研究对象之中，沉潜玩味，探寻真奥。就这样，经过几年间的努力和数易其稿,银辉高质量地完成了这篇博士论文的写作,并在外审和学位论文答辩中,得到了专家们的一致好评,被评为优秀论文。毕业留校任教后,银辉在教学之余及赴美国访学的时间里,又对论文进行了更深入、更细致的修改,使其达到了学术专著的要求和水平,现列入"河南大学文论与美学丛书"由商务印书馆正式出版,我感到非常欣慰和高兴。

银辉博士的这本书在卢卡奇研究上具有显著的特点和贡献。

首先,本书对卢卡奇的著述、理论和文艺思想在现代中国的传播、接受及影响,相较以往,进行了更为全面、更为系统的梳理和研究。新时期以来,各种理论、方法与思潮等的跨语际、跨学科"旅行"路径及方式,成为学界持续关注和研究的热点之一,也产生了一些有价值的学术成果。这些从传播、接受的角度来探究理论、方法与思潮等的影响和结果的论著,不仅拓展了研究对象的视域,深化了研究内容的维度,也突显了研究本身的价值和意义。然而,在此方面,相比于对卢卡奇哲学、美学理论和文艺思想本身的研究而言,对其进入现代中国的状况、在现代中国传播与接受的整个历史和特征的研究方面,则还存在着显著的不足,有待深化和完善。

鉴于此,银辉在本书设立了专章,在借鉴已有研究成果的基础上,展开更为细致的历时性研究,即在复杂多变的历史语境中,着力于对卢卡奇著述、理论和文艺思想自20世纪20年代一直到新世纪初叶在中国学界的传播、接受与研究情况,进行全面、系统的梳理和分析;与此同时,本书还结合中国现代思想和理论的发展,以及卢卡奇论著进入中国、并在国内逐步进行译介的过程和所展示出的样态、实绩等,将此过程细分为"新中国成立以前""新中国成立初期"和"改革开放以来"这三个阶段;相应地,这三个阶段也呈现出"误译中发轫""曲折中发展""蓬勃中渐深"等较为显著的特征。这既是充满实证性的对于接受史的还原,也是对具有逻辑性的"理论旅行"的图绘,不仅清晰地勾勒出了卢卡奇在现代中国的译介概貌,刻画出他的理论思想在中国"旅行"的足迹,也使人们更为深入地理解了"中国学界对他的误读现象及不同时期的接受特点",并"在对他的理解过程中实现我们的自我理解"。就此方面而言,银辉博士的这本书超越了以往的研究成果,具有一定的开拓和创新的价值与意义。

其次,本书在对卢卡奇文艺思想在现代中国的传播、接受进行历时性梳理和叙述的基础上,又将笔触聚焦于一些重要的问题之上,并结合中国现代社会具体的理论语境,从共时性角度对它们进行深入的分析和阐释。这些问题包括"无产阶级阶级意识""现实主义理论""物化理论"等,它们既是卢卡奇的哲学、文艺思想中的一些重要理论问题,也是对中国现代文学发展、中国现代作家及其创作活动等产生深刻影响的论题。对于这些问题,银辉为自己设定了进行讨论和研究的目标,即"论文将以具体的接受事例及现象为依据,揭示中国学界审美情趣嬗变的轨迹及其内在的文化原因,通过译者、评论者的言论,梳理卢卡奇文艺理论思想在中国接受的流变,彰显中国本土化的接受视角,从而进一步拓展中国学界对卢卡奇的研究视域"。

通观本书第二、三、四章的内容,应当说,银辉提出的上述目标,已经得到了较为充分的体现。在书中,卢卡奇对中国现代文学、现代作家的影响方式是怎样的，有哪些环节；卢卡奇的文艺思想，如现实主义，它对中国现代作家的创作，以及现代文艺理论的建构都产生了哪些影响；中国现代作家们都关注和接受了卢卡奇思想的哪些内容，而对他的哪些理论则视若无睹或者予以"遮蔽"；这些内容从接受理论的角度看，与接受者固有的期待视野是如何进行沟通、对话与融合的；还有，在思想理论及其接受和影响的深层，潜隐着哪些丰富、复杂的历史语境和社会内容，如此等等，这些重要理论、重要范畴，以及其传播、接受和影响，都在这本论著中得到了细致的审辨、释证和深入的分析、寻绎，避免了以往研究中的简单化倾向，使上述这些重要问题的探究，得到了进一步深化。

本书的第三个显著特征在于，能够将该研究论题的学术性与现实性、理论性与实践性有机统一起来，突出并增强了本书的学术价值和现实意义。对此，银辉是有自觉的意识与追求的。他从选题范围和研究对象的特性出发，明确提出了本书所要实现的学术价值和现实意义，其中重要的有："卢卡奇的文艺理论与中国现当代文学、文艺理论和文化的发展有着密切的联系，系统梳理两者之间的接受与影响关系，有助于全面科学地认识与把握卢卡奇文艺理论在中国的接受历史和本土化实践"；"归纳整理卢卡奇在中国的译介情况，有助于总结中国引进、译介卢卡奇及其理论在中国'旅行'所产生的一些规律，廓清卢卡奇在中国汉译史上重要的地位与价值，也为正确理解跨文化文学交流中的碰撞、交融、吸纳和排斥等现象提供了难得的例证"；"在21世纪全球化的语境下，对卢卡奇文艺理论在中国的接受与影响这一具有典型意义的个案进行研究，能够有助于探索异质文化文学之间的交流规律，深入对它们之间如何进行碰撞、冲突以及对话、融合的认识，把握并认清以中国为主体，在接受过程中是在什么样的文化背景下进行着怎样的排斥和批判、引进和借鉴，这对于推进异质文化文学之间的互识、互证与互补，对于中国现当代文学、文化的研究，都具有非常重要的学术价值和现实意义"。这几个方面的自觉、自省，凝聚起来，已成为贯穿于全书之中的一种内在精神和学术追求，无论是历时性地全面梳理卢卡奇著作在现代中国的传播、接受与研究情况，还是共时性地深入探讨在传播、接受与影响过程中的一个个重要问题，都显示出该研究在学术性与现实性、理论性与实践性上面的有机统一，也强化了作者在研究中坚持的有益于中国现当代文学、文艺理论及文化的建设和发展的意愿，这对于实现"以中国为主体，推进异质文化、文学之间的互识、互证与互补"的学术研究当代性与中国化，有着重要的价值和意义。

另外，本书在研究方法及史料的搜集与运用方面也很有特色，体现出作者较为广博的学养基础和较为深厚的学术积淀。与研究对象和内容相适应，本书在整体上坚持史论统一的原则，力求做到广度与深度的结合；在具体的研究中，则合理吸收了译介学、比较文学及接受美学等相关理论与方法，使之在宏观和微观的结合及相融方面形成互补。而在所论对象的材料搜集和文献采撷方面，作者更是竭泽而渔，广泛占有，合理汲取已有研究成果，尽力开拓新的论题空间。显然，作者为此需要查阅和涉猎大量有关著述，跨越诸多学科界限，并进行一系列的参照、比较和系统整合。所有这些,都为作者对本书主要论题展开深入的分析与论述,进行具有开拓性、创造性的研究,提供了根本的保证。

这部优秀的学术著作的出版,是对银辉博士上述开拓性、创造性研究活动的肯定,同时也标志着他在学术道路上有了新的起点。我希望银辉博士继续努力,更上层楼,在今后的学术生涯中写出更好的学术著作,取得更为突出的成就。

癸卯春于河南大学

序二　卢卡奇研究的新视阈

马　驰

卢卡奇这个名字对于中国知识界并不陌生。早在20世纪30年代初，随着我国左翼文学运动受日本"纳普"的影响，以及对苏联"拉普""辩证唯物主义创作方法"的引入，卢卡奇的《左拉与现实主义》等单篇论著就已经进入中国学术界的研究视野，到了40年代初，随着胡风主编的《七月》杂志出版发行，他的《叙事与描写》等文章也介绍到了中国。但由于中国左翼联盟介绍"拉普"和苏联批判"拉普"存在着一个"时间差"，因此当中国理论界还不及深入了解卢卡奇的理论精髓的时候，已经匆匆忙忙开展对他的批判了。由于众所周知的原因，新中国成立之后，卢卡奇一直作为修正主义的代表人物被置于批判的对象，他的著述虽有少量翻译，但封面上印有"内部学习，供批判使用"的字样，且不说不可能对其深入研究，就是开展一般的了解、学习也是不可能的。对于卢卡奇的全面译介并掀起研究热潮，是改革开放以后的事情。20世纪80年代，中国再次掀起了继"五四"以后译介西方各类文化思想著作的浪潮。卢卡奇这个长期以来被视为"修正主义者"的西方理论家，进入中国学术界的视野，并成为学术界关注的焦点，那是因为卢卡奇的理论事关人性、人道主义等核心问题，这些问题都是中国思想解放运动之初面对且必须解答的问题。由此卢卡奇的主要论著在这一时期均被翻译成中文，一时间对卢卡奇的研究成了学术界的显学。

尽管如此，这一时期对于卢卡奇的研究主要集中于哲学、美学问题，也涉及文学理论，尤其是他的"伟大的现实主义"等问题。虽对卢卡奇理论在中国的传播有所研究，但很少有人将卢卡奇理论的传播史作为专门研究对象，直至今日，以卢卡奇的文艺理论在中国的传播与接受为课题的研究仍然十分有限，还有许多重要内容有待深入。探讨卢卡奇文艺理论在中国的传播与接受，不但能够厘清中国学界对卢卡奇的引进、译介及其之后的影响等具体内容，发现中国学界对他的误读现象及不同时期的接受特点，而且有助于厘清中国现当代文学之所以出现这些现象与特点的深层次的社会历史原因。从这个意义上说，王银辉教授的《卢卡奇文艺思想在中国的接受与影响》填补了这一领域的研究空白。

银辉教授将卢卡奇理论在中国的传播与接受视为一个动态系统并将之置于中西文化交流的大背景下来全面考察，将问题与历史相结合，以问题统帅并带动历史叙事，据此整理并分析卢卡奇在中国的传播与接受的整体状况，探讨卢卡奇文艺理论对中国现当代历史文化的影响，以及对中国当今文化建设的意义。作者的这个系统工程一方面重视对"卢卡奇文艺理论在中国"的各个层面进行历时性的搜集与整理，另一方面注重材料的归纳和概括，注重用文本"说话"，以文献为依据，充分的实证分析使得整个研究既扎实又有说服力。

呈现在读者面前的这本新著，既有"史"的视野，又不乏敏锐的问题意识，实现了"共时"和"历时"的交叉融合。作者首先从宏观视野和编年史的角度，梳理卢卡奇在中国的译介情况及不同时期的社会文化背景，揭示出他在中国不同历史时期译介的特点。按照时间线索，通过检视报纸、杂志、作家的全集、年谱及已有的研究成果，搜集、整理中国知识分子对卢卡奇理论的译介，展示卢卡奇在中国的传播与接受的概貌。经过较为详尽的爬梳、分析与总结，廓清卢卡奇在中国的传播，除了新时期以来有过一次译介热潮（其间不乏批评声音）外，其他历史时期都受到了不同程度的批判，译介工作虽取得了一定实绩，但相对卢卡奇等身的著作而言，却非常有限。为了展现卢卡奇在中国译介的全貌，把握中国现当代文学及文艺理论对其拒斥与吸纳的脉络，将其在中国传播与接受的历史分为三个阶段，并概括出各自阶段的不同特征；同时，对卢卡奇在中国的接受过程中出现的误读和曲解给予相应的纠正与弥补，并分析、揭示出形成以上特点与情况的社会历史文化原因。这些特点的总结与展示，以史料、数量分析为据，力显卢卡奇译介的完整面貌。

该书的后几个部分则以问题为导向，试图从接受与影响的角度，分别探讨卢卡奇的阶级意识理论、现实主义理论、物化理论具体影响了哪些中国作家和理论家，对中国现当代文学、文艺理论产生了怎样的影响，与中国本土文化产生了怎样的碰撞与融合，中国学界对它们的批判和接受情况，以及这些理论在中国产生作用与影响的国内外社会文化背景。

在卢卡奇的理论体系中，"整体性""物化""阶级意识"等概念至关重要，且贯穿于卢卡奇的全部论述。他在1923年出版的《历史与阶级意识》一书，系统地提出了他的阶级意识理论。该书出版后，很快就遭到共产国际的猛烈批判，共产国际的领导人季诺维也夫甚至斥责这本书为"修正主义"文献，说它提出了有损共产主义事业的歪曲了的马克思主义。然而，此书尽管颇受争议，影响却至为深远，特别是在现代西方左翼思想界广受赞誉，甚至有人称之为"西方共产主义的圣经"。卢卡奇在20世纪思想史上备受重视，很大程度上也正是因为他在这本书中就阶级意识问题所发表的见解。

卢卡奇的无产阶级阶级意识理论或直接或间接地影响了中国现代左翼文学的发展；他的现实主义理论，直接影响了胡风等左翼作家，而且在中国现当代文学与文艺理论的发展历程中有着重要的价值和意义；他的物化理论对中国现当代文学、文艺理论的影响则是深远的，作者通过梳理和研讨中国学界对物化理论的接受，力求把握该理论在中国的接受与影响进程以及它的学理内涵和当代价值。同时，为了更清楚地显示出物化理论研究在中国的演进和发展，作者运用历时性的研究方法展开论述。银辉教授的学术贡献是，他以具体的接受事例及现象为依据，揭示中国学界审美情趣嬗变的轨迹及其内在的文化原因，通过译者、评论者的言论，梳理卢卡奇文艺理论思想在中国接受的流变，彰显中国本土化的接受视角，从而进一步拓展中国学界对卢卡奇的研究视阈。全书结尾，作者展望了卢卡奇文艺理论研究在中国未来的发展趋势，做到了文献史料和理论论证的有机结合。

银辉教授的研究视阈虽主要集中在卢卡奇主要论述、思想在中国思想界、理论界的"传播"和"影响",但他抓住了卢卡奇理论的核心问题,并运用这些理论去反观中国的文艺实践,这是非常有新意的研究范式。在卢卡奇与中国现代作家的意识形态的论述中,作者准确地提出,卢卡奇的无产阶级阶级意识理论,是在革命战争时期产生,对于推动无产阶级的阶级意识与革命意识的觉醒,曾有过一定的积极作用,但由于其过分强调意识在革命实践中的决定性作用,明显带有政治激进主义的"左"的色彩。在论述中国左翼作家受到日本"纳普"影响时,作者中肯地指出:正是受卢卡奇关于"阶级意识"和"无产阶级的阶级意识"这些革命学说的深刻影响,当年日本左翼学者福本和夫形成鲜明的无产阶级的阶级意识论及独特的革命阶段论,以理论斗争、意识斗争来指导日本无产阶级革命运动,不过他将"阶级意识"提升至"理论斗争"的高度,将意识斗争(理论斗争、思想斗争都是同义词)完全等同于阶级斗争,并把它放在斗争过程的首位,虽然极"左",但从一定侧面也彰显出卢卡奇对其影响之深。同时,作者也梳理了日本左翼学者对中国左翼作家的深刻影响;由此,作者从传播时代视阈揭示了中国左翼文化受到日本左翼文化影响这一客观历史事实,为廓清中国左翼文化运动的思想来源提供了有说服力的材料。由此,作者论述了,后期创造社对理论斗争以及文学的阶级性的倡导,虽在同文学革命论争的过程中进行,呈现出极强的批判色彩,为中国现代革命和无产阶级文艺运动的发展做出了不朽贡献,但我们也应看到,它在理论倡导过程中存在的过激、片面和形而上学倾向。中国理论界对此已有清醒的认识:在中国现代思想史、革命史和文化史上,他们为宣传马克思列宁主义所建树的历史功勋,值得充分肯定,加以阐扬。当然,对他们曾经为国际国内的"左"倾思潮推波助澜,也应该实事求是地予以指出,进行批评。后期创造社批判新文化运动的健将胡适已经没落到泥泞的湖沼里去了,指责叶圣陶的创作纯粹是自然主义,批判鲁迅是"隐遁主义者",谴责张资平小说的无聊与虚伪,指摘郁达夫作品中的悲哀、愁苦基调,控诉郁达夫提倡的"大众文艺"的狭隘性、虚伪性及欺骗性,批评郭沫若的"当一个留声机"论的不彻底性(尽管他们赞扬其反抗精神),驳斥王独清、张资平等投机分子,批驳徐志摩、梁实秋等人那种抹杀了阶级性的"反动"文艺,倡导无产阶级革命文学,显然深受当时国际上各种左翼思潮的影响,这些研究也拓展了现代文学中对于作家、作品的研究深度和广度。

沿着这个理论路径,作者分析了后期创造社掀起的这场文化运动对鲁迅所产生的影响。作者指出:鲁迅正是受到后期创造社的影响,才"看了几种科学底文艺论"(鲁迅在此之前是只信进化论的),鲁迅在"看了几种科学底文艺论"之后,认识到了只信进化论的偏颇。正是通过同后期创造社的文艺论争,鲁迅在清醒地看到前者患有严重"左"派幼稚病的同时,对前者所主张的"革命文学"才由起初的怀疑转变为肯定"无产阶级文学"。后期创造社对鲁迅的影响,使后者不仅赞同无产阶级革命文学,而且把之后诞生的"左翼作家联盟"也看作是无产阶级革命文学的运动,把20世纪30年代中国"民族革命战争的大众文学"亦看作"是无产阶级革命文学的一发展,是无产革命文学在现在时候的真实的更广大的内容"。此外,由于后期创造社的影响,鲁迅不仅看了"几种科学底文艺论",而且主张多"绍介"别国的理论和作品,他认为:"多看些别国的理论和作品之后,再来估量中国的新文艺,便可以清楚得多了。更好是绍介到中国来;翻译并不比随便的创作容易,然而于新文学的发展却更有成功,于大家更有益。"正是有了这样的理念,鲁迅才在1929年至1931年短短的时间内译介了一系列别国的理论和作品,这些论述不仅详加说明了"理论影响",而且从全新的视阈丰富了现有的鲁迅研究成果。

经过缜密的文献研究,作者最终提出:鲁迅文艺思想中的阶级意识,源头是卢卡奇的"阶级意识"理论,该理论经日本福本主义由后期创造社传至中国。但鲁迅并不完全赞同后期创造社所强调的那种文学的阶级性,尽管前者文艺思想中阶级意识的突显,与后者的影响有着某种直接的因果关系。正是由于福本主义、后期创造社的影响,鲁迅不仅某种程度上接受了卢卡奇的无产阶级阶级意识理论,而且也接触到了卢卡奇的论著。正是由于后期创造社"挤"鲁迅认识到须看"几种科学底文艺论",鲁迅才于1928年2月1日往内山书店购买了日译本卢卡奇的《何谓阶级意识》,成为最早接触到卢卡奇著作的中国作家之一。这种实证研究方法,增强了作者研究结论的可信度。

在研究卢卡奇理论被中国知识界接受的过程中,作者站在历史唯物主义的立场,做了大量深入细致的比较研究。如作者认为,胡风接受卢卡奇的真实与典型理论,二人所理解的典型与真实虽然都指向社会生活,然而,指涉的群体对象却存在差异。卢卡奇指涉的群体是指无产阶级,后来扩大至人民,具有鲜明的阶级与政治属性。胡风要求文学反映的生活则是普通大众的，不具有鲜明的阶级性与政治意识形态属性，继承的是鲁迅的文艺思想，文学为人生，反映被压迫的一切劳苦大众的生活。胡风主张文学"为人生"一方面须得有"为"人生的真诚的心愿，另一方面须得有对于被"为"的人生的深入的认识……"这种主观精神和客观真理的结合或融合，就产生了新文艺底战斗的生命，我们把那叫做现实主义。"在胡风看来，现实主义文艺的描写对象应是大众及其生活，他所说的大众则是"以市民为盟主的中国人民大众"，不具有鲜明的阶级属性和政治属性，更非是延安文学所倡导的工农兵。由此，作者很好地梳理了卢卡奇与胡风理论的同与异。作者在分析以胡风为首的七月派对卢卡奇的接受时，以中国 20 世纪 30、40 年代已译介的卢卡奇现实主义文本作为研究的资料基础，来探讨两者之间接受与影响的具体内容，突出问题意识，做到了有理有据。

此外，作者通过细致梳理卢卡奇文艺理论在中国译介、传播、影响及接受的过程，着力勾勒出其文艺理论在中国现当代文学中的发展演变轨迹，探讨他的哪些理论被引进，是在怎样的话语背景下被引进，之后产生了怎样的影响，其如何受到批判，以及在此过程中发生了哪些语境的变化等，从而描述出不同历史阶段所具有的不同特点，并揭示出这些特点形成的社会历史文化原因，集中探讨其对中国现当代文学、文艺理论及文化建设产生了怎样的作用与影响。通过以上分析，可以进一步认识到，中国译介、批判、接受卢卡奇，是中国政治与文化自身发展的内在需要，是一种选择，同时，更是一种从本民族视角对卢卡奇的自我阐释。

卢卡奇是20世纪东西方公认的享有世界声誉的思想家，他是马克思之后的整个马克思主义哲学传统中最具天才、最为出色的理论家。他借助韦伯的理论资源，把现代社会科学的要素重新引入马克思主义社会分析方法里，有了一条与第二国际马克思主义者们完全不同的道路；他借助新康德主义的资源，重建黑格尔—马克思的理论关联，同时洞见到资本论与逻辑学的内在关联，这是非常难得的。但也正是这些理论引起了共产国际内部无穷无尽的争论，批判的声音从未间断。他在《历史与阶级意识》中曾系统地提出了他的阶级意识理论。尽管此书饱受争议，影响却历久弥新。

卢卡奇一生坎坷，但他却有着坚定的共产主义信念。他早年投身革命，曾经当过红军政委，革命胜利后也当过文化人民委员（文化部长），但当他经历人生挫折的时候，特别是在遭受各种批判时，他又以超乎寻常的毅力和勇气投入理论研究，执着于他所钟爱的哲学、美学和文艺理论，执着于人类理性事业。当然，由于主客观的原因或压力，有时更是为了获得一张政治舞台的"入场券"，他又不得不经常做一些发自内心的或违心的、言不由衷的自我批评。卢卡奇以阶级意识理论为武器，批判共产国际中存在的教条主义、修正主义，意在消除共产国际中蔓延的教条主义、机械唯物主义的消极影响，丰富和发展了马克思主义无产阶级革命理论。同时，卢卡奇的阶级意识理论并不是完美无缺的，必须辩证地看待他的理论贡献和理论局限。如卢卡奇有关意识形态的论述与马恩经典著作就有不小的差异，他更多的是接受了列宁的意识形态论述，这些问题在具体研究中都是需要认真甄别的。总之，卢卡奇是一个非常复杂的研究对象，研究卢卡奇需要相当的学养和才力，也许更是需要几代学人接力的事业。好在银辉教授已经站在学术前沿，有了宏大的研究计划，我们期待着他不断推出新的研究成果。

是为序。

庚子正月于上海社会科学院

目录

绪论 / 1

第一章 中国对卢卡奇的译介 / 25
第一节 新中国成立之前（1935—1949）：误译中发轫 / 26
第二节 新中国成立初期（1949—1976）：曲折中发展 / 43
第三节 新时期以来（1977—）：蓬勃中渐深 / 51

第二章 卢卡奇对中国现代作家阶级意识的影响 / 80
第一节 后期创造社与卢卡奇的渊源 / 81
第二节 对鲁迅文艺思想的影响 / 105

第三章 中国对卢卡奇现实主义理论的接受 / 114
第一节 以胡风为首的七月派对卢卡奇的接受与"遮蔽" / 116
第二节 20世纪80年代至90年代初的接受与研究 / 150

第四章　中国对卢卡奇物化理论的接受　/ 165
第一节　卢卡奇的物化理论　/ 166
第二节　新中国成立之前中国文艺界对物化理论的接受　/ 183
第三节　新时期以来中国文艺界对物化理论的接受　/ 195

结语　/ 227

附录一　卢卡奇生平及著作年表　/ 254
**附录二　卢卡奇著作中译本及
　　　　中国卢卡奇研究主要论著目录**　/ 264
参考文献　/ 288
后记　/ 303

绪论

一、卢卡奇的文艺理论道路

乔治·卢卡奇①（György Lukács, 1885—1971）是匈牙利著名哲学家、美学家、文学批评与文学史家，是20世纪最负盛名、最具影响力的马克思主义理论家之一，在国际政治文化领域产生了广泛而深远的影响。卢卡奇的文艺理论思想不仅对西方马克思主义、东欧新马克思主义等流派具有开创性意义，而且成为共产国际和各社会主义国家不断争论、批判的一个重要内容。进入21世纪以后，卢卡奇的文论著作日益受到研究者和评论界的关注，在世界范围内的影响与日俱增。在中国也不例外，从20世纪二三十年代中国理论界对他的引进、译介，后来发展为具有政治色彩的批判性接受，以及当今学界对他的多样化的较为系统的学习与借鉴，卢卡奇已逐渐融入中国现当代文学、文艺理论乃至文化的发展之中。卢卡奇在中国和世界范围内产生巨大影响，与其在文艺学、哲学、美学等领域的一系列理论建树密切相关。

卢卡奇出身于布达佩斯一个富足的犹太人家庭，优裕的家庭

---

① 另有译为"卢卡奇·捷尔吉""格奥尔格·卢卡奇""卢卡契"或"卢卡且"等，本书译名（除引文、参考文献外）一律采用目前较通行的"乔治·卢卡奇"。

环境使其从小就受到良好的教育。卢卡奇是一个天资聪颖、才智过人、思想独立且极具敏锐批判力的人。他自幼热爱文学，9岁便开始阅读《伊利亚特》《最后一个莫希干人》《莎士比亚故事集》，马克·吐温的《汤姆·索亚历险记》《哈克贝利·费恩历险记》等文学名著。这些阅读经历开启了他的心智，使其开始思索人生，追求理想。15岁时，他在父亲的藏书中发现了马克斯·诺尔道①的《退化》一书，被书中易卜生、托尔斯泰、波德莱尔、史文朋②等人的著作和思想深深吸引，从此便成为易卜生和托尔斯泰的坚定拥护者。1902年，高中毕业之际，他有机会拜访了易卜生，更坚定了其成为一名像易卜生那样的剧作家的决心。1902年至1906年，在布达佩斯大学学习期间，"文学和艺术史以及哲学已成为我的兴趣中心"③，曾创作了四五个剧本（后来被其付之一炬）并写一些评论文章。1922年，卢卡奇与德国著名文学家托马斯·曼在维也纳相遇，从此成为一生的密友，虽然二人学术思想观点不尽相同，却对彼此的创作与人生都产生了深刻影响。

卢卡奇文学道路的真正开端是1904年创建塔利亚（Thalia）剧团，该团由卢卡奇、巴诺奇·拉兹洛（Bánóczi László）、贝奈德克·马塞尔（Benedek Marcell）和赫维西·山多尔（Hevesi Sándor）共同组建。1904年10月25日至1908年12月28日，他们陆续组织演出了黑贝尔（Hebbel）、易卜生、斯特林堡和霍普特曼等27位

---

① 马克斯·诺尔道（Max Nordau, 1849—1923），德国医生、作家、政治家。
② 史文朋（Algernon Swinburne, 1837—1909），今译作"斯温伯恩"，英国诗人，主要作品有诗剧《阿塔兰忒在卡吕冬》等。
③ 《卢卡奇自传》，杜章智等编译，社会科学文献出版社1986年版，第206页。

现代剧作家的35部作品。卢卡奇"熟谙绝大多数剧本。黑贝尔、易卜生、斯特林堡、安岑格鲁贝、霍普特曼的剧本,他不仅能够左右逢源,而且显示出对19世纪几十种不足道的法国剧本了如指掌"①。在塔利亚剧团的文艺实践活动,为卢卡奇1906年至1907年撰著《现代戏剧发展史》做了充分准备。1908年2月,卢卡奇凭借《现代戏剧发展史》的初稿,荣获基斯法卢狄学会授予的"克里斯蒂娜-卢卡奇奖"。1909年11月,以《戏剧的形式》(即《现代戏剧发展史》的第1、2章)在布达佩斯大学获哲学博士学位。1909年至1910年,他侨居柏林,在聆听齐美尔和狄尔泰的讲授之后,对此稿又加以修改、完善,并于1911年在布达佩斯出版。该书以人的悲剧及其出路②为主题,分别论述了"戏剧""现代戏剧""自然主义""超自然主义""匈牙利的戏剧文学"等内容。《现代戏剧发展史》是卢卡奇早年在文学道路上的初露锋芒之作,为其赢得了广泛的赞誉。

真正使卢卡奇在欧洲现代文学理论领域具有影响力的则是他的《心灵与形式》。该书共收录了10篇论文③,是在齐美尔的社

---

① 〔美〕雷纳·韦勒克:《近代文学批评史(修订版)》第7卷,杨自伍译,上海译文出版社2009年版,第379页。
② 参见张西平:《卢卡奇》,湖南教育出版社1999年版,第6页。
③ 关于《心灵与形式》的篇目,目前学界的表述存在着矛盾。张西平的《卢卡奇》一书认为"它是由7篇论文组成",G. H. R. 帕金森在论著《格奥尔格·卢卡奇》中指出它"由10篇文章组成"。根据《卢卡奇自传》《卢卡奇早期文选》等译本资料,可以判定《心灵与形式》1910年在布达佩斯发行匈牙利文版,该版只包括8篇论文,其中3篇是首次出版,另5篇曾在《西方》杂志发表过;1911年德文版又增添了论查理-路易·菲力普和保尔·恩斯特的两篇文章。

会学影响下创作的论文集,主要是评述诺瓦利斯(Novalis)、特奥多尔·施托姆(Theodor Storm)、斯蒂芬·格奥尔格(Stefan George)、劳伦斯·斯特恩(Laurence Sterne)、查理-路易·菲力普(Charles-Louis Philippe)和保尔·恩斯特(Paul Ernst)等作家的文学评论文章,尽管"渗透着一种非理性主义哲学"[①],但由于其深入剖析了现代人存在的悲剧性,突出了异化的主题,被吕西安·戈德曼推崇为现代存在主义的先声。1914年至1915年间,正值第一次世界大战,卢卡奇在"对世界状况深感绝望的气氛"中写作了《小说理论》,他称自己的研究为"一篇从历史哲学的角度论述伟大史诗文学形式的文章"[②],1920年由柏林保尔·卡西雷尔(Paul Cassirer)出版社出版。《小说理论》是在马克斯·韦伯(Max Weber)类型学影响下完成的一部论著,对小说的本质与小说性质的类型进行了创造性研究,以异化为研究中心,将小说作为一种具有高度现代性的文学形式加以系统研究,是现代西方小说理论的奠基之作,是卢卡奇重要的文论著作之一,对后世的本雅明、巴赫金等人的小说理论产生了深远的影响,正是从《小说理论》开始,"小说才获得了表征和反思现代性危机的自觉,才获得了现代世界唯一一种文学形式的地位"[③]。

1923年的《历史与阶级意识》给卢卡奇带来国际声誉,对后

---

① 〔美〕雷纳·韦勒克:《近代文学批评史(修订版)》第7卷,杨自伍译,上海译文出版社2009年版,第412页。
② 张西平:《卢卡奇》,湖南教育出版社1999年版,第15-16页。
③ 李茂增:《现代性与小说形式》,东方出版中心2008年版,第4页。

世产生了深远的影响,但同时又使其备受争议甚至遭到批判。该书由8篇论文组成,其中《物化和无产阶级意识》及《关于组织问题的方法论》是1922年专门为这个集子而写作的,另外六篇分别是《什么是正统的马克思主义?》(1919年)、《历史唯物主义的功能变化》(1919年)、《阶级意识》(1920年)、《合法性与非法性》(1920年)、《作为马克思主义者的罗莎·卢森堡》(1921年)以及《对罗莎·卢森堡〈论俄国革命〉的批评意见》(1922年)。此书一面世,立刻被"官方的"马克思主义判了死刑。德国共产党领导人赫尔曼·顿凯尔谴责卢卡奇是"冒牌马克思主义者",匈牙利共产党领导人之一库恩·贝拉指责卢卡奇"企图修正辩证唯物主义",以德波林为首的一批苏联官方哲学家也对其展开了严厉批判。这股批判的浪潮,1924年6月在共产国际第五次世界代表大会上达到了高潮,批判卢卡奇为"老黑格尔主义者""修正主义者"。与此相反,这本著作却在西方理论界赢得了一大批思想家的赞同与追捧,在哲学、文艺学、社会学等领域都产生了深刻的影响,如法兰克福学派、20世纪50年代法国的存在主义者以及20世纪60年代西方的"新左派"等,都在《历史与阶级意识》中看到了另一种马克思主义的解释:把人及其历史置于马克思主义的中心,对异化的控诉和对人道主义的向往成为马克思主义的主旋律。鉴于此,法国哲学家梅洛-庞蒂把《历史与阶级意识》的作者卢卡奇同法兰克福学派和存在主义哲学家合称为"西方马克思主义"。卢卡奇由此成为西方马克思主义的精神领袖、理论"鼻祖",《历史与阶级意识》则被尊奉为西方马克思主义的"圣经"。

20世纪30年代以后,卢卡奇步入了他最负盛名的马克思主义文学评论时期。接受了马克思主义的卢卡奇,深入细致地探讨了现实主义、自然主义以及表现主义等理论问题,将文学艺术是现实的反映作为其一生文艺思想的核心概念,把19世纪现实主义视为文学的标准,反对"拉普"的庸俗社会学以及艺术现代主义,创作了一大批卷帙浩繁的现实主义论著。其中,1937年至1938年,发生在德国文艺理论界的表现主义论争,影响尤为广泛深远。卢卡奇坚定地站在现实主义理论一方,发表了一系列论争性的文论著作:《表现主义的兴衰》(1934年)、《马克思和意识形态的衰落问题》(1938年)、《问题在于现实主义》(1938年)以及《资产阶级美学中关于和谐的人的理想》(1938年)等,驳斥布洛赫等人的表现主义,认为表现主义是产生法西斯主义的思想根源之一,"阐明人民阵线、文学的人民性和真正的现实主义这三者之间内在的、多方面的、广泛交流的联系"[①],表明了其鲜明的现实主义主张,对现实主义理论的建设与发展做出了巨大贡献。卢卡奇晚年主要从事美学、伦理学、社会学研究,努力建构他的本体论,主要著作有《审美特性》《关于社会存在的本体论》(未竟之作)等。《审美特性》从马克思主义的立场和观点对艺术作品与艺术体验、心灵与形式的关系做了新的创造性探索,是卢卡奇一生文艺思想的系统化整理,是对其文艺美学思想的凝练与总结,是20世纪非常重要的一部马克思主义美学专著。

---

① 〔匈〕卢卡契、〔德〕布莱希特:《表现主义论争》,张黎编选,华东师范大学出版社1992年版,第181页。

卢卡奇一生处于政治与革命的激流与漩涡之中，然而他才华横溢，笔耕不辍，以坚定的信念，强烈的社会责任感和历史使命感从事各种理论研究工作，他的哲学观点和文化思想，很大程度上是通过文艺研究的形式体现，文艺理论批评与研究成为其从事哲学思考的重要园地。卢卡奇的文论著作长期以来一直为国际思想界所关注，无论是对其推崇还是批判，无不折射出这位伟大思想理论家在世界各国的影响力。对此，盛宁曾做了非常详尽且客观的描述："在对卢卡契的思想进行梳理的时候，我心里似乎总有一种不那么容易拿捏的感觉。说来也怪，卢卡契应算是一位正统的马克思主义文艺理论家，而且他一度被认为是资本主义和帝国主义文艺美学不共戴天的敌人，因为他是资产阶级现代主义思潮最激烈的批判者。然而，曾几何时，同样的一个卢卡契，却又成了西方马克思主义最主要的代表人物之一，而几乎就在同时，他在整个20世纪西方文艺美学、西方文论中，又被列为占有重要一席的思想理论家。"①

二、研究目的及意义

无论卢卡奇的政治生涯与学术思想如何备受争议，他仍是享有世界声誉的理论家。以卢卡奇的文论著作及思想理论在中国的传播与接受为对象进行纵向的、全方位的研究，具有重要的学术价值和积极的现实意义，主要体现在以下五个方面：

---

① 盛宁：《"卢卡契思想"的与时俱进和衍变》，《当代外国文学》2005年第4期。

首先，卢卡奇的文艺理论与中国现当代文学、文艺理论和文化的发展有着密切的联系，系统梳理两者之间的接受与影响关系，有助于全面科学地认识与把握卢卡奇文艺理论在中国的接受历史和本土化实践。20世纪20年代后期，卢卡奇的阶级意识理论传入中国，30年代以后，中国理论界开始逐渐译介其现实主义文论著作，对以胡风为首的七月派等现代文学作家产生了深刻影响，对中国现代文艺理论的建设与发展的影响也是显而易见的。1949年前后，在国内外的反修斗争中，卢卡奇被视为国际修正主义的一个代表性人物而受到严厉批判，中国思想界对他的批判一直持续到"文化大革命"结束。总体而言，从新中国建立至新时期以前，在这漫长的近30年中，中国学界尽管对卢卡奇的了解非常有限，除一味地批判外，对他的文艺学、美学、哲学论著也知之甚少，但是，为满足政治批判的需要，仍出现了一些非常有价值的译介和研究成果。进入新时期以后，伴随着大陆思想解放与改革开放的大趋势，中国再次掀起了继"五四"以后译介西方各类文化思想著作的浪潮，卢卡奇这个长期以来被视为"国际修正主义者"的西方理论家，才重新受到国内学术界的重视，他的一系列文艺论著被译介、研究。尽管如此，以卢卡奇的文艺理论在中国的传播与接受为课题的研究却未得到全面系统地展开，仍有许多重要内容有待深入。在此情况下，探讨卢卡奇文艺理论在中国的传播与接受情况，不仅能够厘清中国学界对卢卡奇的引进、译介及其之后的影响等具体内容，发现中国学界对他的误读现象及不同时期的接受特点，而且有助于厘清中国现当代文学之所以出现这些现象与特点的深层次的社会历史原因。此外，卢卡奇在中国的传播与接受历程，始终同现实主义在中国的荣衰沉浮、消长起落相交织，始终处于争论、批判的语境之中，在一定程度上能够映射出现实主义理论在中国20世纪的发展命运。本文致力于细致地勾勒卢卡奇文艺理论思想在中国20世纪影响与重构的轨迹，不仅对于今后的研究者全面认识卢卡奇、更好地推进卢卡奇研究具有重要的积极意义，而且可以从一个侧面显示出现实主义在中国现当代文学中的发展与演变的轨迹，推动现实主义文学在中国的进一步发展。

其次，卢卡奇所谓的哲学著作《历史与阶级意识》对中国现当代文学及文艺理论的发展产生过深刻的影响。当前中国学术界始终把"卢卡奇"这一名字与"西方马克思主义"这个20世纪的马克思主义异端传统相联系，把他奉为"西方马克思主义"的鼻祖。部分学者认为卢卡奇《历史与阶级意识》在中国产生重大影响是新时期以后的事情，始于对西方马克思主义研究的过程中。事实上，早在此前，《历史与阶级意识》中的一些理论思想，尤其是其中的无产阶级阶级意识思想和物化思想，对以冯乃超、李初梨等为代表的后期创造社的革命文学的影响，对鲁迅文艺思想中阶级意识的影响，就已客观存在了。后期创造社成员从日本带回的革命思想，明显带有卢卡奇《历史与阶级意识》中一些思想的痕迹。可以说，没有卢卡奇的影响（尽管是间接性的），后期创造社的创作可能会是另一番景象。因而，要清楚认识中国革命文学，特别是后期创造社思想的发展历程，就应当全面厘清和研究卢卡奇在中国革命文学发展过程中的作用。20世纪50至60年代，卢卡奇在国内受到严厉批判，但与其相关的研究却并未停滞。新时期之后,其理论再次为中国学术界所重视,无论是《历史与阶级意识》中的思想,还是他的现实主义理论,都使中国学界产生了广泛的译介与研究的兴趣,并出现了一些围绕卢卡奇理论思想而展开的学术论争。这些论争持续时间长、涉及范围广、影响深远,深化了对马克思主义文艺理论的认识,有利于马克思主义文艺理论在中国的多样化发展。尤其是90年代以后,中国学界开始对《历史与阶级意识》中的理论思想进行多样化、全面系统的深入研究,并将其与中国马克思主义文艺理论及文化建设的内在需要相结合。因此,对卢卡奇《历史与阶级意识》在中国的译介、传播进行一番爬梳、整理和研究,详细勾勒出它在中国流变的轨迹,不仅有助于从中国的接受实际来全面了解、认识卢卡奇及其思想的特点,不至于产生片面甚至错误的认识,而且可以在当代全球化背景下以中国和世界的双重视野来审视,推动卢卡奇在中国当代文艺理论和文化发展中的内化进程。

再者,卢卡奇在中国的译介日益丰富,引人注目,且极具研究价值。自卢卡奇被介绍到中国以后,中国学术界和翻译界对他的热情一直未减(尽管有时是为了批判的需要)。不仅他的哲学、文艺学和美学论著大都有了汉译本,构成了中国翻译文学较为重要的组成部分之一,而且他的《历史与阶级意识》《社会存在本体论导论》等代表性著作已有多个译本问世。仅《历史与阶级意识》一书就有四种汉译本,其中杜章智等人的译本问世之后,被多次再版重印,这在外国文学及理论的汉译史上也不多见。此外,中国学界专门翻译、编撰出版的关于卢卡奇的传记性研究论著亦近十部,足显中国翻译界和研究界对其关注程度之深。译介是外来文化思想传播和产生影响的最重要的方式之一。对它进行归纳、整理、分析、比较和研究,不仅能清晰地显示出一种外来文化思想译介的路径、语境,显示出译介这种特殊的"文化对话"中所发生的两种文化的碰撞和交融、排斥和吸纳,而且还能揭示出之所以出现此类情况的社会历史文化背景。"对我们来说,翻译文学就是中国文学的一个组成部分"①,因此,归纳整理卢卡奇在中国的译介情况,有助于总结中国译介卢卡奇及其理论在中国"旅行"所产生的一些规律,廓清卢卡奇在中国汉译史上重要的地位与价值,也为正确理解跨文化文学交流中的碰撞、交融、吸纳和排斥等现象提供了难得的例证。

此外,在当代全球化、市场化、网络化与信息化的浪潮中,在文化冲突、种族冲突时有发生的今天,加强异质文化间的相互交流、沟通与理解,成为当今学术研究的一个重大而迫切且极具时代意义的课题。20世纪以来,西方各种文艺观念、文艺理论及文化思潮纷纷被译介到中国,中国学界对中西异质文化之间的拒斥与吸纳、交流与对话等问题格外关注,提出"跨文化文学研究",明确指出"不同文化之间就需要沟通、对话,互相宽容,互相支持,互相吸收。文学是沟通人类灵魂最好的桥梁,比较文学的目的在于跨越文化,跨越学科,让人类通过文学互相交流,互相对话,互相理解,来共同创造一个不同文化共存和互补的和平的新时代"②;"20世纪文化的一个突出特征就是东西方文

---

① 谢天振:《译介学》,上海外语教育出版社1999年版,第239页。
② 乐黛云:《多元文化与比较文学的发展》,载汪介之、唐建清主编:《跨文化语境中的比较文学》,译林出版社2004年版,第16页。

化的对话和交流在广度和深度上都取得了空前的进步……东西方文化在碰撞、冲突中寻求着对话、融合,在引进、借鉴中进行着排斥和批判,在共同性中寻找着差异性,在差异性中寻找着共同性。"[1] 当前,将卢卡奇这位20世纪极负盛名、极具影响力的马克思主义理论家在中国的传播与接受情况置于当代文化背景之下进行系统的探讨,不仅可以发现中国对卢卡奇"迎拒"的深层文化背景,而且有助于发掘卢卡奇在中国"旅行"的文化意义。在21世纪全球化的语境下,对卢卡奇文艺理论在中国的接受与影响这一具有典型意义的个案进行研究,也有助于探索异质文化文学之间的交流规律,深入对它们之间如何进行碰撞、冲突以及对话、融合的认识,把握并认清以中国为主体,在接受过程中是在什么样的文化背景下进行着怎样的排斥和批判、引进和借鉴,这对于推进异质文化文学之间的互识、互证与互补,对于中国现当代文学、文化的研究,都具有非常重要的学术价值和现实意义。

最后,纵观中国学界对卢卡奇研究的这70余年,从单篇文章的零星译介到代表性著作的规模引进,从党同伐异的政治批判到实事求是的学理探究,学界的研究应当说取得了巨大的进展——以马克思主义理论与现实主义理论为依托,深入到人道主义、异化问题、典型概念、总体性、本体论、审美形式、审美主体等诸多领域。同时,我们也必须看到,尽管文艺理论在卢卡奇一生思想中占有举足轻重的地位,然而目前学界对卢卡奇的哲学

---

[1] 刘登阁、周云芳:《西学东渐与东学西渐》,中国社会科学出版社2000年版,第1页。

研究远超过了文艺理论研究。关于卢卡奇文艺理论对中国文学的影响方面的研究，目前仍相对薄弱，但已开始关注并取得了一定的成绩，值得认真总结。自卢卡奇被介绍到中国，他的论著及理论就受到了中国文艺界的重视，特别是改革开放后，卢卡奇更是受到研究者的青睐，涌现出了一批卢卡奇研究的老中青专家和学者，如程代熙、陆梅林、徐崇温、杜章智、冯植生、燕宏远、翁绍军、范大灿、孙伯鍨、张黎、黄力之、黄丘隆、王玖兴、马驰、张西平、张翼星、宫敬才、黎活仁、刘卓红等。他们的研究为学界全面深入地了解和认识卢卡奇提供了桥梁，同时，客观上也为卢卡奇在中国传播做出了积极的贡献。他们的研究本身就意味着中国学界对卢卡奇的认识和接受，因为文学研究本身就是文学接受的一部分。最近30多年来，学者们出版了一系列有关卢卡奇的传记和学术论著，期刊上发表了专论卢卡奇的近千篇文章，对这些成果进行辨析、归纳，不仅可以梳理、总结出中国已有的卢卡奇研究成果，更能由此反观中国学者的研究视角和方法，考察中国学术界对他的理解和接受状况。在此情况下，以卢卡奇文艺理论在中国的接受与影响为主题进行深入的分析与论述，厘清其进入中国之后产生了什么样的影响和变形，弄清其中哪些思想被吸收、哪些被舍弃等这些复杂且极具张力的问题，对进一步把握中国现当代文学、文艺理论及文化的建设和发展都极有裨益。

鉴于此，对今后的卢卡奇研究来说，需要做的工作还有很多，其中之一就是对卢卡奇文艺著作及理论在中国的传播与接受情况进行系统梳理，只有如此，我们才能通过追寻其理论思想在中国"旅行"的足迹，在对他的理解过程中实现我们的自我理解，从而推动其文艺理论思想在中国的本土化。综上所述，从接受与影响的角度，系统整理卢卡奇文艺理论在中国的传播、接受情况，不仅重要，而且必要。需指出的是，由于卢卡奇在哲学、美学、文艺学、政治经济学、社会学、伦理学等诸多领域著述丰厚，为后世留下了大量宝贵的理论遗产，而本文的研究对象由于集中于卢卡奇文学理论在中国的传播、接受与影响，因此不可能完全介绍、研究卢卡奇的全部理论思想，如若在某些方面忽视了他的哲学、伦理学等理论的话，正是本文为突出其文艺理论思想对中国文学的影响而不得不付出的代价。

三、研究综述

卢卡奇作为20世纪最具影响力的理论家之一，国内外研究均已形成了较大的规模，特别是在西方学术界，卢卡奇研究已经成为一门显学。关于"卢卡奇文艺理论在中国"这一课题，国内学者已有涉及，最早零星散见于20世纪80年代，90年代开始引起重视，目前仍处于起步阶段。

关于卢卡奇在中国的译介，迄今见到较早的论著是艾晓明的《中国左翼文学思潮探源》[①]。该著在"胡风与卢卡契的相遇"一节中或介绍或提到了卢卡奇的《左拉和写实主义》《小说底本质》

[①] 艾晓明的《中国左翼文学思潮探源》一书，是在作者1987年博士论文《左翼文学思潮：中国与世界》的基础上修改而成，1994年湖南文艺出版社以"左翼文论思潮探源"为书名首版，2007年由北京大学出版社再版。

《叙述与描写》《论新现实主义》及《论文学上人物底智慧风貌》等5篇译文,对卢卡奇在中国现代文学进程中的译介情况做了相关介绍,但仍有遗漏,有待丰富。之后,马驰的《卢卡奇美学思想论纲》、刘秀兰的《卢卡契新论》等著述,都曾论述到卢卡奇在中国的译介,却未有突破性介绍。2008年,陈伦杰的硕士学位论文《卢卡奇文艺理论的中国接受研究》,对卢卡奇文艺论著在中国的译介情况做了不同程度的介绍,不过,该文认为,在中国"十七年"时期"国内对其著作的译介和研究都遭遇了巨大的停顿"①,如果我们仔细翻阅当时的文献资料,不难发现,这一时期国内对卢卡奇著作的译介和研究,虽然遭遇了巨大的挫折,却并未停顿,与其相关的一些译介与研究仍不乏有价值的学术成果。目前,卢卡奇文艺理论著述在中国的译介情况,虽然许多研究者均有不同程度地涉及,但却不够详尽且缺乏系统的梳理,尤其是对中国"十七年"文学时期,许多学者仅以"卢卡奇被批判为修正主义"而一笔带过,显得过于粗疏,与卢卡奇在中国的译介的复杂事实不符。

关于卢卡奇与以胡风为首的七月派之间的研究,前面提到的艾晓明的专著《中国左翼文学思潮探源》,辟专章从四个方面进行探讨,即:一、胡风是卢卡奇在中国最早的介绍者之一,20世纪30年代末卢卡奇在苏联受到批判时,胡风支持卢卡奇,但卢卡奇对胡风的影响仍然有限;二、胡风与卢卡奇的共同

---

① 陈伦杰:《卢卡奇文艺理论的中国接受研究》,华东师范大学硕士论文,2008年。

点在于强调现实主义的真实性，坚持继承和发展批判现实主义的传统；三、胡风与卢卡奇在对现实主义创作规律的认识上，代表了两种批评模式：主体性模式与客观性模式；四、胡风对创作主体精神活动规律的探讨丰富了社会主义现实主义理论，他与卢卡奇、布莱希特的社会主义现实主义理论可以互相补充、整合，形成一个包括作品与现实、作品与作家、作品与读者三方面关系的完整的理论格局。该文主要以平行比较研究的视角探讨胡风与卢卡奇，而并非接受与影响的视角。关于卢卡奇与胡风两者之间的研究，目前学界现有的论文以平行研究居多，影响研究则明显不足。平行研究大多是从两者政治上的坎坷遭遇、现实主义创作方法、作家主体性、人道主义精神等方面探讨，如侯敏的《心路历程的契合——关于胡风与卢卡契文艺思想的探讨》、丁玉柱的《胡风与卢卡奇文艺思想之比较》、刘文纪和李欢英的《胡风和卢卡奇的现实主义理论比较》、刘艳坤和任平的《逆境中创新精神的坚守——卢卡奇、胡风比较研究》、赵华丽的《卢卡奇与"左联"时期的现实主义美学》[①]。相较而言，卢卡奇对以胡风为代表的七月派作家的影响以及后者对前者的接受研究，虽然已经

---

① 侯敏的《心路历程的契合——关于胡风与卢卡契文艺思想的探讨》，刊载于《学习与探索》1988年第8期；丁玉柱的《胡风与卢卡奇文艺思想之比较》，发表于《佳木斯大学社会科学学报》2000年第2期；刘文纪和李欢英的《胡风和卢卡契的现实主义理论比较》，刊载于《湖北经济学院学报（人文社科版）》2005年第7期；刘艳坤和任平的《逆境中创新精神的坚守——卢卡奇、胡风比较研究》，发表于《涪陵师范学院学报》2005年第4期；赵华丽的《卢卡奇与"左联"时期的现实主义美学》，刊载于《湖北广播电视大学学报》2007年第6期。

引起学界的重视,如马驰、叶启良①、陈伦杰等一些学者的研究都有所涉及,但是观点性的论述居多,至于两者之间的影响关系怎样发生、产生了哪些影响等这些文本细读性的研究,还相当缺乏,有待深入开拓。

关于卢卡奇文艺理论在中国现当代文学及文艺理论发展史上的作用,除了上面谈到的艾晓明的论著外,其他一些学者也注意到了这一点。黎活仁、马驰、刘秀兰等学者在各自的论著中,均谈到了卢卡奇对中国现代文学、文艺理论的影响。黎活仁的《卢卡契对中国文学的影响》②一书是一个论文集,共收录了作者6篇文章,只有前3篇《卢卡契对中国文学思想的影响》《福本主义对鲁迅的影响》《胡风的"主观战斗精神"》,指出了卢卡奇对后期创造社成员、鲁迅、胡风等人的影响,但论述较为笼统,尚需补充完善;后3篇:《郁达夫与私小说》《小诗运动》《小说〈祝福〉与鲁迅的地狱思想》则很少涉及卢卡奇对中国文学的影响。马驰的《卢卡奇美学思想论纲》③一书,辟专章共50余页论述"卢卡奇与中国现实主义理论"的问题,从"卢卡奇理论传入我国的历史条件""在作家世界观与创作方法关系问题上的分歧""对典型问题的不同理解",以及"对作家、艺术家主体意识的重视"等四个方面进行分析、研究,为今后该领域研究开辟了道路,但其理论探讨仅限于中国现代文学,未能涉及当代文学。

---

① 叶启良2002年的博士论文《论七月派小说创作》,仅在最后一章第五节的第二小节用了极短的篇幅,简述卢卡奇文艺思想对胡风的影响。
② 黎活仁:《卢卡契对中国文学的影响》,文史哲出版社1996年版。
③ 马驰:《卢卡奇美学思想论纲》,东北师范大学出版社1997年版。

刘秀兰的《卢卡契新论》①，在最后一章第四节第二个小点中论述了"卢卡奇思想和理论在中国"的问题，用不足 6 页的短小篇幅对卢卡奇在中国的影响进行了扼要概说，许多方面仍有待进一步发掘。此外，武强的硕士学位论文《从卢卡奇布莱希特论争思考中国新时期现实主义理论问题》（2011 年）也值得关注。该文以卢-布之争为对象和基点，总结了卢-布之争在中国新时期的现实意义，探讨了新时期以来现实主义理论的发展问题，阐明了现实主义精神的恒久动力和现实必要性，试着提出在多样化格局中现实主义的创新发展问题，进一步深化了对现实主义理论的认识，对卢卡奇现实主义理论在中国新时期之初的传播情况作了一定研究，有其学术价值。

以上论著均未能对卢卡奇在中国传播与接受的历史做细致的、全方位的考察。事实上，早在 20 世纪 80 年代末，这一问题已引起部分学者的注意，但由于时代等诸多因素的影响，并未得到系统研究。宫敬才的《近年来我国的卢卡奇研究》②最早在这一领域做了努力，分别从对卢卡奇的重新评价、卢卡奇研究出现的专著性成果、关于卢卡奇的争论这三个方面，介绍了中国当时卢卡奇研究出现的一些可喜情况，虽然内容极其简短，且主要侧重哲学方面，但却开了"卢卡奇在中国"这一领域研究的风气。张亮的《国内卢卡奇研究七十年：一个批判的回顾》③，将卢卡奇在

---

① 刘秀兰:《卢卡契新论》，西北大学出版社 2000 年版。
② 宫敬才:《近年来我国的卢卡奇研究》，《哲学动态》1989 年第 9 期。
③ 张亮:《国内卢卡奇研究七十年：一个批判的回顾》，《现代哲学》2003 年第 4 期。

中国的研究历史分为三个阶段，并对各自阶段的特点、成就以及存在的问题进行了回顾与概述，在此基础上对未来的研究方向进行了展望。此文对卢卡奇在中国的历史命运进行了总结性的研究，偏重于哲学方面，文艺理论方面涉及相对较少。章辉的《在政治与学术之间——卢卡奇文艺美学在中国的曲折历程》[①]，从接受史的角度，指出卢卡奇在中国的接受史是中国20世纪后半期政治文化变迁与学术转型的缩影：在新中国成立后至"文革"结束的政治意识形态时期，卢卡奇被批判为修正主义；在80年代的思想启蒙时期，卢卡奇的理论思想为中国的思想解放运动和文艺学转型提供了一定参考；在90年代的去意识形态化时期，其理论思想又显示其多方面的学术价值与意义，一定程度上推动了中国学术的多样化发展。通过梳理卢卡奇在中国的传播历程，并结合中国的政治文化语境以及文艺美学思想范式和主题转换的历史，以卢卡奇的文本为对照，具体分析中国对卢卡奇的接受，在此基础上，对卢卡奇在中国的传播与接受史加以考察、总结和反思，从而为新世纪中国马克思主义文艺美学基本理论的建设提供一份思想参照。这些文章的论述，尽管有诸多深刻和精辟之处，但是仍有许多问题未能深入开掘，探讨多集中于新时期以后，忽略了卢卡奇对中国"革命文学"的影响，以及对中国现当代马克思主义文艺学的影响等，未能对卢卡奇在中国的传播与接受史进行全面系统的整合。此外，还有两篇硕士学位论文对卢卡奇在中

---

① 章辉：《在政治与学术之间——卢卡奇文艺美学在中国的曲折历程》，《河北师范大学学报（哲学社会科学版）》2007年第3期。

国的传播与接受史作了一定深入研究，颇具借鉴意义。第一篇是陈伦杰的《卢卡奇文艺理论的中国接受研究》（2008年），以时间为线索，描述了卢卡奇及其文艺理论在中国的接受历史，分析理论旅行过程中文化、地域、政治等因素对理论接受所造成的影响，试图总结出国内对于外来理论接受的普遍规律与模式，然而整体性描述较多，许多内容仍不完善且有待系统化。另一篇是梁涛的《卢卡奇物化思想在中国的传播与解释》（2009年），该文主要从哲学史的角度探讨卢卡奇物化思想在中国的传播与接受，而非着眼于其文艺理论思想对中国的影响。

通过以上梳理可以看出，迄今对卢卡奇文论著作及理论在中国的"旅行"经历，包括译介、误读、评价等接受与影响方面，尚缺乏系统的梳理和研究。卢卡奇作为一位极具世界影响力的理论家，影响了中国现当代文学、文艺理论及文化的建设和发展，可以说，他一传入中国，尽管不同时期受到不同程度的批判，但同中国的文学、文艺学已不同程度地融合到了一起，成为中国现当代文学、文艺理论的一部分。目前，就中国学界对这一课题的研究现状来看，可谓方兴未艾，因此，从接受与影响的角度，系统探讨中国现当代文学及文艺理论与卢卡奇文艺思想两者之间关系，特别是从异质文化交流、文学接受、文学翻译与文化语境关系的角度来探讨卢卡奇在中国译介的得失及其意义，并对卢卡奇在中国的接受进行系统整合，不仅有助于全面深入地理解卢卡奇，而且可以为构建中国特色的马克思主义文艺学与哲学文化提供一定的参考和借鉴。

四、写作思路与方法

　　基于当前国内学术界对卢卡奇文艺理论的研究，本文将卢卡奇在中国的传播与接受视为一个动态系统并将之置于中西现当代文化交流的大背景下来全面考察，将问题与历史相结合，以问题统帅并带动历史叙事，据此整理并分析卢卡奇在中国的传播与接受的整体状况，探讨卢卡奇文艺理论对中国现当代历史文化的影响，以及对中国当今文化建设的意义。研究一方面重视对"卢卡奇文艺理论在中国"的各个层面进行历时性的搜集与整理，另一方面注重材料的归纳和概括，注重文本"说话"，如在分析以胡风为首的七月派对卢卡奇的接受时，以中国20世纪30、40年代已译介的卢卡奇现实主义文本作为研究的资料基础，来探讨两者之间接受与影响的具体内容，突出问题意识，力争做到有理有据。此外，论文通过细致梳理卢卡奇文艺理论在中国译介、传播、接受及影响的过程，着力勾勒出其文艺理论在中国现当代文学中的发展演变轨迹，探讨他的哪些理论被引进，是在怎样的话语背景下被引进，之后产生了怎样的影响，其如何受到批判，以及在此过程中发生了哪些语境的变化等，从而描述出不同历史阶段所具有的不同特点，并揭示出这些特点形成的社会历史文化原因，集中探讨其对中国现当代文学、文艺理论及文化建设产生了怎样的作用与影响。通过以上分析，可以进一步认识到，中国译介、批判、接受卢卡奇，是中国政治与文化自身发展的内在需要，是一种选择，同时，更是一种从本民族视角对卢卡奇的自我阐释。

正是基于以上诸方面考虑,论文主体部分从五个方面进行研究、论述。第一章主要是从编年史的角度,梳理卢卡奇在中国的译介情况及不同时期的社会文化背景,揭示出他在中国不同历史时期译介的特点。按照时间线索,通过检视报纸、杂志、作家的全集、年谱及已有的研究成果,搜集、整理中国知识分子对卢卡奇理论的译介,展示卢卡奇在中国的传播与接受的概貌。经过较为详尽的爬梳、分析与总结,我们得知,卢卡奇在中国的传播,除了新时期以来有过一次译介热潮外,其他历史时期都受到了不同程度的批判,译介工作虽取得了一定实绩,但相对卢卡奇等身的著作而言,却非常有限。为了展现卢卡奇在中国译介的全貌,把握中国现当代文学及文艺理论对其拒斥与吸纳的脉络,论文将其在中国传播与接受的历史分为三个阶段,并凝练、概括出各自阶段的不同特征;同时,对卢卡奇在中国的接受过程中出现的误读和曲解给予相应的纠正与弥补,并分析、揭示出形成以上特点与情况的社会历史文化原因。这些特点的总结与展示,以史料、数量分析为据,力显卢卡奇译介概貌。

第二、三、四章试图从接受与影响的角度,分别探讨卢卡奇的阶级意识理论、现实主义理论、物化理论具体影响了哪些中国作家和理论家,对中国现当代文学、文艺理论产生了怎样的影响,与中国本土文化产生了怎样的碰撞与融合,中国学界对它们的批判和接受情况,以及这些理论在中国产生作用与影响的国内外社会文化背景。卢卡奇的无产阶级阶级意识理论或直接或间接地影响了中国现代左翼文学的发展;他的现实主义理论,对胡风可以说是影响了一生,而且在中国现当代文学与文艺理论的发展历程中有着重要的价值和意义;他的物化理论对中国现当代文学、文艺理论的影响则是深远的,通过梳理和研讨中国学界对物化理论的接受,力求把握该理论在中国的接受与影响进程以及它的学理内涵和当代价值。同时,为了更清楚地显示出物化理论研究在中国的演进和发展,论文的分析将结合历时性的研究方法。总之,论文将以具体的接受事例及现象为依据,揭示中国学界审美情趣嬗变的轨迹及其内在的文化原因,通过译者、评论者的言论,梳理卢卡奇文艺理论思想在中国接受的流变,彰显中国本土化的接受视角,从而进一步拓展中国学界对卢卡奇的研究视阈。

在"结语"部分,通观卢卡奇在中国传播与接受的进程,我们可以发现卢卡奇这一"文本",已引起研究者广泛而持续的兴趣,并进行了多角度、多层面的探讨,正像说不尽的阿Q一样,同样是说不尽的,在当代的学术与文化研究中仍有着广阔的阐释空间。之后,概说卢卡奇在中国文论文化建设中的作用和意义,揭示卢卡奇文艺理论在中国"旅行"的诸多有意义的启示。最后,展望卢卡奇文艺理论研究在中国未来的发展方向。

还需说明的是,一、"卢卡奇"名字及其论著的翻译是仁者见仁,智者见智,译法不一,为了统一起见,译名采用英译"乔治·卢卡奇",但对引文中的作者译名或著作译名或研究者论著的相关名称一律不作改动,以求忠实于原文。二、研究以"卢卡奇文艺理论在中国"为对象,对与之相关的文艺论著及重要著述进行集中和尽可能全面的介绍或研究,对于卢卡奇的生平及其哲学、伦理学、社会学等方面的著作则未予全面的关注,为弥补这一遗憾，论文附录部分添设了"卢卡奇生平及著作年表"，以求相对完整。三、卢卡奇传入中国以来，除"文革"期间外，卢卡奇在中国的译介与研究从未停止，附录"卢卡奇著作中译本及中国卢卡奇研究主要论著目录"，围绕这一内容做了较为完整的文献目录整理，以作论据。

综上而言，本文将以中国的卢卡奇文艺理论及相关论著的翻译和研究之丰富成果为对象，以译介学及接受美学等相关理论为支撑，采用实证分析的方法，力争做到以点带面，点面结合，论从史出，史论结合，探讨近 80 年来卢卡奇文艺理论在中国的传播与接受进程，时间跨度长，史料亦较丰富，既历时性地勾勒出 1935 年至 2019 年卢卡奇在中国的译介史，又共时性地揭示出卢卡奇的阶级意识理论、现实主义理论以及物化批判思想对中国现当代文学及文艺理论的影响，从而描绘出一个较为清晰的卢卡奇文艺理论在中国的接受与影响的全貌。

第一章
中国对卢卡奇的译介

>真理的步子迈得很慢,但是到末了,
>什么也不能挡住它。①
>
>——乔治·卢卡奇

自20世纪30年代卢卡奇文艺论著传入中国以来,其在中国传播与接受的历程,始终同中国的政治历史文化语境相交织,其译介工作在中国也经历了一个荣衰起落、曲折回环的长期而复杂的历史过程,在一定程度上能够较好地映射出现实主义文学在中国20世纪的发展命运。因此,细致地勾勒卢卡奇在中国译介的概貌,不仅有助于认清其传播流变的轨迹,揭示出其在中国现当代文学发展历程中复杂曲折的特性,而且也可以更好地展示出卢卡奇在中国现当代文学及理论建设过程中的重要地位与作用。

关于卢卡奇在中国传播与接受的历史分期问题,目前理论界的认识并不统一,较具代表性的分别是黎活仁和章辉两位学者的观点。在《卢卡契对中国文学的影响》一书中,黎活仁将卢卡奇对中国的影响分为四个阶段:一、20世纪20年代末期;二、20

---

① 《卢卡奇自传》,杜章智等编译,社会科学文献出版社1986年版,第235页。

世纪 40 至 50 年代；三、20 世纪 50 年代；四、"文化大革命"结束以后。① 这种划分由于不具连续性，且未能对卢卡奇在中国传播与接受的真实面貌进行较为详细的呈现，因此在学界影响不大。相较而言，章辉关于这一问题的分期，较为详细、具体，也基本囊括了卢卡奇在中国传播与接受的历程。在《在政治与学术之间——卢卡契文艺美学在中国的曲折历程》一文中，章辉曾将卢卡奇在中国的传播与接受分为两种类型，即：译介与研究（接受）。该文将卢卡奇在中国的译介过程分为两个阶段，一、1935年卢卡奇传入至 20 世纪 80 年代思想解放运动开始之前；二、80 年代至今，将卢卡奇在中国的接受史分为三个阶段：1979 年以前的政治意识形态时期、1980 年至 1989 年的思想解放时期和 1990 年以后的学术回归时期。然而，译介与接受是不能完全割裂的。根据卢卡奇在中国译介与研究的实际情况，并结合中国现当代社会历史的变化与发展，本章将卢卡奇在中国传播与接受的历史大致分为三个时期，即：新中国成立之前（1935—1949）、新中国成立初期（1949—1976）、新时期以来（1977—2019）。

第一节 新中国成立之前（1935—1949）：误译中发轫

"五四"新文化运动以来，西方各种文学思潮、哲学思潮都先后涌入中国。然而，中国学人并非盲目地照搬外来思潮，而是

---

① 参见黎活仁：《卢卡契对中国文学的影响》，文史哲出版社 1996 年版，第 1—2 页。

从本民族文化需要出发,有选择地借鉴,将新的因素注入本民族的文化之中,使之中国化、本土化。就文学思潮而言,尽管浪漫主义存在着较大的影响、现代主义也吸引了许多作家与理论家,但真正成为中国新文学主流的却是现实主义,特别是俄国现实主义。

1918年底,周作人提出"人的文学",主张以西方人道主义精神去革新中国传统的文学观念,从创作态度与写作内容方面划清了新旧文学的界限,确立了中国新文学的人道主义文学观。1921年1月,文学研究会成立,提出"为人生"的口号,更突显了文学的社会功利性。当时促使中国新文学特别注重社会功利性的原因,温儒敏在《新文学现实主义的流变》一书中将其概括为三点:一、"问题小说"创作风气的推动;二、跟反对旧文学的"文以载道"和反对"消闲"文学有关;三、俄国现实主义文学思潮的影响。[①] 此外,还有一点也不容忽视,即中国当时的基本国情——半殖民地半封建社会,决定了当时整个民族的根本任务是进行反帝反封建的政治革命。这一根本任务从一开始就影响着中国新文学,加之1917年俄国十月社会主义革命的胜利,使中国在引进、借鉴外来文学思潮时,越来越向俄国现实主义文学靠拢。到了20世纪20、30年代,随着中国共产党的诞生以及无产阶级革命运动的不断发展,"十月革命"在中国的影响也更深入,许多作家便把目光从旧俄文学延向苏俄的现实主义文学。颇具意

---

① 参见温儒敏:《新文学现实主义的流变》,北京大学出版社2007年版,第21-22页。

味的是,尽管卢卡奇是匈牙利人,但在新中国成立以前他却是被中国学者作为苏联理论家来加以译介的。

一、卢卡奇著作及理论传入中国的历史条件

卢卡奇著作及理论传入中国,是当时中国现实主义文学及理论克服自身弊病、寻求发展完善的结果。

20世纪20年代左右,中国现代文学创作中逐渐出现了一些概念化的不良倾向。五四运动前后至1921年,中国新文学受欧洲现实主义文学思潮的影响,出现了"问题小说""问题剧"创作的热潮,突显"五四"的时代气息及科学民主精神,然而这一热潮实际上是一股"题材热",存在着概念化、过于热衷提问题等弊病,"致使思想的探求取替了艺术的表现,理性的渗透排挤了客观的描写,结果又往往造成脱离生活、向壁虚构的创作倾向,并不利于现实主义的发展"[①]。20世纪20年代后期至30年代初,这种文学创作中的概念化等弊病,非但未被克服,反而在中国左翼文学中进一步扩大,并形成了当时普遍存在的标语口号、公式化、概念化等不良创作倾向。这些创作倾向的出现与当时中国复杂的社会历史文化语境有着密切的关系。

20年代后期,整个社会形势发生了急剧变化,国共两党分裂,大革命失败,反动派的屠杀政策在全国迅速造成白色恐怖,"五四"所开启的思想相对自由的时期结束。尽管无产阶级革命

---

① 温儒敏:《新文学现实主义的流变》,北京大学出版社2007年版,第34页。

运动陷入低谷，但随着整个社会变得空前"政治化"，加上中国左翼知识分子的努力和国际无产阶级文学运动的影响，中国无产阶级革命文学便得到了空前的发展。以后期创造社和太阳社为主要团体的作家大力倡导"革命文学"，力图用马克思列宁主义观点去阐释无产阶级革命文艺问题，对无产阶级文学的发展起到了一定的积极作用。"革命文学"被倡导，创作上也出现了与之相呼应的以"革命的罗曼蒂克"为特征的创作潮流。尽管这一创作潮流满足了当时的革命政治形势，但它将创作方法与政治立场相等同，存在着"将人物描写变成'时代精神号筒'的简单化写法，以及概念化、公式化的弊病"①。为克服上述创作方法中存在的不良倾向，中国作家开始思考并注重作品的客观性与真实性，重视作家的主观体验，积极引进、学习、借鉴苏联及其他国家的无产阶级文艺理论。在这一背景下，受苏联、日本等国无产阶级文学运动的影响，"新写实主义"②"唯物辩证法的创作方法"先后成为左翼作家遵循的基本方法，几乎也成为左翼作家从事文学批评的唯一标准。中国左翼作家引进苏联"拉普"③的"唯物辩证法

---

① 钱理群、温儒敏、吴福辉：《中国现代文学三十年（修订本）》，北京大学出版社1998年版，第153页。
② "新写实主义"当时又被称为"普罗列塔利亚写实主义""无产阶级写实主义"等。1928年以后，日本无产阶级文艺理论家藏原惟人的《到新写实主义之路》《再论新写实主义》等文被译介至中国。1930年，这些文章和其他一些相关论文的中译本被编为《新写实主义论文集》，由上海现代书局出版，对左翼文学产生了重要的影响。藏原惟人的"新写实主义"理论，大多都是来自苏联的"拉普"，其理论观点，不仅被太阳社、创造社成员普遍接受，而且成为当时左翼文坛的支配思想。
③ "拉普"，即俄罗斯无产阶级作家联盟，简称RAPP，存在于1925—1932年。

的创作方法",原本是为了克服"革命的罗曼蒂克"文学中存在的简单化、概念化、公式化的弊病,然而,由于"唯物辩证法的创作方法"过于强调世界观对创作直线式的决定作用,把世界观和创作方法,把认识世界的一般科学方法和用形象描写生活的艺术方法,混淆甚至等同,结果在对"革命的罗曼蒂克"的创作思想进行清算的过程中,连作为基本创作方法之一的浪漫主义也一并否定了,实际上非但未能克服概念化与公式化的弊病,反而进一步助长了"左"的图解政治概念的倾向,对左翼作家的文学创作和批评实践都产生了不良影响。

这一时期,中国左翼文坛存在的这种标语口号、公式化、概念化等不良倾向,很快引起了中国作家对现实主义理论的再讨论、再认识,胡秋原的"文艺自由论"以及苏汶的"第三种文学论"便是例证。讨论促使左翼作家对文学创作中的真实性、主体性等理论问题引起重视。事实上,早在20世纪20年代初,文学研究会针对新文学诞生以来文学创作中存在的概念化、不真实等问题(鲁迅等个别作家除外),对现实主义由口号的提出、一般内容的倡导向具体创作方法的探讨这一更深层次发展,已经开始注重文学创作中的真实性、主体性等问题。于是便出现了沈雁冰、谢六逸、郑振铎等"人生派"理论家大力倡导自然主义,强调实地观察和如实描写的主张。20年代中期,中国作家对这些创作理论的探讨也取得了一定进展,最突出的是鲁迅。他从现实主义的理论高度总结自己创作中所积累的经验:在创作精神上强调正视人生现实的态度,将现实主义的矛头指向"瞒和骗"的文学;从理论上强调写"国民的灵魂"的重要性,并将之作为现实主义的核心内容；从主体上强调现实主义创作中的主体性。鲁迅不仅以其创作为现实主义文学在真实性与主体性方面提供了典范，他对现实主义理论的探索、研究，也为中国现实主义文学的发展开拓了新路。30年代初，面对"唯物辩证法的创作方法"给左翼文学发展所带来的不利影响，为克服其对文学发展的束缚和限制，消除文学创作中的不良倾向，中国左翼作家开始从苏联引入"社会主义现实主义"的口号和创作方法。因此，对苏联社会主义现实主义创作方法的引进，实质上是中国现实主义文学对典型、真实性、主体性等创作方法不断重视、探索的结果，也是中国现实主义理论自身发展的需要。

1932年4月23日，联共（布）中央做出《关于改组文学艺术团体》的决议，宣布解散"拉普"，接着，文艺界开展了"共同纲领"的讨论。1932年10月，苏联召开全苏作家协会第一次大会，批判"拉普"的"唯物辩证法的创作方法"，提倡社会主义现实主义的创作方法。这一动向很快引起了中国理论界的关注，1932年底，左翼刊物《文学月报》第5、6期合刊上介绍了苏联有关改组"拉普"和国际革命作家联盟的消息。同年11月，《文化月报》创刊号上也介绍了苏联文艺界的这一理论动态。11月3日，张闻天以"歌特"为笔名发表了《文艺战线上的关门主义》一文，借鉴苏联清算"拉普"的经验教训，批判了当时文艺战线上长期存在的"左"倾错误，对当时整个左翼文学的发展起了指导作用。1933年初，《艺术新闻》刊载了一篇短文，根据日本作家上田进的文章提供的信息，介绍了苏联"社会主义现实主义"的口号，接着又有一两篇有关苏联这一口号的论文被译介进来,但反响都不大。真正产生重大影响的是1933年11月周扬在《现代》杂志第4卷第1期发表的一篇文章,即根据苏联作家吉尔波丁的讲话和文章编写的《关于"社会主义的现实主义与革命的浪漫主义"——"唯物辩证法的创作方法"之否定》,尽管这篇文章对社会主义现实主义的理解和介绍仍存在一定的片面性,但它提倡社会主义现实主义创作方法,反对"唯物辩证法的创作方法",提倡"写真实",却是第一篇"正式而全面介绍社会主义现实主义的文章……对无产阶级文学运动以来长期存在的世界观与创作方法、政治与艺术的争论,作了理论上的总结"①。就当时的中国理论界而言,"一直到1933年底,苏联社会主义现实主义的口号传入之后,左翼文学理论界才真正开始清算'左'的理论影响,并围绕现实主义问题认真探索新文学发展的真正道路。社会主义现实主义文学口号的传入,标志着现实主义思潮发展到一个新的阶段。"②之后,随着苏联社会主义现实主义理论的不断引入,特别是鲁迅、瞿秋白、茅盾、冯雪峰、周扬、胡风等作家的努力,马克思、恩格斯等人论现实主义真实性、典型性等问题的文艺著述也陆续被译介,中国左翼作家对现实主义创作方法的认识和理解也日趋全面深入。

正是在这一历史文化背景下,卢卡奇的著作及理论被作为苏联社会主义现实主义文艺理论译介至中国。关于这一问题,马驰在《卢卡奇美学思想论纲》一书中进行了较为系统的考察,他认

---

① 严家炎:《二十世纪中国文学史》(上册),高等教育出版社2010年版,第305页。
② 温儒敏:《新文学现实主义的流变》,北京大学出版社2007年版,第122页。

为是在马克思主义文艺理论传入中国的背景下,随着苏联社会主义现实主义创作方法确立后的对外传播,中国文艺工作者受之影响并向其学习、借鉴的过程中,把卢卡奇的著作及理论传入中国的。值得注意的是,卢卡奇原本是匈牙利人,却被中国理论界当作苏联理论家译介,这与他20世纪30年代至40年代初长期旅居苏联并积极投身于马克思主义文艺理论实践有着密切的关联。

1930年,卢卡奇被奥地利政府驱逐出境,前往莫斯科,在梁赞诺夫领导的苏共中央马克思、恩格斯、列宁研究院从事《马克思恩格斯全集》俄文第一版的编辑工作。工作期间,他有机会读到当时尚未出版的马克思《1844年经济学哲学手稿》①及文论问题的有关信札。1931年夏,卢卡奇前往柏林,任德国作家安全联盟柏林小组临时第二主席,并参加无产阶级革命作家联盟。1933年3月,被德国法西斯政府驱逐出境,取道捷克斯洛伐克前往苏联。1933年至1944年,他大部分时间都生活在苏联,专门从事学术研究,潜心研究美学及文艺理论,并在《国际文学》《文学评论》等杂志上发表了许多很有分量的文艺理论论著,在莫斯科出版了多部文论著作。В.Ф.彼列韦尔泽夫与卢纳察尔斯基、弗里契②等共同编纂的《文学百科全书》(1929—1930),就收录了卢卡奇的一些文论文章。在苏联期间,卢卡奇对19世

---

① 《1844年经济学哲学手稿》,简称《巴黎手稿》,1932年在柏林首次出版。
② В.Ф.彼列韦尔泽夫(1882—1968),苏联文艺学家;卢纳察尔斯基(1875—1933),苏联社会活动家、文艺评论家、作家;弗里契(1870—1929),苏联文艺学家、文艺理论家。

纪以来现实主义的文学遗产进行了系统的整理研究，有力地批判了自然主义、形式主义及表现主义，高度赞扬巴尔扎克、司汤达、狄更斯、托尔斯泰等作家的伟大现实主义传统。由于这方面的突出贡献，他于1934年当选为苏联科学院院士，并赢得了国际范围内最出色的马克思主义作家和理论家的声誉。[①]1938年，《青年黑格尔》完稿，卢卡奇以此荣获苏联科学院哲学博士学位。

卢卡奇在苏联生活与工作期间，除了积极从事马克思主义文艺理论研究之外，还亲自参加了苏联的一些文艺批判活动，如批判"拉普"的运动。1932年4月，斯大林宣布解散俄罗斯无产阶级作家组织"拉普"，提出以社会主义现实主义取替唯物辩证法创作方法。对此，卢卡奇拥护并亲自参加了这场批判运动，在自传中也曾明确谈到过："……当时按照斯大林的倡议开始了反对拉普的运动，这无疑有它的积极方面。这个运动的目的，我觉得是很值得称许的，目的就是破坏拉普的托洛茨基首领阿维尔巴赫的地位。……我也参加了这个运动。"[②] 卢卡奇之所以参加这一运动，除了上述的社会意图外，也是出于其积极的文化目的："我一向反对的'拉普'被解散（1932），为我和其他许多人揭示了一种广阔的前景：社会主义文学、马克思主义文学理论和文学批评的不受任何官僚主义阻碍的繁荣；虽然文学理论和文学批评的马列主义性质以及没有由官僚机关设置的框框这两个组成部分都应该

---

① 参见马驰：《卢卡奇美学思想论纲》，东北师范大学出版社1997年版，第233页。
② 《卢卡奇自传》，杜章智等编译，社会科学文献出版社1986年版，第144页。

同样强调。"①

20世纪30年代，正是由于卢卡奇长期旅居苏联、积极从事马克思主义文艺理论研究和一些文艺批判的实践活动，并取得了令人瞩目的成绩，加上当时中国左翼文学运动理论建设尚处于比较薄弱的阶段，为了尽快消除"唯物辩证法的创作方法"给文学创作带来的简单化、概念化和公式化等弊病，中国作家积极探索现实主义文学及理论新的发展道路，而苏联社会主义现实主义理论中关于真实性、典型、主体性等问题的论述，有利于解决中国现实主义所面临的困境和问题，符合中国现实主义文学自身发展的内在需要。因此，引进苏联"社会主义现实主义"的创作方法在当时就变得非常迫切，加之当时国内战争、割据所引起的交通、信息闭塞等诸多因素的影响，这才出现了卢卡奇被作为苏联社会主义现实主义文艺理论家被译介至中国的现象。

二、孟十还等人的译介

20世纪30年代，中国左翼文学已开始强调典型和真实性，重视文学创作中的主体性，而卢卡奇对现实主义理论的高度重视，严厉批判文学创作中的自然主义与形式主义，正好满足了当时中国理论界的需要，因而译介卢卡奇的著作及理论有利于当时中国现实主义文学及理论的健康发展。于是，1935年中国学界出现了最早的卢卡奇文艺理论著作的中译本，即《左拉和写实

---

① 《卢卡奇自传》，杜章智等编译，社会科学文献出版社1986年版，第225—226页。

主义》①,由孟十还翻译并于 1935 年 4 月 16 日刊登在《译文》第 2 卷第 2 期。在该文中,卢卡奇通过分析左拉对待巴尔扎克、司汤达等作家的态度,批判了左拉的自然主义倾向:"左拉底自然主义的实验小说,是这样情形,尝试寻找这样的方法,这种方法给作者一种可能,降到单纯的观察者底水平,创作是实实在在地占领着真实"②,由此表明了他鲜明的现实主义主张:推崇巴尔扎克以来的现实主义的伟大传统——典型和真实性。随后,卢卡奇的《小说底本质》③和《小说》④也陆续被译介至中国。然而,由于这两篇文艺著作论述的是小说的名称、起源、历史、特点、性质及类别等理论问题,具有极强的理论性,尤其是《小说底本质》一文,语言具有极其抽象的哲学思辨性,且文章的内容也过于艰深、抽象,非一般读者所能接受(胡风译了一部分就将其搁置),加上当时中国左翼作家比较注重的是文学上的创作方法,故此这两篇译文并未引起理论界的注意。1940 年至新中国成立,中国文坛先后共计出现了五篇卢卡奇的译文:《论新现实主义》《叙述与

---

① 关于该译文的名称,目前存在着一种提法——"左拉与现实主义",如马驰的《卢卡奇美学思想论纲》和刘秀兰的《卢卡契新论》这两部书中采用了这一提法。根据笔者查阅《译文》杂志 1935 年 4 月 16 日第 2 卷第 2 期上孟十还发表该译文的原文,应是"左拉和写实主义"。
② 〔匈〕卢卡奇:《左拉和写实主义》,孟十还译,《译文》1935 年 4 月 16 日第 2 卷第 2 期。
③ 《小说底本质》由胡风根据熊泽复六的日译本翻译而成,1936 年 10 月 15 日和 12 月 1 日分别在《小说家》月刊第 1 卷第 1、2 期连载。此文是卢卡奇在苏联康谟学院哲学研究所文学部的讨论记录、提付讨论的报告演说,为了起草《文艺百科辞典》中"罗曼"(Roman,小说的译音),文学部举行了一场专门讨论会,卢卡奇在会上所作的报告。
④ 《小说》译自苏联《文学百科全书》,由以群 1937 年根据日本熊泽复六的日译本译出,1938 年 9 月由生活书店出版。

描写》《是人民辩护者抑或是事物主义者》《论文学上人物底智慧风貌》《论德国法西斯主义与尼采思想》①。

以上八篇论著中,《叙述与描写》在当时中国学界影响最大。这与当时中国复杂的社会、历史、文化氛围有着紧密的关联。1937年,卢沟桥事变,抗日战争全面爆发,"救亡"压倒了一切,文学活动转向以此为中心。由于抗战初期的文学过于功利性、过于强调宣传性、战斗性,很大程度上丧失了文学自身的审美、多样化、个性化等艺术内容,致使文学创作上存在着严重的公式化、概念化倾向。1938年以后,随着抗日战争进入相持阶段,抗战初期受速胜论鼓动的激昂的社会心理与时代氛围逐渐沉寂,作家们随着这种时代心理的变化而转为沉郁苦闷,在对战争前途、民族命运忧虑的同时,开始重新认识我们的民族,重新认识自己,重新思考文学艺术,意识到"文学的艺术表现也必然要追求其应有的丰富性、复杂性与深刻性"②。因此,他们开始重新思考那些不利于文学健全发展的认识,积极探索文学创作、发展等理论问题,这便出现了40年代的一些重大文学问题的探讨,如关于"民族形式"、文艺与政治、文艺与生活的关系以及现实

---

① 《论新现实主义》,王春江译,1940年1月15日刊载于《文学月报》第1卷第1期;《叙述与描写》,吕荧译,1940年12月发表在《七月》第6卷第1、2期合刊,另外,该译文还于1947年10月由新新出版社出版;《是人民辩护者抑或是事物主义者》,陶甄译,《中苏文化杂志》1941年第8卷第2期;《论文学上人物底智慧风貌》,周行译,1944年3月1日刊载在《文艺杂志》第3卷第3期;《论德国法西斯主义与尼采思想》,居甫译,1945年发表于《民主世界》第2卷第7期。

② 钱理群、温儒敏、吴福辉:《中国现代文学三十年(修订本)》,北京大学出版社1998年版,第346页。

主义和"主观"等问题的论争。在此情况下,卢卡奇的《叙述与描写》被译介,它是继《左拉和写实主义》之后又一篇批判自然主义、提倡现实主义的论文,该文的副标题——"为讨论自然主义和形式主义而作"——就是很好的说明:

> 在《叙述与描写》里,卢卡契从巴尔扎克和弗罗贝尔(今译为福楼拜——笔者注)左拉人物绘写,行动结构方法的不同,追溯到生活态度的差异,社会发展的根源,世界观的认识的根源;探讨到现实主义的史诗创作的原则和弗罗贝尔左拉的创作原则,把握选择生活的本质的史诗的方法和表现细节的无选择的自然主义的描写的方法,史诗的成为诗的、"人的因素"的素质和左拉等描写表象的"死亡的自然"的结果,史诗的结构和"世界观"的联系,自然主义派失去绘写生活过程真实脉搏能力的基本的弱点,意识形态和诗的弱点。①

卢卡奇的这篇文章,阐明了他对现实主义形象塑造方法的理解,把这种方法同只抓住表面现象的自然主义写作方法严格地区分开。鉴于这篇文章在讨伐自然主义和形式主义方面的积极意义,以及它对现实主义的高扬,有助于解决当时现实主义文学创作中存在的一些公式化、概念化问题,能够满足中国学界对典

---

① 吕荧:《译者小引》,载〔匈〕卢卡契:《叙述与描写》,吕荧译,新新出版社1947年版,第3页。

型、真实性及主体性等理论倡导的需求，于是1947年10月该文由新新出版社成书出版。吕荧在1944年为该书出版而写的《译者小引》中，强调了卢卡奇《叙述与描写》一文对自然主义、形式主义的清算，及其对当时文学发展所具有的积极意义——不仅有利于抵制当时中国文坛上左拉的生物学理论与"文献性"小说的作风，而且有力地推动了现实主义理论更深层次的发展——强调典型、注重真实性。此外，更难能可贵的是，该书在向国内译介卢卡奇现实主义理论的同时，首次对卢卡奇本人也作了简要介绍与评论：

> 关于作者卢卡契，知道得很少，只从《国际文学》①的后记上知道他是匈牙利人，文学史家，文学理论家，现在苏联。近著有《十九世纪的文学理论与马克思主义》《希勒的美学》《现实主义史》《历史小说》等。
>
> 一九三九年，他的《现实主义史》出版后，有些地方受到批评家的指摘；后来，由于里夫西茨的反驳，引起一九四〇年的一次文艺论争。
>
> 在论争中，有些批评家批判卢卡契和"潮流派"：说他们以人民性代替阶级性，认为落后的保守的世界观是创作优秀艺术作品的有利基础；把苏联艺术家的典型和帝国主义时代资产阶级作家的典型等而观之，"认为苏联

---

① 《国际文学》，双月刊，国际革命作家联盟机关刊物，国际革命文学局编，苏联莫斯科外国工人出版社以俄、德、英、法四种文字出版，1931年6月创刊时名为《世界革命文学》，1932年起改为《国际文学》。

文学是颓废精神的表现之一";批评苏联文学的"事务主义性"和"图解性",认为"苏联作家所应关心的,不是把正在革命发展中的社会主义现实给以忠实反映的问题,而是把科学尚未知道的新观念加以公式化的问题。"……①

这些介绍与评论对于当时国内学人正确、全面认识卢卡奇都大有裨益,因为在20世纪30、40年代国内理论界对卢卡奇的介绍,大多是对其著作的译介,极少对卢卡奇本人的情况予以介绍,就是译介卢卡奇的期刊,除极少数未注明其国籍之外,大多都将其误认为是苏联人,即便是1947年新新出版社出版的《叙述与描写》一书,其版权页也同样将作者的身份信息标注为"苏联"。

20世纪30、40年代,卢卡奇作为哲学家、文艺理论家已蜚声国际世界,然而,中国学人并非盲目地照搬,而是根据本国的文化实际需要,有目的、有选择地进行利用、借鉴、吸收,在这一融化和创造过程中,将本民族新的因素注入其中,从而使现实主义在中国扎根并显示出中国特色。截至1949年,卢卡奇的哲学论著极少被中国理论界译介(其原因将在论文第四章第二节中详加阐述),他是被作为苏联社会主义现实主义理论家来介绍的。这一时期,卢卡奇已有众多极有分量的文艺理论著述,被译介至

---

① 吕荧:《译者小引》,载〔匈〕卢卡契:《叙述与描写》,吕荧译,新新出版社1947年版,第4-5页。

中国仅有 7 篇①。之所以如此,与卢卡奇本人的理论思想及当时苏联政治、文艺界的整体形势有着密不可分的关联。

30 年代,在苏联生活与工作期间,尽管卢卡奇参加了批判"拉普"的运动,但他始终保持着清醒的认识,认识到这一批判运动自身的复杂性,"在某种程度上这个运动分裂为两部分。纯粹斯大林主义的一翼满足于使阿维尔巴赫陷于孤立。后来阿维尔巴赫在大清洗中被杀害了。另一翼创办了刊物《文学评论》,争取在俄国文学中实现革命民主的变革。我在俄国停留的后期参加了这一活动"②。并且在批判"拉普"的同时,卢卡奇已经清楚地认识到当时苏联斯大林体制中的教条主义、官僚主义等弊病,并明确指出:"奋发向前的、丰富马克思主义文化的思潮和对任何独立思考进行的教条主义的、官僚主义的暴君式压制之间的矛盾,其根源应该到斯大林体制本身中,因而也是到斯大林本人身上去寻找。"③故此,他才在 30 年代与不同于斯大林正统路线的《文学评论》保持着密切的合作关系,"我和《文学评论》杂志合作六七年,我们始终执行一条反对那些年的教条主义的政策。法

---

① 这 7 篇分别是:《左拉和写实主义》(孟十还译,《译文》第 2 卷第 2 期,1935 年 4 月 16 日)、《小说底本质》(胡风译,《小说家》月刊第 1 卷第 1、2 期连载,1936 年 10 月 15 日和 12 月 1 日)、《小说》(以群译,生活书店,1938 年)、《论新现实主义》(王春江译,《文学月报》第 1 卷第 1 期,1940 年 1 月 15 日)、《叙述与描写》(吕荧译,《七月》第 6 卷第 1、2 期合刊,1940 年 12 月)、《论文学上人物底智慧风貌》(周行译,《文艺杂志》第 3 卷第 3 期,1944 年 3 月 1 日)、《论德国法西斯主义与尼采思想》(居甫译,《民主世界》第 2 卷第 7 期,1945 年)。
② 《卢卡奇自传》,杜章智等编译,社会科学文献出版社 1986 年版,第 144-145 页。
③ 同上注,第 226 页。

捷耶夫等人曾经同拉普做斗争,并且在俄国打败了拉普,但是这只是因为拉普中的阿维尔巴赫等人是托洛茨基分子。他们胜利之后,又开始发挥他们自己的拉普式的主张。《文学评论》总是抵制这些倾向。我在其中写过许多文章,它们都包含两三条斯大林的语录(当时在俄国这是绝对必要的),而且它们都是反对斯大林的文学理论的。它们的内容总是反对斯大林的教条主义的"①,"如果你们读我在二十年代和三十年代写的文章,就会看到,甚至在那个时期我对斯大林和日丹诺夫的基本方针也是不同意的"②。由于卢卡奇的文艺观点同当时苏联文艺界的主导思想不同,甚至相悖,这便引发了1939年11月至1940年3月苏联文学界的一场激烈论争。这场论争围绕着卢卡奇《19世纪文学理论和马克思主义》《论现实主义的历史》《论艺术家的两种类型》《艺术家和批评家》等一系列文艺理论文章中有关精神生产和物质生产发展的不平衡关系、方法和世界观之间的关系、对待遗产的态度、党性和人民联系等问题展开,对卢卡奇和当时苏联《文学评论》的负责人里夫希茨、乌西也维奇进行严厉批判。这场文艺论争在前文引述的吕荧《译者小引》中已谈到,论争的结果就是根据苏共中央委员会的一项决议("关于文学批评和书报"),《文学评论》从1940年第3期起停刊。1940年,卢卡奇在《国际文学》第1、2、3期连载了《人民领袖还是官僚主义者》,这是斯大林时期他在俄国发表的对官僚主义最为尖锐透彻的批评文章。由于

---

① 《卢卡奇自传》,杜章智等编译,社会科学文献出版社1986年版,第303页。
② 同上注,第278页。

他的一系列批判活动，1941年卢卡奇被捕入狱两个月。从20世纪30年代开始，中国左翼文学开始向苏联学习，卢卡奇传入中国不久，他在苏联文艺界就遭到批判，受其影响，除受到胡风等个别作家青睐之外，在中国文艺界几乎是处于批判的浪潮中。"因此可以这么说，卢卡奇介绍到中国之始，便是他在苏联横遭厄运之时。这一'时间差'也就决定了卢卡奇的理论在中国左翼文学中的命运。当这些左翼理论家们尚未看清卢卡奇理论的真正面目之时，便又投入到对他的讨伐中去了。"① 故此，卢卡奇当时引起争论的《19世纪文学理论和马克思主义》《论现实主义的历史》《论艺术家的两种类型》《艺术家和批评家》等一系列文艺论著未被译成中文，也就理所当然了。综上所述，无论卢卡奇的著作及理论传入中国，还是其在中国左翼文学中被批判的命运，都与苏联及其文艺界有着千丝万缕的联系，真乃"成也萧何，败也萧何"。

第二节　新中国成立初期（1949—1976）：曲折中发展

1949年至"文化大革命"结束，卢卡奇在中国被视为一个国际修正主义者，受到严厉批判。尽管这一时期中国文艺界对卢卡奇也是持批判的态度，但是，对其著作及理论的译介却呈现了曲

---

① 马驰:《卢卡奇美学思想论纲》，东北师范大学出版社1997年版，第237页。

折中发展的态势。

一、"十七年"时期的译介：批判中发展

1949年以前，总体而言，中国文化界处于相对自由开放的氛围中，西方自文艺复兴以来的各式各样的思潮理论几乎都可以被译介，各种观点都可以在报刊、讲堂上加以讨论。到了1949年，随着国共两党政权的更迭，中国文学的发展也受到这一社会政治变革的影响，形成了"以延安文学作为主要构成的左翼文学，进入50年代，成为唯一的文学事实"①的局面。因此，文艺创作及其理论活动必须坚持"文艺为工农兵服务""文艺为政治服务"的方针，就成了当时中国文学及其理论发展的目标和任务。随着毛泽东的《在延安文艺座谈会上的讲话》成为全国文艺运动的共同纲领，再加上当时"以阶级斗争为纲"的政治思想路线的影响，致使文学更加注重意识形态功能与社会政治效用、强调作家的世界观与阶级立场，从而把文学要忠于政治、服务于政治的文艺思想推向极致，最终形成了文学批评必须坚持"政治标准第一、艺术标准第二"的简单化公式。与此对应的是，对"无产阶级及其文学"和"资产阶级（小资产阶级）知识分子及其文学"之间的界限作清晰划分，也被提上了议事日程。为了进一步确立《在延安文艺座谈会上的讲话》作为全国文艺工作的基本方针，中国文艺界思想界陆续展开了一系列带有浓郁政治色彩的批

---

① 洪子诚：《中国当代文学史》，北京大学出版社1999年版，第5页。

判运动,如对电影《武训传》的批判、对俞平伯《红楼梦》研究的批判及对胡风的批判等。在这一背景下,中国文艺界开始重新审视、评价外国文学,由于历史和政治等原因,苏联及其文学便成为新中国学习的首要对象。

当时,无论是在文艺界还是在政治上,卢卡奇都受到苏联和东欧的严厉批判。早在20世纪30、40年代苏联文艺界对卢卡奇的批判便已开始,这点在上一节中曾详细论述。到1949年,在匈牙利围绕着卢卡奇1945年以后发表的一系列文艺理论和文学史著作(特别是《文学与民主》)也展开了一场公开的大规模论争,批判其著作中的"修正主义"倾向。1956年"匈牙利事件",卢卡奇因担任纳吉政府的文化部长为社会主义阵营所共同批判。1958年,民主德国展开针对其著作的公开批判,匈牙利科学院和高级党校也对其著作中的修正主义倾向进行批判,至此,苏联和东欧对卢卡奇的批判由文艺界完全扩展至政治领域。1949年之后,中国对卢卡奇也是持批判的态度,一方面是受苏联及东欧等社会主义国家批判卢卡奇潮流的影响,另一方面,与当时中国理论界所追求的文艺创作及理论活动必须坚持"文艺为工农兵服务""文艺为政治服务"的目标和任务有着直接的关系。因为批判卢卡奇,与批判俞平伯、胡风等人一样,其都是为了批判资产阶级(小资产阶级)知识分子及其思想,从而确立、巩固《在延安文艺座谈会上的讲话》作为全国文艺工作的基本方针。

1949年至改革开放前这段时间内,在"反修斗争"中,卢卡奇"是被当作国际修正主义者的一个代表人物来批判的,报刊反修文章中常常提到他,文艺理论教材中也每每拿他做靶子,特别是谈到现实主义创作方法和世界观的关系问题时"①,这一倾向在对卢卡奇理论的译介工作中有明显表现。尽管"十七年"文学时期中国学术界对卢卡奇理论的译介与接受,主要是出于政治批判的需要,但是,该阶段对卢卡奇理论的译介工作相较新中国成立前而言,却呈现出在批判中发展的态势。这主要体现在以下三个方面。

首先,"十七年"文学时期,在卢卡奇文艺论著的译介或编撰方面,中国学界都取得了进一步发展。仅1960年,就有关于卢卡奇的3部文艺性文献资料的译介或编撰,分别是世界文学编辑部选编的《卢卡契修正主义文艺论文选译》、中国作家协会上海分会文学研究室编写的《卢卡契修正主义资料选辑》、复旦大学外文系资料室编撰的《有关修正主义者卢卡契资料索引》。除以上几部著作外,当时还有30余篇选译卢卡奇的文艺论文,可供国内学者查阅,也是弥足珍贵的。吴中杰曾谈道:"在60年代初,我曾得到一批16开活页本式的卢卡奇文艺论文,其篇目与80年代初中国社会科学出版社出版的2卷本《卢卡契文学论文集》大致相同。"②这批卢卡奇的文艺论文,是《世界文学》杂志社,从1956年起,在当时作家协会领导人邵荃麟同志的主持下选译印出的,并有评论文章10余篇。60年代初曾在邵荃麟、冯至、陈冰夷同志领导下召开会议拟定选题,筹备出版《卢卡契论文集》,参加工作的有:严宝瑜(北京大学),叶逢植(南京大

---

① 吴中杰:《〈卢卡奇美学思想论纲〉序言》,载马驰:《卢卡奇美学思想论纲》,东北师范大学出版社1997年版,第1页。

② 同上注,第2页。

学），以及中国社会科学院外国文学研究所的张黎、张佩芬和冯植生等同志。迄至1965年，译稿已基本集齐，未及出版，就开始了"文化大革命"。①

其次，中国学术界除译介或选编卢卡奇的文艺著作之外，也开始了译介其哲学论著，这在新中国成立以前是极为罕见的。这一时期，国内学术界最早出现的卢卡奇哲学著作的中译本是《存在主义还是马克思主义？》，经韩润棠、阎静先、孙兴凡翻译，由商务印书馆1962年出版。这是一部批判卢卡奇的"资产阶级哲学思想"的译著。在该书的"出版说明"中，编辑部批判该书所包括的四篇论文是"以'保卫'马克思列宁主义、批判存在主义作为伪装，实际上是在贩运他的修正主义观点"，并指明翻译、出版该书是"作为反面教材供理论、学术工作者批判参考之用的"。尽管如此，此书在国内学术界的贡献不可忽视，在当时环境下，它向国内介绍了西方的辩证唯物主义同存在主义的论争、存在主义哲学等有价值的理论思想，是相当可贵的，为理论工作者能够接触到卢卡奇的著作及理论提供了一定条件。

1963年12月，商务印书馆出版的王玖兴选译的《青年黑格尔》，也是卢卡奇的一部重要哲学论著。该书以黑格尔青年时代的思想发展为线索，重点论述了黑格尔的《精神现象学》，同时也涉及与黑格尔同时和前后的一些德国哲学家，如康德、费希特、谢林等。该书虽为内部读物"供批判用"，却为学术工作者

---

① 参见《〈卢卡契文学论文集〉前言》，载中国社会科学院外国文学研究所外国文学研究资料丛刊编辑委员会编：《卢卡契文学论文集》（一），中国社会科学出版社1980年版，第6—7页。

选译了几个具有较大现实意义的问题,如哲学史方法问题、黑格尔哲学与神学的关系以及有无神秘主义气息的问题、黑格尔的异化思想等,译者尽管未能指出卢卡奇的方法和论断究竟怎样对马克思主义哲学史作了修正,但该译本对上述几个问题的呈现,为理论工作者能够做出更全面的评判提供了非常有价值的材料。此外,王玖兴还在该书"译者前言"中提到,《青年黑格尔》的姊妹篇《理性的毁灭》一书已全译,不久将出版全译本",遗憾的是,后因"文化大革命"的爆发,未能出版。

最后,在译介的过程中,中国学界对卢卡奇的评价和认识也有所深入。在这一时期,中国学术界已经纠正了以往将其作为苏联理论家的错误认识,并随着卢卡奇文艺论著的陆续译出、面世,与其相关的一些介绍、评论文章也在期刊杂志上刊行。当然这些文章大多是批判性的,批判其为"国际修正主义者"及其著作中的"修正主义"思想,但也不乏学术价值的论文。国内学者翻译的卢卡奇《作家与世界观》(节译)、周煦良译介美国学者斯太因勒的《卢卡契的文艺思想》、仲清译英国学者戴维的《卢卡契:〈现代现实主义的意义〉》和英国学者哈代的《历史小说》①等,对卢卡奇的文艺思想及其意义作了一定的介绍,而周煦良的《卢卡契:〈理性的毁灭〉》及其译介美国学者拜尔的《异化的再发现》、耀辉译自英国《泰晤士报文学增刊》上的《齐塔:〈乔

---

① 《作家与世界观》(节译)《卢卡契的文艺思想》《卢卡契:〈现代现实主义的意义〉》《历史小说》均刊载于《现代外国哲学社会科学文摘》,前两篇均译于 1960 年第 7 期,第三篇发表于 1963 年第 4 期,最后一篇刊载于 1963 年第 5 期。

治·卢卡奇的马克思主义：异化、辩证法、革命〉》①等，对卢卡奇的哲学论著及其异化、辩证法等思想作了较多的评介。这一时期，除了对卢卡奇文艺学、哲学思想进行一定的研究之外，中国学者也开始对其美学著作及思想作初步的介绍和研究，如叶封的《乔治·卢卡契:〈美学的特点〉》、孔阳译卢卡奇的《一篇美学专论的序论》②等。这些译文及评介性论文的出现，对于当时国内学术界进一步了解卢卡奇及其著作，都有着宝贵的价值和积极的意义。

综上可见，在"十七年"文学时期，国内学界译介或选编的关于卢卡奇的著作，虽作为内部资料"供批判用"，却仍不乏宝贵的学术价值。尽管对卢卡奇其人其著主要持批判态度，但是国内有关其专著及文艺论文的译介工作非但没有停滞，反而相较20世纪30、40年代而言，无论是译介的数量还是质量都有了进一步的提升与发展。之所以呈现如此态势，与以下三方面因素密不可分：第一，为了满足对卢卡奇政治、文化批判的需要，然而国内有关他的译介资料非常有限，一些专业机构便组织人力、物力开展译介工作；第二，在"十七年"文学时期，中国文艺界曾出现过相对自由宽松的文化环境，也为卢卡奇理论的译介提供了空间与可能；第三，一些有识学人基于对学术真知的探求，致力于有关卢卡奇理论的译介工作。

---

① 《卢卡契:〈理性的毁灭〉》《异化的再发现》《齐塔:〈乔治·卢卡奇的马克思主义：异化、辩证法、革命〉》均刊载于《现代外国哲学社会科学文摘》，前两篇均发表于1960年第7期，最后一篇刊载于1965年第5期。
② 《乔治·卢卡契:〈美学的特点〉》和《一篇美学专论的序论》均译载于《国外社会科学文摘》1964年第12期。

二、冰封时期

1966年,在中国历时十年之久的"文化大革命"拉开了序幕。不久,这场史无前例的运动迅速从文化领域扩展到政治领域,成为全国性的政治运动。至此,之前"百花齐放、百家争鸣"的文艺政策在中国彻底宣告终结,"……'文革'激进派别指控'十七年'文艺界为'黑线专政',大多数作家被看作是'黑线人物''反动文人'"[①],"五四"以来的文艺成就也遭到否定、批判,国内外许多优秀的文艺作品,只要不符合"四人帮"的文艺观便被视为"毒草"。中国再次陷入了文化专制、闭关锁国的年代,与其他国家的学术文化交流几乎中断,译介外国作家、作品在当时几乎是不可能的事,中国的整个外国文学译介工作更是进入了新中国成立以来的最低谷。在这一大背景下,卢卡奇被视为一个"国际修正主义者",其著作在中国的译介与研究就不可避免地遭到"冰封"——停滞不前,没有著作的新译或再版面世,也没有任何相关的评论文章发表。即便是在"文革"前已经开始的译介工作也被迫中断,一些翻译成稿被束之高阁;更有甚者,非但未能出版,连已译出的文稿也完全遗失。中国社会科学院外国文学研究所编译的《卢卡契文学论文集》(两卷本),分别于1980、1981年由中国社会科学出版社出版,在"前言"中提及该论文集"迄至一九六五年,译稿已基本集齐,未及出版,就开始了文化大革

---

① 洪子诚:《中国当代文学史》,北京大学出版社1999年版,第162页。

命"①。无独有偶,王玖兴等译的《理性的毁灭》也有相似遭遇。该书1988年由山东人民出版社首次出版,在1987年"译者后记"中谈道:"本书的翻译始于20世纪60年代,贺麟、杨一之、王玖兴、王太庆、洪谦、熊伟和木辛诸合作曾将本书全部译出。后因'文化大革命',不但未能出版,连译出的文稿也完全散失。"②

总而言之,与其他外国作家的译介一样,在"文化大革命"这个特殊的政治历史时期,卢卡奇理论的译介与研究是一片空白。这一历史境遇,直到改革开放的新时期之后,才得以改变。

第三节 新时期以来(1977—):蓬勃中渐深

改革开放至今,卢卡奇在中国的译介受"新时期"经济文化发展的影响,大体经历了两个不同时期,即20世纪70年代末至90年代中期的复苏与蓬勃期及90年代中期以来的译介淡化、研究渐深时期。

一、70年代末至90年代中期:复苏与蓬勃

进入新时期以后,政治上"解放思想,实事求是"方针的确

---

① 《〈卢卡契文学论文集〉前言》,载中国社会科学院外国文学研究所外国文学研究资料丛刊编辑委员会编:《卢卡契文学论文集》(一),中国社会科学出版社1980年版,第7页。
② 〔匈〕卢卡奇:《理性的毁灭》,王玖兴等译,山东人民出版社1988年版,第769页。

立,真正开始了思想领域的"拨乱反正"和文艺领域的改革创新。伴随着大陆思想解放与改革开放的大趋势,以科学、民主为核心的"五四"启蒙精神得以回归,以个性解放、自由平等为要义的"人的文学"得以复兴,文学的工具化、政治化倾向得到根本扭转,思想文化开始由封闭、单一、贫乏走向开放、多样、丰富,这就给文学发展提供了新的自由空间。"'新时期'文化思潮的变革,首先是从'拨乱反正'开始的。"① 于是,这一时期中国思想界、文艺界出现了对50年代以后被各种运动打倒的作家进行平反的活动,纠正了以往坚持的"政治标准第一、艺术标准第二"的文艺批评模式,开始重新思考中国当代文学、文艺理论的发展问题,意识到要改变落后的面貌,就必须向西方先进的思想文化学习。基于此,从20世纪70年代末80年代初开始,在经历了长时间的文化封闭之后,中国理论界出现了大规模介绍西方文化思想的浪潮。这一时期出现的外国文学及文艺理论的翻译,之所以成为20世纪中国翻译史上又一次高潮,就是因为它满足了中国当代文学、文艺理论求新求变之自身变革发展的需要。为了更好更快地了解外国文学、文艺理论,学习、借鉴他国创作经验,加强外国文学、文艺理论的译介工作变得特别迫切。这就为中国学界译介、研究卢卡奇提供了良好的内部条件。

另一方面,在国际上卢卡奇的影响也备受瞩目。特别是1971年卢卡奇逝世之后,开始对其进行重新认识、评价。匈牙利举

---

① 董健、丁帆、王彬彬:《中国当代文学史新稿》,人民文学出版社2005年版,第361页。

办了一系列纪念卢卡奇的活动,如 1975 年纪念卢卡奇诞辰 90 周年,1981 年纪念他逝世 10 周年,1985 年纪念他 100 周年诞辰,实际上是恢复了卢卡奇在匈牙利政治、经济生活中及其在国际学术界所应有的崇高地位。尤其是在 1985 年,苏联、匈牙利及民主德国都召开了纪念卢卡奇 100 周年诞辰的学术会议,在会上宣读了百余篇学术论文,内容涉及卢卡奇的政治、哲学、美学和文艺学等多方面内容。"在莫斯科,主持会议的苏联科学院通讯院士Г.Л.斯米尔诺夫还郑重宣布,苏联现在已经出版卢卡奇的《审美特性》第一卷,即将出版他的《青年黑格尔和资本主义社会的问题》,以后还将继续出版他的著作。"① 这一系列纪念卢卡奇的活动,纠正了以往对他"修正主义者"的错误认识,为进一步提升卢卡奇在国际上尤其是在社会主义国家中的影响力创造了非常有利的条件。

受国内外形势所趋,中国学界开始重新评价卢卡奇这位具有世界影响的理论家,并积极翻译、出版其理论著作。20 世纪 80、90 年代,卢卡奇在中国的译介经历了复苏期(1977—1985)与蓬勃期(1986—1995)两个阶段。

(一)复苏期(1977—1985)

1977—1985 年这段时期内,中国文化界仍是"以高度政治化的'解放思想'为主"②,西方文论的各项译介工作仍处于起步

---

① 《卢卡奇自传》,杜章智等编译,社会科学文献出版社 1986 年版,第 5 页。
② 董健、丁帆、王彬彬:《中国当代文学史新稿》,人民文学出版社 2005 年版,第 361 页。

阶段。对卢卡奇理论的译介也是如此，中国对其论著的译介大多属于节译或选译，真正出版的专著仅有一部，即《卢卡契文学论文集》（两卷本），且译稿也早在1965年已基本集齐（因"文化大革命"而未能出版）。

新时期以后，中国学术界理解与接受卢卡奇始于1978年。《哲学译丛》1978年第6期译载了波兰学者奥霍斯基的《关于G.卢卡奇的争论》一文，该文简要介绍了卢卡奇的著作及苏东理论界围绕《历史与阶级意识》所展开的争论，从总体上肯定了他对马克思主义思想和人类文化所做出的重大贡献；同年，国内学者徐崇温也开始对卢卡奇进行较为详细的介绍与研究（这一内容将在论文第四章第三节中详述）。1980年《哲学译丛》杂志刊出的《卢卡奇的思想》一文，介绍了20世纪70年代初加利福尼亚大学教授E.巴尔的著作《G.卢卡奇》，虽是一篇极短的书评，却简明扼要地向国内首次介绍了卢卡奇的一些主要著作，如《历史与阶级意识》《论列宁》《有历史意义的小说》《歌德及其时代》《法国文学简史》《存在主义或马克思主义》《批判的现实主义的现实意义》《托马斯·曼》《巴尔扎克和法国的现实主义》《关于艺术的探讨》《理性的毁灭》《小说理论》等①。

1980年7月，中国社会科学出版社出版了《卢卡契文学论文集》（一），这部著作在中国社会科学院外国文学研究所外国文学研究资料丛刊编辑委员会同人的共同努力下，最终与公众见面。1981年，《卢卡契文学论文集》（二）也在中国社会科学出版社

---

① 参见《卢卡奇的思想》，《哲学译丛》1980年第1期。

发行。两卷本的《卢卡契文学论文集》,共收录37篇文艺理论文章,第一卷共18篇,探讨一般文艺理论问题;第二卷共19篇,评论具体作家作品和阐述具体文学流派。这是中国第一次正式出版卢卡奇文集,为新时期以来国内学界了解和研究卢卡奇文艺思想提供了较为丰富的文本支持。1982年,徐崇温著《"西方马克思主义"》一书在天津人民出版社出版。这部研究西方马克思主义的专著,在第二章"卢卡奇与他的《历史和阶级意识》"中,对卢卡奇的生平情况作了详细的介绍,为国内研究者进一步了解卢卡奇提供了宝贵的文献资料。

1985年,在纪念卢卡奇100周年诞辰之际,中国社会科学出版社出版了张伯霖等编译的《关于卢卡契哲学、美学思想论文选译》,该书选译了一些国外学者论卢卡奇的哲学、美学和文学思想的论文,如苏联《哲学问题》杂志编辑部1971年第11期刊载的悼念文章《纪念乔治·卢卡契》,苏联学者B. H. 别索诺夫等合著的《关于卢卡契的哲学观点》,匈牙利学者I.海尔曼的《乔治·卢卡契》,波兰学者K.奥霍斯基的《关于卢卡契的争论》,德国学者R.施太格瓦尔德的《卢卡契和生命哲学》以及美国学者E.巴尔的《乔治·卢卡契的思想》,此外还收录了中国学者杜章智、冯植生、燕宏远介绍当时国外研究卢卡奇思想的一些文章。该书围绕卢卡奇及其政治理论观点、哲学观点和文艺理论观点三方面内容,介绍一些国内外学者对卢卡奇的研究情况及各种不同的看法。

(二)蓬勃期(1986—1995)

自1986年始,随着思想解放运动的发展和改革开放的不断深入,卢卡奇在中国的译介步入了蓬勃发展时期。这首先体现在,中国翻译界由对其著作及文章的选译或节译发展为开始有规模地翻译、出版,其主要代表论著的译介也逐步得以展开。

1986年,中国出版界有两部关于卢卡奇文艺学、美学理论的译著问世。3月,人民文学出版社出版了范大灿选编的《卢卡契文学论文选(第一卷):论德语文学》。书中选编的一些文章均是卢卡奇讨论德国文学的论著,大多写于20世纪30和40年代,在文中,卢卡奇"把摧毁和清除法西斯主义对德国文学的肆意歪曲当作一项紧迫任务"[1],坚持以马克思主义历史唯物主义的方法作为研究文学的唯一正确方法,以求科学地解释德国文学。尽管卢卡奇研究德国文学是为了证明——"德国文学是德国人民命运的一部分、一个因素、一种表现和一种反应"[2],然而,他研究德国文学并非出于纯学术目的,而是希望通过文学这个侧面总结德国历史发展的经验教训,指出今后发展的道路。卢卡奇经过一系列研究最后得出结论——马克思主义的原则不仅规定了研究文学的基础和方法,而且产生了评价文学的标准,即民主和现实主义。9月,中国社会科学出版社推出了徐恒醇译的《审美特

---

[1] 范大灿:《〈卢卡契文学论文选(第一卷)〉译本序》,载〔匈〕卢卡契:《卢卡契文学论文选(第一卷):论德语文学》,范大灿编选,人民文学出版社1986年版,第1页。

[2] 〔匈〕卢卡契:《卢卡契文学论文选(第一卷):论德语文学》,范大灿编选,人民文学出版社1986年版,第6页。

性》(第一卷),第二卷的译本直到 1991 年 3 月才最终问世。《审美特性》①是卢卡奇重要的美学著作,是他从马克思主义的立场和观点对艺术作品与艺术体验、形式与心灵之间的关系所做的新探索,对人类的审美反映和艺术的基本特性作了哲学和社会学的系统分析,详细论证了审美和艺术的历史形成及巫术在审美形成中的作用,探讨了艺术作品的结构特征、美学中主客观因素的辩证统一关系及其一般特征,同时,对作为审美结构本质的特殊性范畴、自然美的本质以及审美艺术中模仿的特性等方面问题也作了系统的研究,对马克思主义美学的系统化工作做出了非常突出的贡献。

前面提到的《理性的毁灭》一书,其译稿因"文化大革命"而完全遗失,1986—1987 年,在王玖兴主持下,程志民、谢地坤等几位哲学工作者合作将该书重新译出,并于 1988 年 4 月终于在山东人民出版社出版。《理性的毁灭》是卢卡奇最重要的理论著作之一,也是引起当时东西方学术界和理论界争议最多的著作之一。在书中,卢卡奇以第二次世界大战为背景,从意识形态上对德国法西斯主义作了"追根溯源"式的思想清算,把德国法

---

① 卢卡奇原计划写作一部关于马克思主义的美学巨著,分三卷本来完成,但由于卢卡奇本人写作兴趣和重点的转移,他仅仅完成了第一卷,即两卷本的《审美特性》。该著完成于 1962 年,关于它的出版时间却存在不同说法。张西平的《卢卡奇》认为该书问世于 1968 年,根据日本学者初见基《卢卡奇——物象化》、英国学者盖欧尔格·里希特海姆《卢卡奇》和 G. H. R. 帕金森《格奥尔格·卢卡奇》、俄国学者别索诺夫和纳尔斯基《卢卡奇》以及有关卢卡奇的本人传记资料,并参考国内学者马驰、张翼星、宫敬才等人的有关记述,可判定《审美特性》的首次出版时间应是 1963 年,由新维德市卢西特汉特出版社出版。

西斯主义的兴起和第二次世界大战的罪责归咎于非理性主义的思想学说，对自叔本华、尼采等人的生命哲学至20世纪的西方非理性主义作了系统的考察、批判与清算。"卢卡奇在《理性的毁灭》一书中，无论在描述的对象上，还是在使用的方法上，都有失误（这仍然是受了历史条件的限制）。但这并不是从根本上怀疑这本书，甚至采用简单的办法不加任何说明就否定这本书的充分理由。这本书的基本思想是应该值得称道的，这就是：历史的乐观主义、无条件地坚持理性、要求有理性的人团结起来、呼吁人们注意由于抛弃任何理性而给人类带来的危险。"① 卢卡奇在二战刚结束不久后的冷战时代，写作并发表了这部理论著作，要求以群众运动来"重建理性和保卫和平"，实现"群众运动性的保卫理性"。② 卢卡奇在批判、清算非理性主义的同时，提出非理性主义的真正决定性的强大对手是马克思主义："在1848年，对理性的毁灭就首次遇到了真正决定性的强大对手，这就是马克思主义。从1917年以来，马克思主义不仅在地球上六分之一的人民中发展成为世界观，而且也达到了更高的思想阶段，即马克思列宁主义，即马克思主义在世界战争和世界革命时期的进一步发展。"③ 正是鉴于《理性的毁灭》所具有的思想价值和时代意义，该书中译本一出版，便受到中国学术界的好评，90年代以后被多

---

① 〔德〕M. 布尔：《评卢卡奇》，《哲学译丛》1986年第1期。
② 〔匈〕卢卡奇：《理性的毁灭》，王玖兴、程志民、谢地坤等译，江苏教育出版社2005年版，第562页。
③ 同上注，第559页。

次再版。

进入1989年以后，卢卡奇的一些代表著作逐渐出版并不断获得重译与再版。1989年1月，对卢卡奇影响最大、引起争论最多，也是其最重要著作之一的《历史与阶级意识》，由张西平译为中文，在重庆出版社发行。9月，王伟光、张峰合作翻译的《历史与阶级意识》一书，在北京的华夏出版社出版。1989年，《历史与阶级意识》的中译本除了在中国内地出版之外，也在台北的结构群文化事业公司出版，由学者黄丘隆翻译完成。1992年10月，杜章智等译的《历史与阶级意识》在商务印书馆出版，之后被多次再版。

1989年3月，卢卡奇又一重要著作，也是其对自己一生理论思想的总结性著述《社会存在本体论导论》，经沈耕、毛怡红的共同翻译，最终在北京由华夏出版社出版。在这部著作中，卢卡奇对他早期著作《历史与阶级意识》作了某种程度的纠正与完善。他的《关于社会存在的本体论》（简称《社会存在本体论》）写作于1963年，完成该书的主要内容后，1969年底开始撰写这部近30万字的《社会存在本体论导论》，对《社会存在本体论》一书中的基本观点和主要内容作了进一步的概括总结。1989年，黄丘隆翻译的《社会存在本体论导论》，在台北的结构群文化事业公司发行。

1991年，除了前文谈到的《审美特性》（第二卷）的中译本在中国社会科学出版社问世外，10月，张翼星译的《列宁——关于列宁思想统一性的研究》，也在台北的远流出版事业股份有限公司出版。这部著作是卢卡奇为悼念列宁逝世而作,1924 年由维也纳玛林柯出版社首次出版。在该书中,卢卡奇高度评价了列宁主义的理论贡献,尤其是列宁的辩证法思想,他"把辩证法看作列宁主义的精华,他从动态的角度,特别重视列宁对辩证法的运用和发展。在他看来,列宁正是马克思主义正统的卓越继承者"①。

1993 年 12 月,重庆出版社推出了德国学者本泽勒编的《关于社会存在的本体论》(上下卷),由白锡堃、张西平、李秋零等合作翻译完成。该书由两大部分组成,每部分各有四章。上卷《社会存在本体论引论》,又叫历史篇,分"新实证主义与存在主义""尼古拉·哈特曼向真本体论的突进""黑格尔的真假本体论""马克思的本体论的基本原则"四章展开论述,为下卷的理论展开作了思想史的准备;下卷《若干最重要的综合问题》,又叫系统篇,分"劳动""再生产""观念的东西与意识形态""异化"四章,分别论述了劳动、再生产、异化等基本范畴,总体性范畴也是其中枢范畴之一。在这一宏著中,"卢卡奇把实践提高到马克思主义哲学最内在的核心地位,并以其天才的劳动范畴延续了马克思主义实践概念的科学线索,建立起他的社会存在的本体论的体系"②。《关于社会存在的本体论》是卢卡奇晚年呕心沥血的未竟之作,是其一生思想的总结,是他重建马克思主义哲学的

---

① 张翼星:《为卢卡奇申辩:卢卡奇哲学思想若干问题辨析》,云南人民出版社 2001 年版,第 10 页。
② 李俊文:《社会存在本体论:卢卡奇晚年哲学思想研究》,中国社会科学出版社 2007 年版,第 2 页。

伟大尝试,是 20 世纪最重要的马克思主义著作之一。

随着以上大量论文和主要代表著作的不断被翻译、出版,对卢卡奇自传性著作的译介也开始受到中国学者的重视。因而,关于其自传性著作的不断译介、编撰也就成为这一时期卢卡奇在中国的译介进入蓬勃期的又一特征。

这一时期,中国最早出现的关于卢卡奇的自传性专著是杜章智等编译的《卢卡奇自传》[①]。全书包括两大部分,第一部分是卢卡奇本人在 1971 年上半年,即在他逝世前所写的《经历过的思想(自传提纲)》以及围绕这一提纲所作的自传性对话[②]——《自传对话录》;第二部分收录了他生前所写的五篇重要的自传性文章:《简历》《我走向马克思的道路》《对〈历史和阶级意识〉一书的自我批判》《我在斯大林时期》《我向马克思的发展(1918—1930)》。书的结尾还附有卢卡奇答南斯拉夫《七日》周刊记者问和答英国《新左派评论》记者问的谈话文章,这是卢卡奇生前最后两篇接受报刊采访发表的谈话,涉及了他一生许多重要事件以及他对自己一生的总体性评价,是非常珍贵的自传材料。鉴于该书在介绍卢卡奇生平、著作及其思想方面的贡献与价值,以及它

---

① 杜章智等编译的《卢卡奇自传》,1986 年 5 月由社会科学文献出版社首次出版,1992 年分别在台北的桂冠图书股份有限公司和远流出版事业股份有限公司再版。

② 关于卢卡奇口授其自传的具体时间,国内学者看法不一。《卢卡契文学论文集》(二)及宫敬才的《睿智圣殿的后裔:捷尔吉·卢卡奇》均将之表述为"1971 年 1 月",杜章智的《卢卡奇自传》、马驰的《卢卡奇美学思想论纲》则叙述为"1971 年 3 月"。在卢卡奇研究中,目前由于不同程度地存在着国内文献匮乏、外文资料占有不足的情况,这一具体时间仍无法予以确认,希望引起相关研究者的关注。

在学界的广泛影响，进入90年代后，又分别在台北的桂冠图书股份有限公司和远流出版事业股份有限公司再版发行。

1991年4月，湖南文艺出版社推出了龙育群、陈刚译的《卢卡契谈话录》，该书是匈牙利学者平库斯根据卢卡奇《经历过的思想（自传提纲）》以及围绕这一提纲所作谈话录音编撰加工而成。9月，上海译文出版社也推出了由卢卡奇的学生伊斯特万·艾尔希编写的《卢卡契谈话录》，该书是作者根据卢卡奇《经历过的思想（自传提纲）》以及围绕这一提纲他和艾尔采贝特·韦策尔同卢卡奇所作的自传性对话——《自传对话录》编撰加工而成，由郑积耀、潘忠懿、戴继强共同翻译完成。

在卢卡奇文艺论文、代表性著作及其自传性材料不断被译介、出版的推动下，中国学术界围绕卢卡奇其人其著也展开了一系列的讨论，影响较大的有，因卢卡奇和布莱希特关于现实主义问题的争论而引发的讨论，围绕卢卡奇《历史与阶级意识》是否属于马克思主义的这一论题而展开的论争（具体内容将分别在本书第三、四章中予以论述），等等。这些讨论的出现并不断深入，在很大程度上推进了国内卢卡奇研究的发展，促进了卢卡奇在中国译介的蓬勃与繁荣。

须补充的是，自卢卡奇传入中国以来，除"文化大革命"时期外，中国学界围绕其所展开的争论、研究一直都未曾停止。整体而言，相对新时期以前，这一阶段的卢卡奇研究，学术性的确得到了极大增强，其特点是学术研究伴随着翻译工作的展开而推进，研究成果多是以书评或人物介绍或论争的形式呈现，如毕治国的《"新马克思主义者"——卢卡奇》、舒谦如的《格奥尔格·卢卡奇》、曹天予与林春的《卢卡奇的思想与活动》、李稳山的《匈牙利发表文件重评卢卡奇》、德国学者 M. 布尔的《评卢卡奇》、匈牙利学者 M. 阿尔马希的《评卢卡奇的〈社会存在本体论〉一书》、薛民的《G. 卢卡奇研究》、程伟礼的《一个对僵化精神进行游击斗争的思想家——读〈卢卡奇自传〉》、宫敬才的《正统马克思主义的真髓——卢卡奇〈什么是正统的马克思主义？〉述评》①等近百篇论文。除此之外，也出现了两部专著，即刘昌元的《卢卡奇及其文哲思想》和黄力之的《信仰与超越：卢卡契文艺美学思想论稿》②。这一时期，国内卢卡奇研究的确取得了一定实绩，但相对翻译工作的如火如荼来讲，还远非主流。另外，中国学界关于卢卡奇研究的关注焦点虽然逐渐转移到文艺学、美学和哲学等思想上来，但并未摆脱非常强烈的政治取向，如 1985—1989 年以徐崇温、杜章智为代表的学者围绕卢卡奇《历史与阶级意识》是否属于马克思主义的这一论题而展开的论争，仍带有一定的政治批判色彩。

---

① 《"新马克思主义者"——卢卡奇》发表于《学习与探索》1980 年第 1 期，《格奥尔格·卢卡奇》发表于《国外社会科学》1980 年第 2 期，《卢卡奇的思想与活动》发表于《马克思主义研究》1984 年第 3 期，《匈牙利发表文件重评卢卡奇》发表于《国际共运史研究资料》1985 年第 2 期，《评卢卡奇》《评卢卡奇的〈社会存在本体论〉一书》均发表于《哲学译丛》1986 年第 1 期，《G·卢卡奇研究》发表于《哲学动态》1987 年第 4 期，《一个对僵化精神进行游击斗争的思想家——读〈卢卡奇自传〉》发表于《探索与争鸣》1988 年第 3 期，《正统马克思主义的真髓——卢卡奇〈什么是正统的马克思主义？〉述评》发表于《中州学刊》1989 年第 1 期。
② 刘昌元的《卢卡奇及其文哲思想》，是第一部评介卢卡奇的中文专著，1991 年由台北联经出版事业公司出版；黄力之的《信仰与超越：卢卡契文艺美学思想论稿》，1993 年由湖南文艺出版社出版。

可见，新时期以来至 20 世纪 90 年代中期，中国对卢卡奇理论的译介可谓高潮时期。这一阶段对其著作与理论的译介与研究，基本是围绕"现实主义文学"和"马克思主义哲学与美学"这两点展开，几乎每年都有译著推出，这一时期卢卡奇论著的汉译取得了非常可喜的实绩。除了中国学界选译出版的《卢卡契文学论文集》（两卷本）《卢卡契文学论文选》等著作外，卢卡奇的代表性专著也被首次译介至中国，如《审美特性》《理性的毁灭》《历史与阶级意识》《社会存在本体论导论》《列宁》《关于社会存在的本体论》等，其中一些代表性著作得到多次重译再版。此外，这一时期译作中的译者序、引言对卢卡奇及其论著有了更加全面的评价，卢卡奇的形象也变得更加充实，甚至一些译作的结尾还附有他的生平年表，浓墨重彩地予以详细介绍，如《卢卡契文学论文集》。随着国内学界对卢卡奇译介的不断深入，国外学者编撰的《卢卡奇自传》和《卢卡契谈话录》也备受中国学人的关注，在大陆及港台地区也出现了多个版本。上述工作为新时期之后中国学界进一步展开对卢卡奇思想的深入研究，提供了非常丰富且宝贵的基础性文献资料。

二、90 年代中期以来：译介淡化、研究渐深

进入 20 世纪 90 年代中期之后，随着世界经济全球化及文化多样化发展的大趋势，在中国当代文论文化建设不断推进的作用下，卢卡奇及其论著在中国的译介与研究工作呈现出译介淡化、研究深入的发展态势。

(一)译介淡化及其原因

90年代中期以后,中国对卢卡奇著作的译介工作继续推进,已有的中译本得以再版、重印,如杜章智等译的《历史与阶级意识》(商务印书馆1999年初版、2004年、2009年再版),王玖兴等译的《理性的毁灭》(山东人民出版社1997年版、江苏教育出版社2005年版),李鹏程编的《卢卡奇文选》(人民出版社2008年版);而且另有两部卢卡奇著作被译介,即《小说理论》(杨恒达编译,台北唐山出版社1997年版),《卢卡奇早期文选》(张亮、吴勇立译,南京大学出版社2004年版)以及《小说理论》(燕宏远、李怀涛译,商务印书馆2012年版和2018年版)。此外,《程代熙文集》(第九卷,长征出版社1999年版)收录了其翻译的西格斯和卢卡奇讨论现实主义问题的四封信。

尽管如此,较前一阶段而言,翻译作为高潮已然退去。

整体而言,这一时期,中国对卢卡奇理论的译介工作逐渐淡化。原因一方面在于,在前一阶段,除《现代戏剧发展史》《小说理论》《心灵与形式》等个别著作没有译本或未完全译出外,卢卡奇的主要理论著作不仅有了完整的中译本,而且已在权威出版社出版了不同的译本。另一方面则与90年代以来中国思想文化领域的变化有着密切的关系。这一时期,随着中国经济体制逐渐向社会主义的市场经济体制转型,商品经济意识不断渗透到社会文化各领域,传统的意识形态观念也相应地发生变化,知识分子原先所处的社会文化中心地位逐渐失落。在这一时代环境变化的影响下,文化领域出现了"'多元化''个人化''边缘化'话语取代了以往的启蒙指向"①的现象。面对90年代后期社会经济、文化转型所带来的各种各样问题,中国学术界为摆脱其"边缘"身份,融入社会现实的发展,应对市场经济及全球化的挑战,不断致力于加强各种理论问题的研究与探索。随着中国当代文论文化建设的不断推进,中国学术界对理论问题研究日趋重视,加之卢卡奇的大部分论著已被译介,这一时期便显现出对于卢卡奇理论的译介淡化而研究不断深入的趋势。这一趋势也符合文艺理论传播译介先行、而后研究逐步深入的基本规律。

(二)研究渐深

前一阶段,卢卡奇主要理论著作的大量译介、出版,不仅显示了卢卡奇及其论著在中国学界受关注的程度,而且为其在中国研究的深入提供了丰富的文献资料,也为卢卡奇思想学说向中国研究界的广泛辐射提供了可能。这一阶段,中国的卢卡奇研究逐步深入,取得了丰硕的成果。这主要体现在以下两个方面:

首先,这一时期的卢卡奇研究已经逐渐摆脱了前一阶段具有鲜明政治色彩的争论性,研究成果由书评或人物介绍或论争的单篇论文的形式向具有传记性质的研究论著转变,不断加强了对卢卡奇及其思想理论的整体性探讨。事实上,90年代中期以前,中国学界也曾出现了关于卢卡奇的传记性著作,但仅两部且都属译著,即杜章智等编译的《卢卡奇自传》和英国学者盖欧尔格·里

---

① 董健、丁帆、王彬彬:《中国当代文学史新稿》,人民文学出版社2005年版,第557页。

希特海姆（George Lichtheim）撰写的《卢卡奇》①。前者是卢卡奇本人生前所写的一些自传性文章和谈话材料，后者是介绍卢卡奇生平、著述和理论成就的论著，目的是使人们更易于了解卢卡奇这位重要的理论家，因此，里希特海姆进行的研究主要是解释性的，"……主要集中在对以下问题的分析上：卢卡奇对马克思主义理论、特别是对他尤为精心的美学领域所做的贡献"②。

进入 90 年代中期之后，具有传记性质的卢卡奇研究专著便开始集中出现。中国学界一方面继续推出多部这方面研究的新译著，如：英国学者 G. H. R. 帕金森的《格奥尔格·卢卡奇》、日本学者初见基的《卢卡奇——物象化》、俄国学者 B. H. 别索诺夫和 H. C. 纳尔斯基的《卢卡奇》③ 等，一些中国学者试图借国外学者的研究成果，进一步摆脱对卢卡奇的政治化的评判态度，从而达到多角度、多层面地理解卢卡奇及其理论思想。翁绍军译的《格奥尔格·卢卡奇》，是一部陈述而非批判的论著。该论著介绍了卢卡奇生平及著作，与以往传记不同的是，除哲学与美学思想之外，将其各个时期的文学评论也作为重点予以陈述，试图概括卢卡奇的思想观点并说明它们同当时的文化传统有着怎样的联系，然而却并不去评判这些观点的是与非。或许缺少批评是某种缺

---

① 〔英〕盖欧尔格·里希特海姆：《卢卡奇》，王少军、晓莎译，1989 年由中国社会科学出版社出版，1992 年由桂冠图书股份有限公司再版。

② 〔英〕盖欧尔格·里希特海姆：《卢卡奇》，王少军、晓莎译，中国社会科学出版社 1989 年版，第 8 页。

③ 〔英〕G. H. R. 帕金森：《格奥尔格·卢卡奇》，翁绍军译，上海人民出版社 1999 年版；〔日〕初见基：《卢卡奇——物象化》，范景武译，河北教育出版社 2001 年版；〔俄〕别索诺夫、纳尔斯基：《卢卡奇》，李尚德译，黑龙江人民出版社 2003 年版。

憾,但这部单纯陈述性质的传记著作,却为当时中国研究者进一步客观认识卢卡奇提供了可能,此外,本书所提供的大量注释,也为之后的深入研究提供了宝贵资料。范景武译的《卢卡奇——物象化》一书,则为国内学者研究卢卡奇提供了新的视角和方式。"本书的叙述方式是,放眼他所处的环境,他与周围人等之间的关系,以及依据时代发展追寻他的人生历程和思想脉络,试图解明这些条件与思想的关联。"[①] 这部著作尽管是采用一种传记式的探索,但却放弃了卢卡奇1923年出版《历史与阶级意识》以后所发生的事情,以求贴近其本人所体现出来的"问题"进行描述,试图详尽地审视卢卡奇这位专心致志于观念思索的青年"跳跃"到政治世界以及遭遇挫折的过程,对卢卡奇的思想理论作了较为详细的阐述和细致的分析,其学术价值也不容小觑。该译著视角新颖,既不同于西方学者的视角,也不同于中国研究者的视角,使我们有机会读到日本学者在卢卡奇研究方面所取得的重要成果,有助于开阔我们的视野。此外,该书在"附录"部分的"主要著作提要""关键术语解说""读书向导"这三小节,向中国读者展现了日本学界对卢卡奇的部分译介与研究情况,有助于中国学者卢卡奇研究的进一步推进。李尚德翻译俄国学者的《卢卡奇》,"系统评价了卢卡奇的方方面面,其重点在于他的哲学思想和美学思想。而哲学思想中又突出了他的历史唯物主义、反映论、哲学史等问题。通过分析卢卡奇的代表作……揭示出卢

---

① 〔日〕初见基:《卢卡奇——物象化》,范景武译,河北教育出版社2001年版,第2页。

卡奇从新康德主义美学、社会学、哲学向历史唯物主义和马克思主义美学转变的历程"[1]。译者借译著为卢卡奇申辩,借苏联理论界纠正长期以来对卢卡奇的不公正的评价与待遇——认为其是一个"修正主义者""不光彩的西方马克思主义的创始人之一"等,对卢卡奇进行重新评价,肯定其为"20世纪杰出的思想家""天才的马克思主义哲学家、美学理论家、文化史家、文学家、出版家"[2]及其为社会主义文化所做出的贡献。以上多部译著的出版,显示出中国理论界对卢卡奇认识的深入及其对高水平理论研究成果的渴求,也为之后的深入研究提供了宝贵资料。

另一方面,中国学者编撰的具有传记性质的卢卡奇研究论著陆续出版,如:宫敬才的《睿智圣殿的后裔:捷尔吉·卢卡奇》、张西平的《卢卡奇》、谢胜义的《卢卡奇》、刘秀兰的《卢卡契新论》[3]等,也彰显了这一时期对卢卡奇研究的不断深入。在这些具有传记性的论著中,研究者已不再是单纯对卢卡奇的生平、著作进行介绍,而是将其与卢卡奇的理论思想有机融合,将传、述、评相结合。宫敬才的《睿智圣殿的后裔:捷尔吉·卢卡奇》和刘秀兰的《卢卡契新论》都在这一方面作了不懈的尝试,做出了积

---

[1] 李尚德:《我译〈卢卡奇〉》,载〔俄〕别索诺夫、纳尔斯基:《卢卡奇》,李尚德译,黑龙江人民出版社 2003 年版,第 2—3 页。
[2] 〔俄〕别索诺夫、纳尔斯基:《卢卡奇·前言》,李尚德译,黑龙江人民出版社 2003 年版,第 1 页。
[3] 宫敬才:《睿智圣殿的后裔:捷尔吉·卢卡奇》,河北大学出版社 1998 年版;张西平:《卢卡奇》,湖南教育出版社 1999 年版;谢胜义:《卢卡奇》,东大图书股份有限公司 2000 年版;刘秀兰:《卢卡契新论》,西北大学出版社 2000 年版。

极的贡献。在《睿智圣殿的后裔：捷尔吉·卢卡奇》中，作者除了对卢卡奇本人生平、著述进行扼要地概括介绍之外，主要是通过对《历史与阶级意识》《青年黑格尔》《理性的毁灭》《审美特性》《关于社会存在的本体论》五部重要著作的系统分析与研究，将传、述、评有机结合，从而向读者呈现卢卡奇这位西方思想大师的精神风貌与理论成就。刘秀兰的《卢卡契新论》是中国学界较为完整翔实的一部研究卢卡奇的专著。全书从对卢卡奇早年政治、学术活动的考察入手，依次研究了他与国际共产主义运动的关系，他在哲学、美学、文艺学上的突出贡献，他与西方马克思主义之间的渊源，以及其理论思想在世界各国的传播与影响等，比较全面、系统地考察了卢卡奇，以科学的态度对卢卡奇及其理论进行了再思考、再评价、再认识。中国学者译介、编撰国外理论家的传记论著，并非仅是为了介绍其人其著，使中国文艺理论再来一次西化，而是为了摆脱本民族文化发展的困境，希望通过学习西方文艺思想以促进中国当代文论文化体系的建设。张西平在其论著《卢卡奇》中，积极践行了这一基本理念。该著不再仅着眼于卢卡奇的生平问题，而是侧重研究卢卡奇一生的基本思想，分别探讨了卢卡奇的哲学思想、政治思想、文艺思想、美学思想，涉及其早期、中期、晚年等各个不同阶段，探究并揭示了这位伟大思想家的内心世界。张西平编撰这部传记性质的著作，希望通过了解卢卡奇来把握 20 世纪西方哲学、美学与文学理论的全貌，"努力想把中国的问题和西方的文化放在一个实际历史演进的过程来加以统一考察"①，消化他人之思想，希冀为转型期的中国提供一份答案。此外，谢胜义的《卢卡奇》，以探讨卢卡奇的三化理论思想体系——异化、物化与事化——作为其认识与思索的主轴，扼要介绍了卢卡奇的生平、时代背景及其走向马克思主义的发展阶段，专章重点分析了对卢卡奇产生过重要影响的五位思想家的思想——齐美尔《货币哲学》中的物化思想、马克思·韦伯《新教伦理与资本主义精神》的合理化、黑格尔《精神现象学》的辩证法、马克思《资本论》之商品拜物教和恩格斯的《自然辩证法》，推动了卢卡奇研究的不断深入。

综上所述，这一时期中国出现的有关卢卡奇的具有传记性质的研究论著，无论是翻译还是编撰方面都取得了长足发展和显著实绩，对卢卡奇研究方面有着重要的贡献，不仅为国内卢卡奇研究提供了新的资料，而且有利于摆脱以往政治化的研究倾向。

其次，中国理论界在这一时期不仅加强了对卢卡奇及其思想理论的整体性探讨，而且开始将这一研究不断细化、集中，对卢卡奇的某一具体理论进行深入分析，涵盖了哲学、文艺学、美学、伦理学等诸多学科，且成果丰硕，充分展现了这一时期中国卢卡奇研究的不断深入。

90年代以后，中国学者对卢卡奇哲学理论的研究成绩突出，分别涉及卢卡奇的社会存在本体论、总体性概念、人道主义思想、物化与异化、历史辩证法、中介与日常生活批判理论、主体

---

① 张西平:《〈卢卡奇〉后记》，载《卢卡奇》，湖南教育出版社1999年版，第287页。

性思想、阶级意识理论等各个方面。这一领域的研究最初是对卢卡奇哲学理论进行整体性的探讨，较具代表性的论著是张西平的《历史哲学的重建——卢卡奇与当代西方社会思潮》和刘卓红的《回归与重构——卢卡奇哲学思想体系研究》[①]。前者是一部深入研究卢卡奇哲学思想的力作。全书从本体论、实践哲学、人道主义思想、浪漫主义哲学、辩证法、阶级意识与黑格尔哲学的渊源七个方面，对卢卡奇思想的发展轨迹作了正本清源的梳理与考察，重点探讨其与现代西方哲学诸流派的关系，解读其重建历史哲学的理念——社会历史本体论与人类学相统一。书中一些见解发人深省，尽管部分观点可能引起争议，但若是从多样化的角度予以审视，便不难看出该书在拓宽社会文化认识上所具有的启发意义与学术价值。刘卓红的论著《回归与重构——卢卡奇哲学思想体系研究》，从马克思主义哲学在当代发展的全新角度，坚持历史与逻辑相统一的原则，围绕"实践的思想""总体辩证的方法""人的问题"三大主题，"通过对这三大主题的论述，既抓住了卢卡奇哲学思想体系的实质，概括了卢卡奇哲学的全貌，体现卢卡奇对马克思主义哲学的理论贡献，又进一步加强了人们对历史唯物主义精神实质的理解和把握"[②]，是中国全面研究卢卡奇哲学思想的又一专著。此外，张翼星的《为卢卡奇申辩——卢卡奇

[①] 张西平：《历史哲学的重建——卢卡奇与当代西方社会思潮》，生活·读书·新知三联书店1997年版；刘卓红：《回归与重构——卢卡奇哲学思想体系研究》，广州出版社1997年版。
[②] 邱亿通：《马克思主义哲学多样化的探索——读刘卓红〈回归与重构：卢卡奇哲学思想体系的研究〉》，《学术研究》1999年第2期。

哲学思想若干问题辨析》①一书也值得注意。该书撇开了某些政治倾向、传统观念的成见和偏见，科学地分析了卢卡奇在马克思主义哲学史上的理论功过及历史地位，肯定了他对马克思主义哲学的贡献，有利于促进卢卡奇思想和当代马克思主义的深入研究。这一时期，研究者为了全面、深入地理解卢卡奇的哲学思想，还将其与马克思进行比较研究，孙伯鍨的《卢卡奇与马克思》②就是这方面探索的一部力作。全书围绕卢卡奇最具代表性的两部哲学著作《历史与阶级意识》与《关于社会存在的本体论》进行深入研究，着重分析了卢卡奇哲学中的一些中心问题，如物化与异化、总体性与辩证法、理论与实践、社会存在的本体论、劳动等问题。该书通过对卢卡奇以上两部哲学著作的分析，以实事求是的态度，展现他在一生的革命与学术生涯中，在国际共产主义运动的跌宕起伏和世界历史的风云变幻中，矢志不移地钻研马克思主义哲学的思想轨迹，肯定其为马克思主义所建树的业绩。

除了对卢卡奇的哲学思想进行整体性的探讨外，研究还积极进一步细化研究对象，分别对卢卡奇的社会存在本体论、总体性理论及中介与日常生活批判等内容进行了深入分析。这一时期，刘卓红的《历史唯物主义新形态的探索——卢卡奇社会存在本体论研究》③就是一部研究卢卡奇社会存在本体论的专著。作

---

① 张翼星:《为卢卡奇申辩——卢卡奇哲学思想若干问题辨析》，云南人民出版社2001年版。
② 孙伯鍨:《卢卡奇与马克思》，南京大学出版社1999年版，2010年又被收录于《孙伯鍨哲学文存》第2卷，江苏人民出版社版。
③ 刘卓红:《历史唯物主义新形态的探索——卢卡奇社会存在本体论研究》，人民出版社2006年版。

者以卢卡奇晚年思想的核心——社会存在本体论作为切入点进行研究,深入挖掘他的社会存在本体论形成与演变的思想资源和轨迹,及其在哲学史与思想史上的地位与意义,进而丰富、发展了马克思主义哲学,在卢卡奇哲学研究方面具有重要的价值。无独有偶,李俊文的《社会存在本体论:卢卡奇晚年哲学思想研究》,同样是以卢卡奇的社会存在本体论为研究对象,从对本体论思想的演进考察入手,依次研究了物化理论和主客体统一的辩证法,社会存在本体论的基本范畴、基本命题和意义,比较深入、系统地阐释了卢卡奇的社会存在本体论体系,最终得出卢卡奇继承并发展了马克思历史唯物主义的结论——"可以说,建立马克思哲学的劳动本体论是卢卡奇一生追求的夙愿,他把劳动作为马克思实践哲学的历史唯物主义根基,卢卡奇对劳动分析的基本思想与马克思的理论是基本相同的"[①]。与此同时,研究者也开始对卢卡奇的总体性、中介与日常生活批判等理论进行细致的研究,段方乐的《总体性的终结:从卢卡奇到阿多诺》及赵司空的《中介与日常生活批判——卢卡奇文化哲学研究》[②]便是很好的例证。《总体性的终结:从卢卡奇到阿多诺》以西方马克思主义的总体性概念为研究对象,厘清了总体性概念在西方马克思主义发展史中的逻辑变迁,虽然仅用有限的章节介绍、概括卢卡奇对总体性范畴的研究,但却明确指出他对总体性概念的开创性贡献——"总体

[①] 李俊文:《社会存在本体论:卢卡奇晚年哲学思想研究》,中国社会科学出版社2007年版,第3页。
[②] 段方乐:《总体性的终结:从卢卡奇到阿多诺》,中国社会科学出版社2009年版;赵司空:《中介与日常生活批判——卢卡奇文化哲学研究》,上海社会科学院出版社2010年版。

性概念在西方马克思主义的核心地位首先由卢卡奇正式确立起来的"①，以及这一概念对后来的萨特、阿尔都塞、科西克和阿多诺等人的深远影响。赵司空的《中介与日常生活批判——卢卡奇文化哲学研究》一书，沿着日常生活批判理论的思路对卢卡奇文化哲学思想进行研究，围绕卢卡奇中介范畴的哲学资源、中介与革命意识、中介与日常思维、中介与社会存在本体论以及日常生活的内在矛盾及其走向等五个方面展开深入探讨，较为系统地论述了卢卡奇日常生活批判理论的内容，呈现出其文化哲学的基本理论和主要问题，揭示了当下对这一理论进行研究所具有的当代价值与现实意义，从而论证了其文化哲学研究的必要性与紧迫性。

这一时期，卢卡奇的文艺学、美学思想也备受中国学者的关注，分别涉及卢卡奇的人道主义思想、物化理论、小说理论、现实主义理论、主体性思想、典型理论、阶级意识理论等方面，并出现了一些较高理论水准的研究成果，如：黎活仁的《卢卡契对中国文学的影响》、马驰的《卢卡奇美学思想论纲》、李茂增的《现代性与小说形式：以卢卡奇、本雅明和巴赫金为中心》、赵一凡的《从卢卡奇到萨义德：西方文论讲稿续编》②等。黎活仁的论文集《卢卡契对中国文学思想的影响》，绪论部分已作介绍，此处不再赘述。马驰的《卢卡奇美学思想论纲》分别论述了卢卡奇

---

① 段方乐：《总体性的终结：从卢卡奇到阿多诺》，中国社会科学出版社2009年版，第9-10页。
② 李茂增：《现代性与小说形式：以卢卡奇、本雅明和巴赫金为中心》，东方出版中心2008年版；赵一凡：《从卢卡奇到萨义德：西方文论讲稿续编》，生活·读书·新知三联书店2009年版。

思想的演变历程、美学思想与文艺思想的核心问题、现实主义理论，分析了其意识形态、人道主义异化观念等理论在马克思主义发展史上的贡献与意义。该书对卢卡奇的美学思想作了全面的考察，以其主要著作和他所处的时代为线，力图从纵横两个维度全面阐释、研究卢卡奇的美学理论体系及其思想发展的历史轨迹，研究深入且观点新颖独特，是这一时期一部较有分量的学术论著。李茂增的《现代性与小说形式：以卢卡奇、本雅明和巴赫金为中心》一书，采用比较的视野和方法，对小说形式所蕴藏的现代性问题进行了现象学式的还原，以卢卡奇的《小说理论》作为切入点，力图通过对其小说理论的分析以及把青年卢卡奇与本雅明、巴赫金、后期卢卡奇进行比较研究，呈现出卢卡奇的小说理论对本雅明、巴赫金所产生的深刻影响，揭示出《小说理论》在西方小说理论史上所占据的重要地位及其所富有的问题意识和思想意义，同时对于后期卢卡奇与青年卢卡奇的关系，作者经过一番科学、细致的研究，抛弃了传统的观点和认识，认为"青年卢卡奇的思想和后期卢卡奇既有着巨大的差异，又有着不容否认的关联"[①]。全书对于我们理解现代小说理论进而理解其背后的现代性问题，提供了一个极富启发性的视角。赵一凡的《从卢卡奇到萨义德：西方文论讲稿续编》，虽属文论教材，却为卢卡奇思想理论在高校的传播作了积极的贡献。

除上述内容外，这一时期，在各高校或研究院（所）出现的

[①] 李茂增：《现代性与小说形式：以卢卡奇、本雅明和巴赫金为中心》，东方出版中心 2008 年版，第 7 页。

以卢卡奇为研究对象的一批硕博学位论文，也很好地体现了中国学界对卢卡奇的具体研究不断细化、专题化的态势。

20世纪80、90年代，卢卡奇著作的中译本陆续出版及其思想理论在中国的不断传播，不仅为21世纪以来高水平的专业研究奠定了坚实有力的基础，而且使研究者的群体也不断扩大，这一点在文科类研究生中表现尤为明显。这一时期，关于卢卡奇的各类专题研究，涉及了哲学、美学、文艺学、伦理学等多个学科领域，成为马克思主义哲学、美学、文艺学等专业博士、硕士研究生学位论文选题的热点。根据"中国国家图书馆·中国国家数字图书馆""中国知网（CNKI）"和"万方数据库"的检索统计，截至1995年，以卢卡奇研究为论题的硕博学位论文仅6篇，其中哲学5篇（博士论文3篇），文艺学博士论文1篇；从1996年至2019年，以卢卡奇为研究对象的硕博学位论文激增至216篇，其中哲学专业131篇（博士论文18篇），文艺学专业38篇（博士论文4篇），马克思主义基本原理专业13篇（博士论文1篇），国外马克思主义（研究）专业13篇（博士论文3篇），美学专业硕士论文4篇，马克思主义理论专业硕士论文4篇，科学社会主义与国际共产主义运动专业3篇（博士论文1篇），马克思主义中国化研究专业硕士论文2篇，中国现当代文学专业博士论文1篇，比较文学与世界文学专业博士论文1篇，马克思主义理论与思想政治教育专业硕士论文1篇，伦理学专业硕士论文1篇，美术学专业硕士论文1篇，新闻传播学专业硕士论文1篇，英语语言文学专业硕士论文1篇，马克思主义发展史专业硕士论文1篇。从2007年至2018年间，每年的硕博论文数量都不少于10

篇。在这百余篇的论文中，有不少博士学位论文，经过作者的修改而很快成书出版，如复旦大学博士马驰的《卢卡奇美学思想论纲》、中山大学博士刘卓红的《卢卡奇的社会存在的本体论》、黑龙江大学博士李俊文的《社会存在本体论——卢卡奇晚年哲学思想研究》、北京大学博士李茂增的《现代性与小说形式：以卢卡奇、本雅明和巴赫金为中心》、南京大学博士段方乐的《总体性的终结：从卢卡奇到阿多诺》、武汉大学博士赵司空的论文《中介与日常生活批判——卢卡奇文化哲学研究》、中国人民大学博士周立斌的《从马克思的异化理论到卢卡奇的物化理论》、复旦大学博士宋朝普的《青年卢卡奇对现代性的批判》、吉林大学博士邹之坤的《历史辩证法——青年卢卡奇历史唯物主义思想研究》、中山大学博士罗纲的《反讽主体的力度与限度——从德国早期浪漫派到青年卢卡奇的马克思主义》分别于1997年、2006年、2007年、2008年、2009年、2010年、2012年、2014年、2015年、2018年出版。"博士论文从一定程度上反映了学术界对卢卡奇研究的旨趣所在，这也在很大程度上反映了中国对卢卡奇理论接受的一种共性。"[①] 可见，1995年以后，以卢卡奇为研究对象的硕博论文数量的激增以及研究选题的不断细化、研究范围的迅速扩展，表明中国学术工作者对卢卡奇研究日趋重视、不断深入，也体现了研究者学术视野的不断拓宽。

总体而言，这一时期国内卢卡奇研究是以其哲学思想、政治

---

① 陈伦杰:《卢卡奇文艺理论的中国接受研究》，华东师范大学硕士论文，2008年。

思想、美学思想、文艺思想等为对象，逐渐摆脱了政治化的批判倾向，坚持以科学、严谨的态度来重新审视、评价卢卡奇及其著作与理论，从而出现了学者们的研究选题变得更加精细且研究日趋深入的态势，研究内容涉及了卢卡奇思想的各个方面，跨越了早期、中期、晚年卢卡奇思想的各个不同阶段，研究方法也更趋科学化、系统化、多样化，不同程度地涉及马克思主义逻辑与历史相统一的方法、理论和实践相统一的现实方法、发生学的方法、否定性的方法、比较研究的方法和影响研究的方法等，不但能够较好地从宏观上把握卢卡奇的思想，而且能把宏观研究同精细入微的文本考证紧密结合，把学术研究同当代语境相结合，实现了学术性与思想性的较好统一。

综上所述，新中国成立以来，卢卡奇及其论著在中国的译介与研究经历了批判中发展、冰封、复苏与蓬勃及译介淡化、研究深入的不同时期，每个时期呈现出不同的特点。尤其是新时期以后，卢卡奇论著所具有的理论魅力及出版业、学界人士的共同参与促成了中国卢卡奇译介工作的迅速发展，使得中国的卢卡奇研究方兴未艾，成为国际卢卡奇研究的重要组成部分，对推动国际卢卡奇的研究也起了重要的作用。

第二章
卢卡奇对中国现代作家阶级意识的影响

> 真正的影响永远是一种潜力的解放。[①]
> ——乔治·卢卡奇

卢卡奇最早被译介至中国尽管是在20世纪30年代，然而其思想对中国文学的影响，却在此之前就已经产生。20世纪20年代后期，卢卡奇的阶级意识理论，尤其是他的"无产阶级的阶级意识"思想就已经被传入中国。当时，后期创造社在向国内文艺界宣传日本无产阶级文学运动的过程中，倡导当时作为日本无产阶级革命及文艺运动指导思想——福本主义的同时，将其中卢卡奇的阶级意识理论带到了中国，试图用马克思列宁主义观点去解释和阐发无产阶级革命文艺运动。在这一过程中，卢卡奇的"无产阶级的阶级意识"思想不仅对后期创造社及当时的文学创作具有深刻影响，而且对鲁迅的文艺思想也产生了一定作用。

---

① 中国社会科学院外国文学研究所外国文学研究资料丛刊编辑委员会编：《卢卡契文学论文集》（二），中国社会科学出版社1981年版，第452页。

第一节 后期创造社与卢卡奇的渊源

20世纪20年代后期，卢卡奇的无产阶级阶级意识理论之所以进入中国，并对中国无产阶级文艺运动产生影响，与当时中国无产阶级的迅速壮大及国内整体的革命文化形势有着密切的联系。

1919年的五四运动，标志着中国工人阶级以独立的政治力量第一次登上历史舞台。与此同时，肇始于"五四"前夕的新文化运动，提倡民主与科学，宣扬个性解放，追求自由平等，是一场将反帝反封建革命思想同文学革命相结合的多元文化运动，开启了中国的思想启蒙运动，为各种革命思想在中国的传播奠定了文化基础。"五四"以后，受俄国十月社会主义革命胜利的影响，中国无产阶级于1921年7月23日成立了自己的政党——中国共产党。随着广大工农群众的阶级意识逐渐觉醒，中国无产阶级进行了一系列革命活动，如：1922年粤汉铁路工人大罢工，1923年郑州"二七"工人大罢工，1924年无产阶级的政治势力促进了国民党的改组，1925年上海爆发的"五卅"反帝爱国运动，1926年至1927年的北伐战争，1927年"八一"南昌起义……都突显出无产阶级作为新的力量已经登上社会、政治及文化的历史舞台。工农群众阶级的异军突起及其反帝反封建的革命斗争，极大地增强了当时作家们的政治意识与阶级意识，使中国20世纪20年代的文化运动呈现出与无产阶级政治斗争相结合的新趋势，中国作家努力探索中国文学的新道路，积极译介、宣传国外各种无产阶级文艺理论。加上 1923 年前后就已经提出无产阶级文学主张的共产党人邓中夏、恽代英、萧楚女、沈泽民、蒋光慈等的贡献，1924 年春雷社带有明显革命倾向的文学理论主张①，以及 1924 年至 1927 年间以郭沫若为首的创造社成员对革命文学的提倡和推动，都为无产阶级文化运动的发展提供了良好的环境。李大钊、陈独秀、瞿秋白、陈望道等许多进步知识分子，都曾致力于宣传马克思主义，亦对中国无产阶级文艺运动起了积极的推动作用。正是在上述社会历史文化背景下，强调革命意识、风靡于共产主义阵营的卢卡奇的无产阶级阶级意识理论，才受到一批左翼知识分子的关注并将之传入中国。

不过，这一时期卢卡奇对中国无产阶级文艺运动的影响，主要是通过间接的方式产生，其中介是日本的福本主义，由留日的后期创造社②成员将之传入中国。从文学革命到革命文学，赴日

---

① 1924 年，蒋光慈等作家组织"革命文学"团体"春雷社"，通过上海《民国日报》副刊《觉悟》出版"文学专号"，倡导"革命文学"。他认为，"无产级文化，不但是可能的，而且是必然的。"
② 关于创造社的分期，学界历来有两种说法，且均始于郭沫若 1930 年的文章《文学革命之回顾》。第一种是三分法，将创造社分为初期、中期、后期三个阶段，前期是从 1921 年 6 月至 1924 年 5 月，即《创造》季刊或《创造周报》时期，代表人物有郭沫若、郁达夫、成仿吾、田汉、张资平等；中期是从 1924 年 6 月至 1927 年底，即《洪水》时期，代表人物有王独清、周全平、叶灵凤、潘汉年、蒋光慈、黄药眠等；后期是从 1928 年 1 月至 1929 年 2 月创造社被查封，即《文化批判》时期，代表人物有李一氓、阳翰笙、冯乃超、李初梨、朱镜我、彭康、许幸之、王学文等。第二种是两分法，把创造社分为前期和后期，但分界时间说法不一。目前学界已淡化这一分期问题，但通常提到的"后期创造社"指的是从 1928 年初《文化批判》创刊至 1929 年 2 月这一阶段的创造社。

留学生无疑是中国文坛的主力军,可见日本文坛对中国影响之深刻,不仅如此,中国无产阶级文学运动也同日本有着密不可分的联系,这是既定的事实。当然,这并不否认中国的无产阶级文学运动是在苏联和日本的双重影响下产生和发展起来的,"20 世纪 20 年代末中苏外交关系断绝,思想交流严重受阻,日本无产阶级文学运动与中国的联系较之苏联更为直接"①。在这一历史背景下,作为日本当时无产阶级革命、文艺运动指导思想的福本主义为后期创造社所倡导并传至中国。作为 20 世纪 20 年代后期的一个具有鲜明革命政治倾向文化团体的后期创造社,在宣传日本无产阶级文艺理论的过程中,把福本主义中卢卡奇的阶级意识理论传到了中国。因此,要廓清后期创造社与卢卡奇之间的渊源关系,就必须首先厘清卢卡奇对日本福本主义产生了怎样的影响。

一、卢卡奇对福本主义的影响

福本主义是 20 世纪 20 年代日本无产阶级革命运动中出现的以批判山川主义而确立的一股左翼思潮,它于 1924—1927 年在日本风靡一时,之后虽失去主导地位,但却对日本整个无产阶级文艺运动乃至文化运动都产生过极其深远的影响。福本和夫(1894—1983),1920 年毕业于东京帝国大学政治系,1923—1924 年先后留学英、美、德、法各国,在德国期间,师从科尔施

---

① 艾晓明:《中国左翼文学思潮探源》,北京大学出版社 2007 年版,第 148 页。

并结识卢卡奇,卢卡奇以《历史与阶级意识》一书相赠。① 当时该书在国际上影响甚大,对青年福本和夫的世界观与价值观的形成产生了深刻影响。1924年9月,福本和夫回到日本,针对当时消极重建日本共产党、忽视党的领导权与先锋作用的以山川均为代表的无产阶级主导思想,进行了针锋相对的论争,两者的分歧并非在于议会问题②,而在于建党问题。事实上,山川均与福本和夫一样,均否定议会主义,都积极主张社会革命,山川均说:"所谓'转变方向',同时需要把无产阶级的斗争,扩大为对资产阶级的政治统治的斗争……无产阶级政治运动,是战线的扩大与延长,决不是想拿政治运动来完全代替经济运动,也不是要拿议会运动来完全代替工厂运动及农场运动。"③两者的根本分歧在于是否重新组建日本共产党。山川主义忽视无产阶级政党的重要性,积极支持解散日共,认为列宁的建党思想不符合日本的客观情势,倡导无产阶级运动大众化的政策。山川均认为:"我们以撤废资本主义为目标。我们知道除了撤废资本主义以外,无论什么改良,都不能把我们解放。但是,假使无产阶级的大众并不要求撤废资本主义,而只要求改善目前的生活,则我们当前的运动,必须以这种大众的现实要求作为基础。"④ 山川均主张

---

① 参见黎活仁:《卢卡契对中国文学的影响》,文史哲出版社1996年版,第3页。
② 同上注,第26—27页,书中认为山川均主张议会主义、福本和夫反对议会主义。
③ 〔日〕森正藏:《风雪之碑:日本近代社会运动史》,赵南柔、闵德培、曹成修、史存直合译,中国建设印务股份有限公司1948年版,第28—29页。
④ 同上注,第27页。

当时日本无产阶级大众的要求并不是撤废资本主义，而是要求改善生活，因此，他反对极"左"的马克思主义者的革命主张，认为无产阶级运动必须立足于大众的现实基础的要求之上，推行阶级运动大众化。

针对山川均的消极主义，福本和夫多次著文向《马克思主义》杂志投稿予以批判。特别是1925年10月，他以北条一熊的笔名，发表了《关于统一无产者的马克思原理——转变方向应取怎样的过程？我们现在正在走着怎样的过程？》的论文，这篇论文成为此后几年间日共的理论指导思想——所谓"福本主义"——的基础。之后，他又撰写了一系列理论著作：《社会的构成及变革的过程》(1926)、《唯物史观及中间派史观》(1926)、《理论斗争》(1926)、《经济学批判的方法论》(1927)、《方向转换》(1927)等，批判以山川均为代表的思想为经济主义、工会主义、折中主义；批判山川均等认为的日本资本主义"还在上升着，所以革命形势尚未迫切"[①]的思想，明确指出日本资本主义已处于没落阶段；批判山川均的消极建党思想，积极倡导重建日本共产党。福本和夫的这一系列革命主张，迅速赢得了日本左翼知识分子的广泛支持。1926年12月，日共召开重建党组织大会，福本和夫一跃成为日共领导人，其思想由此也正式成为日共及无产阶级革命、文艺运动的指导思想。

然而，由于"福本从左倾认识出发，认为日本资本主义'正迅速走向灭亡阶段'，日本共产党必须在理论斗争中把不革命分

---

① 朱谦之：《日本哲学史》，人民出版社2002年版，第424页。

子和不纯分子'分离出来',由革命分子去动员人民,实现无产阶级革命。事实上这只能导致日本共产党的分裂和脱离革命实际"①,这就使福本主义具有"左倾"宗派主义的特质,加上卢卡奇(他本人因《历史与阶级意识》也受到共产国际的严厉批判)与福本和夫都先后批评布哈林不懂辩证法,而当时主持共产国际的正是布哈林,这些都注定了福本主义的命运。1927年7月,共产国际在莫斯科通过了日本无产阶级运动的纲领,即《日本〈1927年纲领〉》,批判了以山川均为代表的折中主义和以福本和夫为代表的"左倾"宗派主义,参加会议的福本和夫回到日本后不久便被捕入狱,福本主义在日本无产阶级运动中的主导地位结束。

福本和夫这种带有鲜明政治激进主义色彩的"左"的思想,主要具有异化、阶级意识及党组织理论的基本特征。前两点明显受《历史与阶级意识》的影响,后一点直接受到了列宁的建党思想的影响,但也有卢卡奇思想的作用。正是由于卢卡奇的极大影响,1927年日本思想界才出现这一译介情况——《历史与阶级意识》中的《阶级意识》《关于组织问题的方法论》两篇文章同他的《列宁》一起被译成日文出版②。卢卡奇的《历史与阶级意识》,包涵了三个基本概念:物化、总体性(或整体性)和阶级意识,虽然是由八篇论文组成,但"物化"始终是全书的核心。尽管卢卡奇当时未能将物化与异化完全区分开,但他却是在异化的意义上

---

① 吕元明:《日本文学史》,吉林人民出版社1987年版,第271-272页。
② 参见〔日〕初见基:《卢卡奇——物象化》,范景武译,河北教育出版社2001年版,第287页。

使用"物化"一词,从商品拜物教的角度对资本主义进行分析、批判(关于物化与异化的基本问题,将在第四章第一节"卢卡奇的物化理论"部分有专题论述,此处仅作概述)。卢卡奇认为,异化是总体的历史发展的产物,在资本主义社会中,只有无产阶级才能把握这一总体,只有当无产阶级意识到自己必须作为阶级而出现时,意识到主观与客观的统一时,才可能消除异化,因此,卢卡奇强调无产阶级阶级意识的重要性。福本和夫受卢卡奇的影响,用异化的思想来说明无产阶级和资产阶级之间的关系,力图克服那种局限于工人与资本家对立的肤浅认识,提出无产阶级的解放基于它自身阶级及其阶级意识的自觉。

关于"阶级意识"这一概念,卢卡奇在《历史与阶级意识》中予以强调,并在专门的论文《阶级意识》中,作了非常明确的解释:

> 阶级意识就是理性的适当的反应,而这种反应则要归因于生产过程中特殊的典型的地位。阶级意识因此既不是组成阶级的单个人所思想、所感觉的东西的总和,也不是它们的平均值。作为总体的阶级在历史上的重要行动归根结底就是由这一意识,而不是由个别人的思想所决定的,而且只有把握这种意识才能加以辨认。①
>
> 阶级意识不是个别无产者的心理意识,或他们全体的群体心理意识,而是变成为意识的对阶级历史地位的

---

① 〔匈〕卢卡奇:《历史与阶级意识》,杜章智、任立、燕宏远译,商务印书馆1999年版,第107页。

感觉。①

在此基础上,他强调"无产阶级的阶级意识"的重要意义:

> 这种感受总是要在眼前的局部利益中变具体的。如果无产阶级的阶级斗争不应该回复到空想主义的初级阶段的话,那末就绝不能跳过眼前的局部利益,这就是说,眼前的局部利益可能具有双重的功能:或者是通向目标的一步,或者是把目标掩盖起来。究竟是发挥哪一种功能则完全取决于无产阶级的阶级意识,而不取决于局部斗争的胜利或失败。②
> 只有无产阶级的意识才能指出摆脱资本主义危机的出路。③

卢卡奇的无产阶级阶级意识理论,是在革命战争时期产生,对于推动无产阶级的阶级意识与革命意识的觉醒,曾有过一定的积极作用,但由于其过分强调意识在革命实践中的决定性作用,明显带有政治激进主义的"左"的色彩。

正是受卢卡奇关于"阶级意识"和"无产阶级的阶级意识"这些革命学说的深刻影响,福本和夫才形成了鲜明的无产阶级

---

① 〔匈〕卢卡奇:《历史与阶级意识》,杜章智、任立、燕宏远译,商务印书馆1999年版,第136页。
② 同上。
③ 同上注,第139页。

的阶级意识论及独特的革命阶段论①，以理论斗争、意识斗争来指导日本无产阶级革命运动，不过他将"阶级意识"提升至"理论斗争"的高度，"将意识斗争（理论斗争、思想斗争都是同义词）完全等同于阶级斗争，并把它放在斗争过程的首位"②，虽然极"左"，但从一定侧面也彰显出卢卡奇对其影响之深。

为了更好地实践无产阶级的意识斗争，福本和夫提出了"分离结合"的党组织论。这一理论除了受列宁建党学说的影响外，同时也有卢卡奇《历史与阶级意识》的作用。列宁的建党学说，高度强调党组织的重要性及其在无产阶级革命中的重大作用。在《怎么办？（我们运动中的迫切问题）》一书中，列宁全面论证了建立新型无产阶级政党的思想，在第4、5两章中，充分阐明了建立一个统一的集中的马克思主义政党的必要性与重要性，明确提出"无产阶级的自发斗争如果没有坚强的革命家组织的领导，就不能成为无产阶级的真正的'阶级斗争'"③。在1904年的《进一步，退两步（我们党内的危机）》一文中，列宁又进一步阐明了马克思主义政党的组织原则，主张建立一个集中的、组织严密、纪律严格的无产阶级政党，发展、完善了马克思主义关于无产阶级政党的学说，强调党组织对无产阶级革命运动所具有的决定意义，"无产阶级在争取政权的斗争中，除了组织，没有别的

---

① 福本和夫独特的革命阶段论：第一，阶级意识（通过斗争，逐渐形成，并在一定条件下飞跃为意识革命）；第二，政治革命；第三，经济革命（利用政治革命来推动经济革命）。
② 艾晓明：《中国左翼文学思潮探源》，北京大学出版社2007年版，第75页。
③ 《列宁全集》第6卷，人民出版社1986年版，第128页。

武器"①。并且,列宁把具有高度理论水平的党组织同一般的普通工会组织严格区分。关于党的组织理论问题,卢卡奇亦作了深刻的思考并专门撰写了《关于组织问题的方法论》一文,批判了当时无产阶级革命运动中普遍存在的机会主义的组织理论,披露机会主义的本质是"一种'有机的'、纯粹无产阶级革命的幻想"②,批判这种学说"设想无产阶级会通过缓慢的扩展逐渐争取到人口的大多数,通过纯粹合法的手段获得政权"③。这些理论极大地影响了福本和夫,他一回到日本就严厉批判支持解散日共、消极重建日共、主张实行工会主义政策的山川主义,极力倡导重建日共,强调党组织在无产阶级革命运动中的重要性。然而,福本和夫提出的"分离结合论"④与"理论斗争",却是机械地运用了列宁和卢卡奇的理论学说,没有看到理论、实践与组织方法之间的辩证关系,不懂得"组织是理论与实践之间的中介形式"⑤,不懂得只有选择正确的组织方法才能把理论变成实践,不懂得"只有侧重组织方面的分析才使得有可能从实践观点对理论进行真正的批评"⑥,才致使其把斗争仅局限于理论斗争,导致其"小资产阶级激进主义使党和工农群众脱离,群众之间则因思想上理论上互相

---

① 《列宁全集》第8卷,人民出版社1986年版,第415页。
② 〔匈〕卢卡奇:《历史与阶级意识》,杜章智、任立、燕宏远译,商务印书馆1999年版,第401页。
③ 同上。
④ 所谓"分离结合论"是指根据马克思的结合原理,从事结合前的分离工作。
⑤ 〔匈〕卢卡奇:《历史与阶级意识》,杜章智、任立、燕宏远译,商务印书馆1999年版,第396页。
⑥ 同上注,第398页。

对立而分裂"①。

从以上分析可知,福本主义是"以对纯粹的阶级意识的追求为特点"②的左翼革命思想,足见卢卡奇《历史与阶级意识》对之影响甚深。

尽管1927年福本和夫被捕入狱,福本主义在日本无产阶级革命运动中的主导地位宣告结束,然而其对日本无产阶级文化运动的影响却深远持久,特别是对日本无产阶级文艺工作者的影响,如藏原惟人、青野季吉、鹿地亘、林房雄等人。1926年9月,青野季吉发表《自然生长与目的意识》,提出无产阶级文学运动应该有指导思想的问题,要摆脱自发性,加强"目的意识"。他的理论倡导极大地推进了无产阶级文艺思想前进的步伐,使之更接近革命实践。"此文引起无产阶级文学内部阵营的激烈争鸣,这是福本主义渗入文艺界的开始。"③尤其是福本和夫的"分离结合论",对日本无产阶级文学运动影响甚大,形成"日本无产阶级文学运动最突出的特点是文艺组织多,并且彼此论战不休"④。在福本"分离结合论"与"理论斗争"的影响下,日本无产阶级文艺运动发生了一系列急剧的变化,1925年12月日本左翼作家统一战线成立"无产阶级文艺联盟",1926年11月将之改组,排除无政府主义者和非马克思主义者,成立"日本无产阶级艺术联盟"(简称"普罗艺",1926.11—1928.3)。1927年之后,

---

① 朱谦之:《日本哲学史》,人民出版社2002年版,第427页。
② 艾晓明:《中国左翼文学思潮探源》,北京大学出版社2007年版,第75页。
③ 同上注,第76页。
④ 谢志宇:《20世纪日本文学史:以小说为中心》,浙江大学出版社2005年版,第159页。

这一联盟不断分化、瓦解,分裂为"劳农艺术家同盟"(简称"劳艺",1927.6—1932.5)和"前卫艺术家同盟"(简称"前艺",1928.11—1929.3),此外,还有一些较小的组织派别。对此,日本文学史家山田清三曾做出客观、深刻的评价:"福本主义的理论斗争——所谓批判的方法——完全是唯心主义的,它不去分析日本无产阶级面临的具体任务和历史所赋予的解决方法,而是从随意捏造的概念出发;不去努力理解现实的关系,而一头钻进了逻辑原则的发展和运用。这样福本主义只对纯粹的思想意识过分地加以强调,从而在阶级斗争中偏重于知识阶级而忽视了工人阶级的领导权,招致脱离群众。'分离结合'的理论企图把各种群众组织机械地与政治斗争结合起来,最后把群众组织的分裂合理化。"①

二、后期创造社对福本主义的倡导

1927年10月至1928年,冯乃超、朱镜我(原名朱德安)、李初梨、彭康(原名彭坚、字子劼)、李铁声(原名李声华)以及王学文、傅克兴、沈起予(原名沈绮雨)、许幸之、沈叶沉等人,在创造社推进革命文学运动形势的鼓励下,先后从日本归国并加入创造社,积极参加无产阶级文学运动。1928年年初至1929年2月,从日本归国的后期创造社的青年马克思主义者,似乎并未直接参与反帝反封建的暴力革命斗争,然而却对中国革命及文艺运动产生了深刻的影响,在中国现代革命历史中有着不可磨灭的

---

① 山田清三:《プセレタリア文学史》(下卷),日本理论社1966年版。转引自艾晓明:《中国左翼文学思潮探源》,北京大学出版社2007年版,第76页。

价值与意义。他们把日本福本主义也带到了中国文艺界,"他们回国参加文学运动的全部计划都是在日本形成的,当时正是福本主义风卷日本无产阶级文学运动期间"[①]。后期创造社成员在日本期间就建议创造社转变方向,回国后便高举革命文学的旗帜,大力倡导无产阶级革命文学。

后期创造社成员在日留学期间,受到当时风靡一时的福本主义的影响,这已被学界公认。不过,有学者认为,"在后期创造社成员的文章中都没有提到福本和夫的名字"[②],却与事实不符。1928年11月至12月,沈绮雨(沈起予)在《日出》旬刊第3、4、5期连载了他的《日本的普罗列塔利亚艺术怎样经过它的运动过程》一文,不仅对"日本无产艺术运动的过程"作了专题研究,且专门谈到了"福本和夫"[③]。此外,创造社元老郑伯奇也曾在回忆后期创造社时提到了"福本和夫":

> 日本也有一个大学教授,名叫福本和夫,他曾参加组织日本共产党,很"左",当时在日本有很大影响。[④]

郑伯奇还特别讲到李初梨、冯乃超:

[①] 艾晓明:《中国左翼文学思潮探源》,北京大学出版社2007年版,第77页。
[②] 同上注,第76页。
[③] 参见沈绮雨:《日本的普罗列塔利亚艺术怎样经过它的运动过程》,《日出》旬刊1928年12月5日第5期。
[④] 郑伯奇:《郑伯奇谈"创造社""左联"的一些情况(摘录)》,载饶鸿竞等编:《创造社资料》(下卷),福建人民出版社1985年版,第913页。

> 他们两人在日本时间相当长，日本话讲的非常流利，对于日本文学和当前世界文学情况都很熟悉。那时日本无产阶级文学运动盛行，大学和高校的学生颇有参加者，他们也受了相当的影响。①

对此，1978年，冯乃超回忆在日本留学接受马克思主义教育时，坦承其受到了福本主义的影响：

> 国际上，"左"倾教条主义之风盛行，在这个影响下，日本的青年学生中流行着"左"倾的"福本主义"。高等学校教授福本和夫的著作成为风靡一时的读物，他的全盛期是在1926年左右……福本的"左"倾教条主义在日本的左翼文化运动中曾给青年知识分子造成了不少危害……当时日本左翼文坛主张"既成作家"都一定要"转变方向"，这一点，后来竟成为我回国以后批判鲁迅的张本。②

正是由于福本主义在日本无产阶级文学运动中盛极一时，才为在日本学习的后期创造社成员接触其思想、接受其影响从客观上奠定了坚实的基础。此外，当时中国的社会历史文化语境亦为

---

① 郑伯奇:《郑伯奇谈"创造社""左联"的一些情况（摘录）》，载饶鸿兢等编:《创造社资料》（上卷），福建人民出版社1985年版，第869页。
② 冯乃超:《革命文学论争·鲁迅·左翼作家联盟》，《新文学史料》1986年第3期。

他们宣传福本主义提供了良好的土壤（这点在本节开始部分已作详细介绍）。

从后期创造社成员所提倡的理论斗争、文学的阶级性及其在倡导过程中强烈的论争批判色彩，我们可以辨清福本主义对之影响的思想脉络。

后期创造社始终极为重视理论在斗争中的必要性与重要性。1928年年初，冯乃超发表了题为《艺术与社会生活》的文章，率先强调革命理论的重要性，指出当时"中国文坛的情况，堕落到无聊与沉滞的深渊，虽是革命文学的议论嚣张，而无科学的理论的基础，及新人生观和世界观的建设"①，提出革命文学必须有"严正的革命理论和科学的人生观作基础"②。随后，从日本归国后的李初梨，不仅鲜明地打出理论斗争的旗帜，而且将文学的阶级性，尤其是无产阶级的阶级意识融入理论斗争之中，试图为革命文学注入新的生机。1928年，李初梨在《怎样地建设革命文学》一文中宣称："一切的文学，都是宣传。普遍地，而且不可避免地是宣传；有时无意识地，然而常时故意地是宣传。"③他坚持文学"是反映阶级的实践的意欲"④，强调文学的阶级意识，认为"一切的作品，有它的意志要求；一切的文学，有他的意志背景"⑤，而文学的社会任务，在于它的组织能力，明确指出当时中国文学当

---

① 冯乃超:《艺术与社会生活》,《文化批评》(月刊)1928年1月15日第1号。
② 同上。
③ 李初梨:《怎样地建设革命文学》,《文化批评》(月刊)1928年2月15日第2号。
④ 同上。
⑤ 同上。

为革命文学,它的新兴具有历史的必然性,"由历史的内在的发展——连络,它应当而且必然地是无产阶级文学"①。从李初梨对无产阶级文学所下的定义中,我们也可以清楚看到福本主义中卢卡奇的无产阶级意识理论对他的影响:

> 无产阶级文学是:为完成他主体阶级的历史的使命,不是以观照的——表现的态度,而以无产阶级的阶级意识,产生出来的一种的斗争的文学。②

李初梨还提出要成为无产阶级文学作家,必须具备三个基本条件:要获得无产阶级的阶级意识、克服自己的有产者或小有产者意识、把理论与实践统一起来。在《怎样地建设革命文学》一文的结尾,李初梨把自己的这篇论文"权且作一个'理论斗争'的开始"③。之后,他便更加鲜明地强调"理论斗争"的迫切性,呼吁"在我们的无产文艺阵营里面,'理论斗争'是刻不容缓的一件急务"④。几乎与此同时,成仿吾在《从文学革命到革命文学》一文中,也积极响应、倡导"理论斗争"。他认为要建设无产阶级革命文学,作家必须掌握科学的理论方法,必须"努力获得阶级意识,我们要使我们的媒质接近农工大众的用语,我们要以

---

① 李初梨:《怎样地建设革命文学》,《文化批评》(月刊)1928年2月15日第2号。
② 同上。
③ 同上。
④ 李初梨:《一封公开信的回答》,《文化批判》(月刊)1928年3月15日第3号。

农工大众为我们的对象"①，主张今后文学运动的前进方向应该是"从文学革命到革命文学"，为"理论斗争"在中国的宣传起了一定的铺垫、推动作用。

在强调文学阶级性这一点上，后期创造社主将冯乃超不仅重申革命文学的历史必然性，而且进一步阐明了革命文学的本质——"必然是 Agitation-Propaganda"（鼓动、宣传——笔者注），主张文学艺术的任务，也是革命文学家的任务，就是把当时中国民众反抗的情感、求解放的欲望及强烈的革命思想以具体的形象表现出来，疾呼无产阶级必须有自己的文学：革命文学——无产阶级文学，明确提出"政治家该具有艺术的心，艺术家也该具有政治家的头"②。与此同时，彭康也积极著文响应，加入革命文学"理论斗争"的行列之中，强调革命文艺的阶级性，着重指出文艺是"意识形态"的，是思想、感情的组织化，进一步阐明："革命文艺，普罗列塔利亚文艺，在中国的现阶级，也不应仅限于描写无产阶级，更不必要无产阶级自身来写……革命文艺的内容，描写什么都好，只要在一个一定的目标之下，就犹如斗争虽然多都是朝着一个目的一样。封建势力、军阀、帝国主义、工农生活、小资产阶级、知识阶级，等等，都是革命文艺的内容。"③这些理论观点的提出与宣扬，不仅丰富发展了革命文学的内容，而且对提升当时中国无产阶级文艺运动的理论水平做出了有益的

---

① 成仿吾：《从文学革命到革命文学》，载饶鸿竞等编：《创造社资料》（上卷），福建人民出版社 1985 年版，第 169 页。
② 冯乃超：《冷静的头脑》，《创造月刊》1928 年 8 月 10 日第 2 卷第 1 期。
③ 彭康：《革命文艺与大众文艺》，《创造月刊》1928 年 11 月 10 日第 2 卷第 4 期。

探索和贡献。

后期创造社对理论斗争以及文学的阶级性的倡导,是在同文学革命论争的过程中进行,呈现出极强的批判色彩,为中国现代革命和无产阶级文艺运动的发展做出了不朽贡献,但我们也应看到,它在理论倡导过程中存在的过激、片面和形而上学倾向。中国理论界对此已有清醒的认识:"在中国现代思想史、革命史和文化史上,他们为宣传马克思列宁主义所建树的历史功勋,值得充分肯定,加以阐扬。当然,对他们曾经为国际国内的'左'倾思潮推波助澜,也应该实事求是地予以指出,进行批评。"[①] 后期创造社批判新文化运动的健将胡适已经"没落到泥泞的湖沼里去了",指责叶圣陶的创作纯粹是自然主义,批判鲁迅是"隐遁主义者",谴责张资平小说的无聊与虚伪,指摘郁达夫作品中的悲哀、愁苦基调,控诉郁达夫提倡的"大众文艺"的狭隘性、虚伪性及欺骗性,批评郭沫若的"当一个留声机"论的不彻底性(尽管他们赞扬其反抗精神),驳斥王独清、张资平等投机分子,批驳徐志摩、梁实秋等人那种抹杀了阶级性的"反动"文艺,倡导无产阶级革命文学。

需清醒地认识到,后期创造社引发的这场文艺界的批判运动之所以发生,与以下四方面因素有着紧密的联系。首先,国内反动势力疯狂镇压、革命斗争形势异常严峻,革命者缺乏科学理论思想指导,加之无暇分辨,也不能分辨敌我矛盾和内部矛

---

① 黄淳浩:《创造社:别求新声于异邦》,社会科学文献出版社1995年版,第123页。

盾。其次，后期创造社成员久居国外，对当时国内文艺界情况不甚了解，而又缺乏实际调查研究，因而在对国内文艺界的分析、评论方面不能完全做到客观、公正。[①]再者，当时中共党内出现的"左倾"思想蔓延到国内革命运动中，也为这种过激的文艺思潮的滋生提供了土壤。最后，当时从日本归国的后期创造社成员深受日本无产阶级革命及其文艺运动的影响，尤其是深受当时在日本风靡一时的福本主义的影响，从日本带回马克思主义文艺理论的同时，把福本主义中具有极"左"色彩的"分离结合论"和"理论斗争"也传入了中国（也与当时国际共产主义运动中"左"的影响有关）。"纵观朱镜我、彭康他们阐述马克思主义基础原理的文章和冯乃超、李初梨他们论述无产阶级文学的文章，他们有一个共同的缺点，就是受当时国际共产主义运动和苏联、日本文坛中的'左'倾思潮的影响比较严重。"[②]查阅资料、回顾历史，我们不难发现，当时主导着日本文坛"左"倾思潮的正是福本主义。由于以上诸多原因，这场文艺界的批判运动便不可避免地发生了。这场论争带有"左"的色彩，它所倡导的"无产阶级革命文学"，尤其是对"理论斗争"与"阶级意识"的强调，为思想理论和文学艺术中的"左"的思潮推波助澜、留有遗患，对之后整个中国文学的全面、健康发展都带来了一些负面的影响。但是，这场运动的展开引起了文艺界广泛的注意，特别对广大左

---

① 参见饶鸿兢等：《创造社资料》（下卷），福建人民出版社1985年版，第879页。
② 黄淳浩：《创造社：别求新声于异邦》，社会科学文献出版社1995年版，第131页。

翼青年学生产生了强烈的影响,促进了革命文学运动的发展、深入。尤为重要的是,通过此次论战,一些创造社老作家及其他文艺界人士也开始接触、学习并介绍马克思主义文艺理论,为社会主义学说、马克思主义文艺理论思想在中国的传播做出了积极的贡献,在一定程度上推动了中国无产阶级革命运动及中国新文学的发展。

后期创造社成员对福本主义的接受,不仅体现在他们所倡导的理论斗争、文学的阶级性以及论争的批判色彩等方面,从他们所创办的刊物及其相关著述或译介的日本文艺著作中,我们也可识认。20世纪20年代末的后期创造社,为了更加有效地译介、宣传马克思主义,倡导无产阶级文学,积极创办一些期刊,如《文化批判》(1928.1.15—1928.5)、《流沙》(1928.3.15—1928.5.30)、《思想》月刊(1928.8.15—1928年底或1929年初)及《创造月刊》(1926.3—1929.1)、《日出》旬刊(1928.11.5—1928.12.15)等。以这些期刊为主要阵地,后期创造社成员进行了一系列马克思主义的宣传活动,并有比较具体的理论分工——冯乃超、李初梨负责文艺理论和批评,彭康担负宣传马克思主义哲学工作,朱镜我介绍马克思主义经济理论、分析国际形势,李铁声展开马克思主义理论的译介工作,对中国现代革命和文化都产生了不容忽视的影响。尤其是朱镜我、彭康和李铁声等对马克思主义基本原理的宣传,成绩尤为突出。如朱镜我的《理论与实践》《科学的社会观》《政治一般的社会的基础——国家底起源及死灭》《德谟克拉西论》《社会与个人底关系》等,彭康的《哲学底任务是什么?》《唯物史观的构成过程》《革命文艺与大众文艺》等，以及李铁声的《辩证法的唯物论》《宗教批判》《目的性与因果性》《社会革命底展开》《社会底自己批判》等。这些理论文章，或从思维与存在、物质与精神、生产力与生产关系的关系等方面，系统论证马克思主义的唯物史观，批判唯心主义、经验主义的认识论（《辩证法的唯物论》《科学的社会观》《思维和存在——辩证法的唯物论》）；或从民主的角度，揭批资产阶级民主的假象，从而揭示无产阶级民主的意义（《德谟克拉西论》）；或理论联系实际，结合马克思主义基本原理来剖析中国的现状（《理论与实践》《社会革命底展开》）；或以马克思列宁主义观点，解释和阐发无产阶级革命文艺运动中的许多重大理论问题（《革命文艺与大众文艺》）……这些极富战斗性和现实性的理论宣传文章，在大革命失败后的严峻形势下，力图运用马克思列宁主义的立场和方法解决当时国内革命的问题，在向当时中国人民和中国革命输送马克思列宁主义这一方面具有不可低估的历史作用。

特别值得提出的，是后期创造社在马克思主义原著译介方面的贡献。如李一氓的《唯物史观原文》，是对马克思《政治经济学批判》《资本论》等书的摘译；李铁声的《〈哲学底贫困〉底拔萃》，是对马克思《哲学底贫困》的选译；彭康的《托尔斯泰——俄罗斯革命的明镜》，是对列宁这一著作的全译；李初梨的《唯物辩证法精要》，是对德波林该著的翻译，等等。"如果我们再翻一翻创造社丛书，或创造社刊物刊登的新书出版预告，更可以看到还有马克思的《工钱劳动与资本》（现通译为《雇佣劳动与资本》，李一氓译）、《拿破仑第三政变记》（陈仲涛译）、恩格斯的《关于费尔巴哈与德国古典哲学的始末》（向省吾译）、普列汉诺夫的《马克思主义的根本问题》(彭康译),以及阐释或介绍马克思主义的书,著名者如萨克斯著《科学的社会主义底基本原理》、弗兰茨摩棱著《历史的唯物主义》、河上肇著《社会变革底必然性》、猪俣津南雄著《金融资本论》、德波林著《唯物辩证法入门》、卢那察尔斯基著《西方底文化与苏联底文化》、布哈林著《世界经济与帝国主义》、李阿萨诺夫著《马克思昂格斯传》、拉伯里约拉著《史的唯物论》、阿斯托罗和维将诺夫合著《政治经济学》,等等,都在出版之列,有的在创造社活动时期未来得及出版,是由创造社成员在创造社被关闭后带到其他出版社出版的。"[①] 此外,他们还在《文化批判》专门开辟"新辞源"一栏,进行有关马克思主义名词的解释工作,以便广大群众学习。如李一氓的《社会科学和社会科学名词》,"不仅解释了什么是唯物史观、无产阶级专政、阶级斗争、共产主义、知识阶级、价值等概念,而且还注意纠正人们对这些概念的理解上的错误,这些都是颇为有益的工作"[②]。后期创造社展开的这场马克思主义宣传运动,很快引起了政治界、文艺界的广泛注意,对广大左翼青年学生产生了强烈的影响,为当时革命和文艺运动的进一步发展作了理论准备和思想动员。同时,后期创造社亦重视译介日本无产阶级文艺作家或理论家的论著,如受日本作家青野季吉《自发生长与目的意识》的影响,在《思想》月刊第 2 期(1928 年 9 月 15 日)刊登《自然生长性与目的意识性》一文;在《创造月刊》第

---

① 黄淳浩:《创造社:别求新声于异邦》,社会科学文献出版社 1995 年版,第 128 页。

② 同上。

2卷第6期（1929年1月10日）刊载《关于马克思主义文艺批判底任务之大纲》（卢那察尔斯基著，朱镜我译），此篇重译自藏原惟人的日译本。尤值得一提的是，在《日本的普罗列塔利亚艺术怎样经过它的运动过程》一文中，沈起予不仅对"日本无产艺术运动的过程"作了非常详细的介绍与研究，而且还谈到了"福本和夫"。

须注意的是，以上后期创造社成员所译介的马克思主义文艺理论，大都是通过日译本介绍至中国，是在他们把福本主义传入中国的过程中完成的。

从以上梳理、考证、分析中，不难发现，卢卡奇的理论通过福本主义传播到中国的主要是"异化"及"阶级意识"，尤其是他的"无产阶级的阶级意识"。

"大革命"失败后，国内革命形势陷入低谷，国外中苏外交关系断绝，思想文化交流严重受阻，日本便成为中国左翼文坛获取无产阶级理论的重要渠道。此时，留日归国的后期创造社成员所倡导的无产阶级文艺理论，有利于激发国内无产阶级的革命斗志，有利于推动中国无产阶级文艺运动的发展，满足了国内革命和时代发展的需要，为宣传马克思主义做出了卓越的历史贡献。然而，由于其脱离了当时中国的实际，脱离工农群众，实质上是一种小资产阶级的激进思想，是一种带有浪漫主义色彩的"极左"主义，在一定程度上助长了当时以"革命的罗曼蒂克"为特征的创作倾向的滋长。"革命的罗曼蒂克"，可以追溯到提倡"革命文学"的20世纪20年代中后期，如具有这种创作倾向的以蒋光慈为代表的"革命加爱情"作品。这种创作思潮，"不仅仅含左翼时尚写作的一面,也有真实反映大革命后一代青年迷惘、追求的一面"①。后期创造社倡导的无产阶级文艺理论,因强调文学的阶级性、无产阶级的阶级意识,受到当时一批左翼青年知识分子的追捧。不过,这一理论由于脱离中国的革命实际与工农群众,在某种程度上也滋长了当时作家创作中的公式化、概念化倾向,从而对当时"革命的罗曼蒂克"创作倾向的蔓延起到了一定推波助澜的作用。由于这种影响的存在,后期创造社这一时期出现的小说才有了如下共同特征:"自觉地运用文学来为革命呐喊,在急剧的变革年代里,以特殊的热情,写出'思想大于艺术'的具有重大社会效果的作品。"②除后期创造社作家外,蒋光慈、钱杏邨、楼适夷、华汉、丁玲等青年左翼作家,也不同程度地受到这种"革命的罗曼蒂克"创作倾向的影响,"有的是侧重于替无产阶级诉苦,主要是想象的悲惨生活的描写;有的就写出了理想化的工人的前卫英雄行动,根据社会科学的概念来写成了理想的故事和人物,失掉了文艺的感染力量"③,如丁玲的《韦护》,便是"革命的罗曼蒂克"流行期的典型作品。之后,这种不良的创作倾向很快被中国新文学所纠正、克服,不过,它所强调的"阶级意识"观念却被保留下来,无论是社会主义现实主义等理论的提倡,还是毛泽东的《在延安文艺座谈会上的讲话》文艺政策在中国的提出、推广及其最终成为全国文艺运动的共同纲领,无不渗

---

① 吴福辉:《插图本中国现代文学发展史》,北京大学出版社 2010 年版,第 209 页。
② 钱理群、温儒敏、吴福辉:《中国现代文学三十年(修订本)》,北京大学出版社 1998 年版,第 228 页。
③ 王瑶:《王瑶文集》第 3 卷,北岳文艺出版社 1995 年版,第 273 页。

透着"阶级意识"思想。

可见,20世纪20年代末,卢卡奇的"无产阶级的阶级意识"理论由后期创造社传入中国,产生了深刻的影响,不仅对中国革命及无产阶级文艺运动产生了重要的影响,而且对中国现代文学也产生了一定的作用,特别是对当时中国革命文学的发展起到了积极的推动作用,但由于政治、历史等诸多因素,它对中国社会、中国现当代文学的发展也带来了一些不利的影响,追本溯源,无不与其中强调的阶级意识有关。故此,对卢卡奇的"阶级意识"理论及其在中国文学发展过程中所起的正负多方面的作用,我们应该历史地、辩证地加以看待,并保持清醒的认识。

第二节　对鲁迅文艺思想的影响

20世纪20年代末,后期创造社在大力倡导革命文学的同时,把马克思列宁主义带到了中国,他们在宣传马克思主义和倡导无产阶级革命文学方面所做的工作,尽管在中国现代革命史和文化上存在某种缺陷与不足,但毕竟对中国的政治、文化都产生了巨大影响,对鲁迅亦产生了一定影响。鲁迅深受进化论思想的影响,20年代中期以后,逐渐认识到只信进化论的偏颇,由起初的怀疑"革命文学"转变为肯定"无产阶级文学",承认文学的阶级性,认同文学受阶级意识支配。20年代末30年代初是所谓的鲁迅"转向"时期,通过与各方展开革命文学论争,尤其是同后期创造社的论争,他翻译、学习马克思主义文艺理论,探索文学与革命的关系,最终形成了自身的阶级文学观。鲁迅文艺思想中阶级意识的突显,与当时国内无产阶级文艺运动的发展有着紧密关联,与后期创造社所倡导的"无产阶级阶级意识"理论有着某种直接关联(这里并不否认鲁迅受国内外其他作家、理论家的影响)。

起初,鲁迅对革命文学是持怀疑态度的。鲁迅有感于当时革命文学宣传中的某些不切实际的"左"的现象,创作了《革命时代的文学》《革命文学》《文艺和革命》等文。1927年4月8日,鲁迅在黄埔军官学校以《革命时代的文学》为题目作演讲时,已关注到"革命文学",认为"革命人做出东西来,才是革命文学"[1],对大革命与文学之间的关系,他分三个阶段来分析。一、大革命之前,所有的文学大抵是叫苦鸣不平的文学,对革命没有什么影响。二、大革命的时代,"文学没有了",因为"大革命时代忙得很,同时又穷得很,这一部分人和那一部分人斗争,非先行变换现代社会底状态不可,没有时间也没有心思做文章;所以大革命时代的文学便只好暂归沉寂了"[2]。三、革命成功之后,会产生了两种文学——对旧制度挽歌,对新制度讴歌,不过他认为"中国没有这两种文学……赞美建设是革命进行以后的影响,再往后去的情形怎样,现在不得而知,但推想起来,大约是平民文学罢,因为平民的世界,是革命的结果"[3];"现在中国自然没有平民文学,世界上也还没有平民文学,所有的文学,歌呀,诗呀,

---

[1] 《鲁迅全集》第3卷,人民文学出版社1981年版,第418页。
[2] 同上注,第420页。
[3] 同上注,第421页。

大抵是给上等人看的；他们吃饱了，睡在躺椅上，捧着看……如果工人农民不解放，工人农民的思想，仍然是读书人的思想，必待工人农民得到真正的解放，然后才有真正的平民文学"①。从以上材料可知，尽管鲁迅谈到了革命文学，却认为当时中国没有真正的平民文学，存在的仅是叫苦鸣不平的文学，是读书人的文学。虽然鲁迅承认革命文学的存在——"世界上时时有革命，自然会有革命文学"②，但他对"文学于革命是有伟力的"却是持怀疑态度③，曾明确讲道"我是不相信文艺的旋乾转坤的力量的"④，对"文艺是革命的先驱"也持怀疑态度⑤，对当时中国存在的革命文学（一是在一方的指挥刀的掩护之下，斥骂他的敌手的；一是纸面上写着许多"打，打"，"杀，杀"，或"血，血"的）更是持怀疑态度⑥。

后期创造社掀起的这场文化运动对鲁迅所产生的影响，鲁迅在 1932 年《〈三闲集〉序言》中曾坦陈："我有一件事要感谢创造社的，是他们'挤'我看了几种科学底文艺论，明白了先前的文学史家说了一大堆，还是纠缠不清的疑问……以救正我——还因我而及于别人——的只信进化论的偏颇。"⑦从鲁迅的这段言词中，我们可以确认以下三点：一、鲁迅正是受到后期创造社的影响，

---

① 《鲁迅全集》第 3 卷，人民文学出版社 1981 年版，第 421-422 页。
② 《鲁迅全集》第 4 卷，人民文学出版社 1981 年版，第 82 页。
③ 参见《鲁迅全集》第 3 卷，人民文学出版社 1981 年版，第 423 页。
④ 《鲁迅全集》第 4 卷，人民文学出版社 1981 年版，第 83 页。
⑤ 参见《鲁迅全集》第 3 卷，人民文学出版社 1981 年版，第 559 页。
⑥ 同上注，第 543-544 页。
⑦ 《鲁迅全集》第 4 卷，人民文学出版社 1981 年版，第 6 页。

才"看了几种科学底文艺论";二、鲁迅在此之前是只信进化论的;三、鲁迅在"看了几种科学底文艺论"之后,认识到了只信进化论的偏颇。正是通过同后期创造社的文艺论争,鲁迅在清醒地看到前者患有严重"左"派幼稚病的同时,对前者所主张的"革命文学"才由起初的怀疑转变为肯定"无产阶级文学"。1928年3月12日,鲁迅发表《"醉眼"中的朦胧》一文,对《文化批判》刊载的成仿吾《祝词》及李初梨《怎样地建设革命文学》中提倡的"无产阶级文学"主张,明确表示肯定:"实在还不如在成仿吾的祝贺之下,也从今年产生的《文化批判》上的李初梨的文章,索性主张无产阶级文学,但无须无产者自己来写;无论出身是什么阶级,无论所处是什么环境,只要'以无产阶级的意识,产生出来的一种的斗争的文学'就是,直截爽快得多了。"[①] 这实际上是赞同了李初梨的主张,即"无产阶级文学是:为完成他主体阶级的历史的使命,不是以观照的——表现的态度,而以无产阶级的阶级意识,产生出来的一种的斗争的文学。"[②] "无产阶级文学的作家,不一定要出自无产阶级,而无产阶级的出身者,也不一定会产生出无产阶级文学。"[③] 由上可知,鲁迅接受了后期创造社所主张的"无产阶级文学"及"无产阶级的阶级意识"。

后期创造社对鲁迅的影响,使后者不仅赞同无产阶级革命文学,而且把之后诞生的"左翼作家联盟"也看作是无产阶级革

[①] 《鲁迅全集》第4卷,人民文学出版社1981年版,第63页。
[②] 李初梨:《怎样地建设革命文学》,《文化批评》(月刊)1928年2月15日第2号。
[③] 同上。

命文学的运动,把 20 世纪 30 年代中国"民族革命战争的大众文学"亦看作"是无产阶级革命文学的一发展,是无产革命文学在现在时候的真实的更广大的内容"①。此外,由于后期创造社的影响,鲁迅不仅看了"几种科学底文艺论",而且主张多"绍介"别国的理论和作品,他认为:"多看些别国的理论和作品之后,再来估量中国的新文艺,便可以清楚得多了。更好是绍介到中国来;翻译并不比随便的创作容易,然而于新文学的发展却更有成功,于大家更有益。"②正是有了这样的理念,鲁迅才在 1929 年至 1931 年短短的时间内译介了一系列别国的理论和作品,如 1929 年译俄国及日本作家与批评家的论文集《壁下译丛》(北新书局印行)、日本片上伸的《无产阶级文学的理论与实际》(大江书局印行《文艺理论小丛书》之一)、苏联 A.卢那卡尔斯基的《艺术论》(大江书局印行《文艺理论小丛书》之一),1930 年译俄国 G.蒲力汗诺夫的《艺术论》(光华书局印行《科学的艺术论丛书》之一)、苏联 A.卢那卡尔斯基的论文及演说《文艺与批评》(水沫书店印行同丛书之一)、苏联关于文艺的会议及决议《文艺政策》(水沫书店印行同丛书之一)、苏联 A.雅各武莱夫的长篇小说《十月》(神州国光社收稿为《现代文艺丛书》之一,今尚未印)③,1931 年译苏联 A.法捷耶夫的长篇小说《毁灭》(三闲书屋印行)等。除以上他本人的译著之外,鲁迅还校阅了一些其他译著,如任国桢译的《苏俄的文艺论战》、胡㪍译苏联 A.勃洛克的

---

① 《鲁迅全集》第 6 卷,人民文学出版社 1981 年版,第 590 页。
② 《鲁迅全集》第 4 卷,人民文学出版社 1981 年版,第 135 页。
③ 参见《鲁迅全集》第 4 卷,人民文学出版社 1981 年版,第 180 页。

长诗《十二个》、董秋芳译俄国 V. 但兼珂等作的短篇小说集《争自由的波浪》、孙用译匈牙利裴多菲·山大的民间故事诗《勇敢的约翰》及李兰译美国马克·吐温的小说《夏娃日记》等，校阅约十几部译著。鲁迅之所以在此期间如此致力于翻译方面的工作，除了上面提到的理念支持外，他还认为文艺界"仅仅宣传些在西湖苦吟什么出奇的新诗，在外国创作着百万言的小说之类却不中用。因为言太夸则实难副，志极高而心不专"[①]。正是针对当时无产阶级文学太过重在宣传，鲁迅才如此重视翻译工作，他的译著也是致力于无产阶级文学事业的，如他本人所说的"我的译书，就也要献给这些速断的无产文学批评家"[②]。

尽管鲁迅是在后期创造社的影响下看了"几种科学底文艺论"，后者对前者的影响也的确客观存在，但也绝不能夸大这种影响。鲁迅毕竟不同于后期创造社，前者对后者也有着清晰地认识和判断：

>……那时（1928年初至1929年初——笔者注）的革命文学运动，据我的意见，是未经好好的计划，很有些错误之处的。例如，第一，他们（即后期创造社成员——笔者注）对于中国社会，未曾加以细密的分析，便将在苏维埃政权之下才能运用的方法，来机械的运用了。再则他们，尤其是成仿吾先生，将革命使一般人理

---

① 《鲁迅全集》第4卷，人民文学出版社1981年版，第184页。
② 同上注，第210页。

解为非常可怕的事,摆着一种极左倾的凶恶的面貌,好似革命一到,一切非革命者就都得死,令人对革命只抱着恐怖。其实革命是并非教人死而是教人活的。①

相较后期创造社成员而言,鲁迅更深谙中国的国情,他从中国的文化实际出发,对后期创造社所倡导的极"左"理论主张进行坚决的抵制、批判。两者之间的差异,主要表现在以下几个方面:首先,对"一切文艺是宣传"的观点,鲁迅虽赞同,却看得更透彻,警示当时的革命文学家须注意文艺与宣传并不能等同,文艺"当先求内容的充实和技巧的上达"②,他认为,"一切文艺固是宣传,而一切宣传却并非全是文艺,这正如一切花皆有色(我将白也算作色),而凡颜色未必都是花一样"③,这些观点对中国现代文学的健康发展具有深刻的意义。其次,关于"文学的阶级性"的主张,鲁迅以极其深邃的洞察力,对该主张有着更清晰、更透彻的认知,他认为文学"都带着阶级性。但是'都带',而非'只有'"④。再者,鲁迅对"文学于革命是有伟力的"观点仍是持怀疑态度:"倘以为文艺可以改变环境,那是'唯心'之谈,事实的出现,并不如文学家所预想。"⑤ 不过,他并非完全否定文学的作用,他在《文学与革命》中曾谈道:"我是不相信文艺的旋乾转坤的力量的,但倘有人要在别方面应用他,我以为也可以。譬如宣传就

---

① 《鲁迅全集》第4卷,人民文学出版社1981年版,第297页。
② 同上注,第84页。
③ 同上。
④ 同上注,第204-206页。
⑤ 同上注,第134页。

是。"① 最后，尽管鲁迅接受了无产阶级文学的主张，但对后期创造社所提倡的"更彻底的革命文学——无产阶级文学"却是保持着深刻的批判意识，认为它不过是一个题目，而缺乏现实的内容。②

经过以上抽丝剥茧的探析、溯源，便可理出这一事实：鲁迅文艺思想中的阶级意识，源头是卢卡奇的"阶级意识"理论，该理论经日本福本主义由后期创造社传至中国。但鲁迅并不完全赞同后期创造社所强调的那种文学的阶级性，尽管前者文艺思想中阶级意识的突显，与后者的影响有着某种直接的因果关系。正是由于福本主义、后期创造社的影响，鲁迅不仅某种程度上接受了卢卡奇的无产阶级阶级意识，而且也接触到了卢卡奇的论著。正是由于后期创造社"挤"鲁迅认识到须看"几种科学底文艺论"，鲁迅才于1928年2月1日往内山书店购买了日译本卢卡奇的《何谓阶级意识》③，成为最早接触到卢卡奇著作的中国作家之一④。

---

① 《鲁迅全集》第4卷，人民文学出版社1981年版，第83页。
② 参见《鲁迅全集》第4卷，人民文学出版社1981年版，第135页；《鲁迅全集》第6卷，人民文学出版社1981年版，第590-591页。
③ 参见《鲁迅全集》第14卷，人民文学出版社1981年版，第700页；《鲁迅全集》第15卷，人民文学出版社1981年版，第832页。
④ 关于鲁迅往内山书店购买的日译本卢卡奇著作的书名问题，学界存在着不当的表述。黎活仁在论著《卢卡契对中国文学的影响》中，认为鲁迅购入的是《历史与阶级意识》一书。实则不然，这一问题在《鲁迅全集》第15卷"书刊注释条目"的日文部分第832页，有详细注释："阶级意识トハ何ヅャ《何谓阶级意识》（今译为《阶级意识》——笔者注）。匈牙利卢卡契著，水谷长三郎、米村正一译。昭和二年（1927年）东京同人社书店出版。"并且，在20世纪20年代，《历史与阶级意识》尚没有完整的日译本。卢卡奇论著最早的日译本出现于1927年，日本翻译界从《历史与阶级意识》中抽出两篇文章《何谓阶级意识》和《关于组织问题的方法论》，加上《列宁》，将它们译成日文出版，这也是《历史与阶级意识》第一次被译为其他语言在世界上出版。因此，鲁迅1928年2月1日得到的这一日译本应是《阶级意识》，而非《历史与阶级意识》一书。

20世纪20年代,卢卡奇对日本福本主义产生了巨大的影响,后期创造社把福本主义传到了中国,而后期创造社对鲁迅又产生了一定影响,在这个传播过程中,卢卡奇的思想无论怎样被演绎、发生怎样的变化,但其"无产阶级的阶级意识"理论都一直影响着后期创造社、也影响到了鲁迅。正是在同后期创造社的论争之后,鲁迅方才坚信"无产阶级文学,是无产阶级解放斗争底一翼"[1],坚信无产阶级革命文学,是"革命的劳苦大众的文学"[2],承认文学的阶级性、认同文学始终会受阶级意识的支配;才会明确主张"文学有阶级性,在阶级社会中,文学家虽自以为'自由',自以为超了阶级,而无意识地,也终受本阶级的阶级意识所支配"[3],进而才强调"阶级意识觉醒了起来,前进的作家,就都成了革命文学者"[4]。

---

[1] 《鲁迅全集》第4卷,人民文学出版社1981年版,第236页。
[2] 同上注,第283页。
[3] 同上。
[4] 同上注,第20页。

第三章
中国对卢卡奇现实主义理论的接受

> 只有在一个国家的文学发展中需要一种外来的刺激，一种动力，为它指出一条新路的时候——一旦文学发展本身出现危机它就会有意识地或下意识地寻求一条出路——外国作家才能真正有所作为。①
>
> ——乔治·卢卡奇

20世纪的中国文学是现实主义、浪漫主义、现代主义等内容的多元共存，无论其成分多么复杂、多元，现实主义始终是其一个重要的组成部分，是中国新文学的主流。现实主义在20世纪中国的发展历程是曲折起伏的，有时甚至付出了沉重代价，但毫无疑问，现代性②始终是其不断追求、探索的重要内容和目标。这种现代意识在文学艺术方面，则体现为对真、善、美的追

---

① 中国社会科学院外国文学研究所外国文学研究资料丛刊编辑委员会编：《卢卡契文学论文集》（二），中国社会科学出版社1981年版，第452—453页。
② 所谓"现代性"，除了现代物质生活条件外，更指传统社会转变为现代社会过程中形成的一系列新的知识理念与价值标准。这种现代意识大体包括：进步与发展的观念；对民主与科学的追求；对理性的崇拜；对时间的重视与关切；以人为本的人文理想等。

求。① 时至今日，当我们回望卢卡奇的现实主义理论在中国的接受史，不难发现它是中国知识分子探求现代性的一段缩影，是他们渴慕真善美的一个历程。

自 1935 年卢卡奇《左拉和写实主义》的中译本问世以后，他的理论著作陆续被译介至中国，其现实主义理论于 20 世纪 30、40 年代和 80、90 年代这两个历史阶段，在中国都明显产生了较大的影响。在第一个阶段，卢卡奇的理论思想——尤其是他在作家世界观与创作方法关系、作家主体性以及典型等理论问题上的主张，对以胡风为首的七月派②的发展起到了重要的推动作用。1949 年以后，卢卡奇被视为国际修正主义者，在国内受到严厉批判，他的现实主义理论著作尽管得到大量译介，但却是为满足"内部批判"的需要，并未对中国当代文学、文艺理论产生太大的影响。直至 20 世纪 80、90 年代，中国出现了一场因卢卡奇和布莱希特关于现实主义问题的争论而引发的讨论，才深入涉及了 20 世纪 30 年代卢卡奇与布莱希特之间发生的那场"现实主义论争"，卢卡奇的现实主义理论才再次为中国文艺界所关注，并对中国当代文学及马克思主义文艺理论的发展产生了广泛而深刻的

---

① 参见严家炎：《二十世纪中国文学史》（上册），高等教育出版社 2010 年版，第 3 页。
② 以胡风为首的七月派是抗战时期和解放战争时期国统区重要的现实主义文学流派，因胡风主编《七月》得名。它团结了艾青、田间、路翎、丘东平、鲁藜、绿原、牛汉等一批作家，以《七月》《希望》《泥土》为阵地，强调主观与客观的统一，历史与个人的融合，主张在现实主义旗帜下反映活的一代人的心理状态，作品充满了生活的血肉感，以及对于人的心灵的直视力量。这些作家的作品在某种意义上，比较能体现胡风的现实主义理论主张，多数都被编入《七月诗丛》《七月文丛》等，并由胡风亲自撰写序文。

影响。在 21 世纪的中国，卢卡奇的现实主义理论作为一种马克思主义文艺思想并未失去其生命与活力，因此，考察、梳理其在中国的传播与接受进程，不仅能够为现时的文学、文艺理论发展提供帮助与借鉴，而且有助于当今中国社会对现代性的构建。

第一节　以胡风为首的七月派对卢卡奇的接受与"遮蔽"

对人的精神世界和现实世界进行深度挖掘，深切关注人、人性及其生存现状——这种人文精神关怀始终是 20 世纪以来中国知识分子追求的一个目标。自新文学伊始，中国作家便强烈地呼唤现实主义，"五四"、鲁迅、"问题小说""乡土小说"……至 20 世纪 30、40 年代，许多作家、理论家为了更好地关注人及其存在，而不断探索中国现实主义文学发展的道路，学习、总结、借鉴国内外文学的历史经验与发展规律，试图开拓一条中国新文学发展的新路，从而摆脱当时现实主义文学创作的困境，如真实性、典型、主体性、文艺与生活的关系、文艺与政治的关系等问题。基于此，20 世纪 30 年代以来，中国作家和理论家才将卢卡奇的一些关于现实主义的重要理论传入中国，以纠正当时文学创作中"左"的弊病、促进文学的发展，从而对丰富、发展中国现实主义理论起到了一定的积极作用。

目前，关于以胡风为首的七月派与卢卡奇之间存在着影响关系这一问题，已为学界公认。不过，对两者之间影响关系的研究，细化到以当时中国已译介的卢卡奇文本为蓝本，具体分析以胡风为首的七月派对卢卡奇的接受，尽管不乏关注但探讨却相当有限，更难谈得上是系统化的研究。鉴于此，本节试图在已有研究成果的基础上，从主体性、典型与真实性、作家世界观与创作方法等三个方面，对两者进行系统的接受与影响研究。对这些内容作进一步的深入解读和探讨，无论是对于认识卢卡奇在中国的影响、把握以胡风为首的七月派的现实主义理论，还是对于今天的文学乃至文化的发展，都具有重要的意义。

一、接受之产生

卢卡奇是匈牙利共产党人，20世纪极具影响力的一位马克思主义理论家，国际著名的文学批评与文学史家、美学家、哲学家，在国际政治文化领域具有深远的影响。他的文艺理论不仅给西方马克思主义、苏联与东欧马克思主义的发展以重要启示，而且是共产国际和各社会主义国家不断争论、批判的重要内容。20世纪二三十年代，他的理论对苏联、日本、中国等均产生了不同程度的影响。1919年，匈牙利社会主义革命失败，卢卡奇流亡维也纳，辗转德、法、意、苏联等国，为使匈牙利革命工人运动获得新生，他在从事革命活动的同时，不断学习马克思、恩格斯、列宁等人的著作，积极致力于无产阶级理论研究工作，撰写了一系列理论文章，并结集成《历史与阶级意识》(1923)、《布鲁姆提纲》(1928)等著作，引发匈牙利共产党、苏联和共产国际的强烈争议与批判。"在苏联，以德波林为首的官方哲学家们都披挂上阵，对这本书展开了批判。这个批判的浪潮在1924年6月召开的共产国际第五次世界代表大会上达到了高潮。"[1] 20世纪30年代以后，卢卡奇曾两次流亡苏联，20年代对他的一系列批判——《布鲁姆提纲》甚至使其面临被开除党籍的危险，不仅迫使其不得不做一些违心的自我评价，还使卢卡奇明白："自己不是搞现实政治的材料。在以后的时间里，卢卡奇退出了现实的政治的舞台，投身于马克思主义基本理论的研究工作之中。"[2] 由此，他在莫斯科马恩研究院承担《马克思恩格斯全集》俄文版的编撰工作，同时从事现实主义理论研究活动，撰写了一系列极具影响的文论著作，如《作为文艺理论家和文艺批评家的弗利德里希·恩格斯》(1935)、《叙述与描写——为讨论自然主义和形式主义而作》(1936)、《帝国时期人道主义的抗议文学的一般特征》(1937)、《论艺术形象的智慧风貌》(1938)、《马克思和意识形态的衰落问题》(1938)等文。1939年，卢卡奇将自己探讨托尔斯泰、高尔基、巴尔扎克、司汤达、司各特等伟大作家的论文，以及讨论德国从古典时期至1848年3月文学传统的文章，以《论现实主义的历史》为名在莫斯科国家出版社发行。这一时期，卢卡奇集中运用马克思主义美学理论，通过对19世纪欧洲优秀现实主义文学遗产的整理、研究，同自然主义、形式主义，以及各种先锋派文艺进行斗争，察觉并抵制当时斯大林主义在文艺中引发的官僚主义、教条主义等不良倾向，积极参加批判"拉普"的

---

[1] 张西平：《卢卡奇》，湖南教育出版社1999年版，第30页。
[2] 宫敬才：《睿智圣殿的后裔：捷尔吉·卢卡奇》，河北大学出版社1998年版，第8页。

活动,提倡莎士比亚、巴尔扎克、托尔斯泰等伟大作家开创的现实主义文学传统。由此,卢卡奇也卷入了1939年11月至1940年3月苏联文艺界关于现实主义的论争:以卢卡奇、M.里夫希茨等人为代表的一方强调现实主义的相对独立性,主张"尽管意识形态很坏,也能产生出好的文学"①,而以法捷耶夫为首的具有官方色彩的一方,则主张优秀的文学作品是由作家进步的世界观与价值观决定的。双方围绕创作方法与世界观之间的关系、物质生产与精神生产之间的不平衡关系、党性与人民的联系、对待文学遗产的态度等问题,展开激烈的讨论。由于斯大林主义在苏联国内政治生活中的不断发展、强化,卢卡奇在这场论争中逐渐处于不利地位,直至1941年被捕数月,这场论争才最终沉寂。可以说,从20世纪20年代至40年代,卢卡奇的理论无论是在匈牙利、西欧各国,还是在苏联、共产国际,始终是被争论的焦点内容,有着广泛而深远的影响。

作为七月派现实主义文学领军人物的胡风,深受西方文艺思想的熏陶,尤其是苏联文学与日本无产阶级文艺运动的影响。从1929年赴日本留学开始,到1933年6月被日本当局驱逐归国为止,胡风在饱览巴尔扎克、罗曼·罗兰、托尔斯泰、契诃夫、高尔基、厨川白村等现实主义文学大师作品的同时,结识了日本左翼作家小林多喜二等人,并参加日本共产党、日本反战同盟和中国左翼作家东京支部等团体,积极从事无产阶级革命文艺活动。在此期间,日本无产阶级革命运动和文艺运动的主导思想是

---

① 张西平:《卢卡奇》,湖南教育出版社1999年版,第142-143页。

福本主义。福本主义风靡于 1924 年至 1927 年的日本，领军人物是福本和夫，因其强调革命斗争须由阶级意识，然后上升至政治革命，最终才能推动经济革命这一独特的"革命阶段论"，成为 20 世纪 20 年代日本左翼革命运动与文学思潮中的一股强劲思想。虽然之后主导地位丧失，却对日本左翼文艺运动产生了巨大影响。福本和夫在 1923 年至 1924 年期间，先后留学欧美许多国家，在德国学习期间，师从科尔施，结识卢卡奇，并得到卢卡奇相赠《历史与阶级意识》一书。该书对福本和夫的无产阶级世界观与价值观有着深远影响，某种程度上促就了福本主义的诞生。由于受《历史与阶级意识》的影响，福本主义明显带有"左"的政治激进主义色彩，强化无产阶级的阶级意识，推崇无产阶级革命文学。1928 年，冯乃超、李初梨等后期创造社成员将日本福本主义文艺思潮带入中国，提倡无产阶级阶级意识，宣扬无产阶级革命文学。也正是在这一时期，胡风强调具有战斗性的"伟大的文学作品产生"[①]，同时作为一位翻译者，他深谙译介工作的重要性，在《翻译工作与〈译文〉》（1935）中明确提出："在十几年来的新文学发展历史上稍稍有成绩的作家没有一个不受外国作家的影响，而且大多数还是通过也许并不完全的译本。"[②] 上述种种文学史事实，再加上卢卡奇的文艺思想在日本及中国范围内的进一步传播，很自然地为胡风及后来以其为领军人物的七月派，接触卢卡奇论著、接受其影响奠定了主客观基础。

---

① 胡风：《胡风散文》，浙江文艺出版社 2007 年版，第 61 页。
② 胡风：《人民大众向文学要求什么》，华夏出版社 2009 年版，第 38 页。

二、接受之内容

仔细研读以胡风为首的七月派的文艺理论著作,可以发现,他们对卢卡奇的接受主要体现在文艺创作的方法与作家的世界观、文艺的典型与真实性、作家的主体性等方面。

(一)对作家世界观与创作方法之间关系的探索

文艺创作的基本方法历来是作家最为关心的问题。受马克思、恩格斯影响,卢卡奇认为作家的创作方法已不仅是创作技巧问题,更反映且关系到作家的世界观、意识形态等问题。[①] 关于作家世界观与创作方法之间的复杂关系,卢卡奇在 20 世纪 30 年代讨论巴尔扎克、司汤达、托尔斯泰以及高尔基的论文中就已进行了一系列研究,这些论文 1939 年以《欧洲现实主义研究》的书名结集出版。不过,卢卡奇对作家世界观与创作方法之间关系的基本认识并非是其独创,而是受到恩格斯的显著影响。20 世纪 30 年代初期,卢卡奇在苏联马克思恩格斯研究院工作,承担《马克思恩格斯全集》的整理编辑任务,有机会较早接触、研读了大量的马克思、恩格斯论著,包括当时尚没有发表的关于文艺问题的数封信札,如《致玛·哈克奈斯》(1888)。在这封信中,恩格斯曾以巴尔扎克为例,围绕作家世界观与创作方法之间的关系,作了深入透彻的论述:

---

① 参见马驰:《卢卡奇美学思想论纲》,东北师范大学出版社1997年版,第240—247页。

……巴尔扎克在政治上是一个正统派；他的伟大的作品是对上流社会必然崩溃的一曲无尽的挽歌，他的全部同情都在注定要灭亡的那个阶级方面。但是，尽管如此，当他让他所深切同情的那些贵族男女行动的时候，他的嘲笑是空前尖刻的，他的讽刺是空前辛辣的。而他经常毫不掩饰地加以赞赏的人物，却正是他政治上的死对头，圣玛丽修道院的共和党英雄们，这些人在那时（1830—1836年）的确是代表人民群众的。这样，巴尔扎克就不得不违反自己的阶级同情和政治偏见；他看到了他心爱的贵族们灭亡的必然性，从而把他们描写成不配有更好命运的人；他在当时唯一能找到未来的真正的人的地方看到了这样的人，——这一切我认为是现实主义的最伟大胜利之一，是老巴尔扎克最重大的特点之一。①

恩格斯的上述观点对卢卡奇产生了极大影响，马驰在《卢卡奇美学思想论纲》第六章"卢卡奇与中国现实主义理论"中的第二小节进行了比较深入的探讨，他认为："卢卡奇在作家世界观与创作方法的关系的基本立场上是与恩格斯一致的。他并没有认为世界观的正确与否无碍于作家成为伟大的现实主义者，也从未说过现实主义的创作方法可以弥补世界观的缺陷。"② 这一评价完全符合卢卡奇本人的思想实际。受马克思、恩格斯的影响，卢卡

---

① 《马克思恩格斯选集》第4卷，人民出版社1972年版，第463页。
② 马驰:《卢卡奇美学思想论纲》，东北师范大学出版社1997年版，第243页。

奇撰写了相关论文:《作为文艺理论家和文艺批评家的弗利德里希·恩格斯》(1935)、《马克思和意识形态的衰落问题》(1938)等。卢卡奇深信:"正是由于马克思和恩格斯始终了解文学对于人类觉悟具有特别深远的影响,所以他们从未低估正确探讨文学和文艺理论的意义。"①"他们在文艺理论领域的斗争,从开始阶段起,就已经是针对着无产阶级在阶级意识上的资产阶级化。"②基于此,卢卡奇才相信:"与工人中的资产阶级思想残余,以及工人思想上的资产阶级化进行斗争……这是马克思和恩格斯的文艺批评活动的基本路线。"③由此,卢卡奇强调作家世界观的重要性,批判那些在创作上世界观模糊不定的作家,认为"恩格斯就把伟大的现实主义诗歌所必需具备的世界观前提,关于创作方法(叙述)的前提的讨论,提高到一个为第二国际自始至终一直不能理解的高度"④,非常赞同恩格斯对巴尔扎克作为一名"伟大的现实主义者"⑤的评价,并坦言"恩格斯以巴尔扎克为例,最有力地指出了产生伟大的现实主义的这种复杂而又明白的辩证过程"⑥。卢卡奇盛赞恩格斯对巴尔扎克的评价,问题不在于巴尔扎克在阶级归属上是进步还是落后,不在于巴尔扎克"好的"或"坏的"方面,而是在于他"看到了他心爱的贵族们灭亡的必然性,从而把

---

① 中国社会科学院外国文学研究所外国文学研究资料丛刊编辑委员会编:《卢卡契文学论文集》(一),中国社会科学出版社1980年版,第301页。
② 同上注,第2页。
③ 同上。
④ 同上注,第14页。
⑤ 同上注,第27页。
⑥ 同上。

他们描写成不配有更好命运的人",在于巴尔扎克以真实的艺术典型地反映了社会与历史的全貌和发展。不仅如此,卢卡奇对世界观与创作方法之间关系的认识始终具有辩证性。一方面,他强调作家世界观的重要性,认为"每一种诗的作品,它的结构的诸原则都是由作者的'世界观'加以决定的"①,指出"……作家必需有一个坚定的积极的'世界观',他为着真实能以选择一个在身世中纵横交错着这些矛盾的人来作为中心的形象。他必需在世界的动力的矛盾之中来观察世界。伟大的作家们底世界的瞩观是异常地多样的。把这些多样的世界的瞩观表现为史诗的作品的诸方式更加是更为多样的"②,明确主张"没有'世界观'也就不能有作品"③。但另一方面,卢卡奇又极其重视创作方法的积极意义,在《叙述与描写》一文中,他揭示出"叙述"与"描写"所暗含的作家对于生活的态度问题,批判采用描写方法的作家们的基本弱点在于"他们作为作家们的向资本主义现实的无条件的屈服。他们在这种现实之中只看到结果、结局,而没有看到反抗的诸力量的斗争"④,揭露"描写"这一创作方法使小说失去了任何悬念、把人变成死的静物,谴责其是非人的,是资本主义的残余;相比之下,卢卡奇高度倡导"叙述"这一创作手法,认为它是一切伟大现实主义作家创作的基本原则,它能够提供出事物的真正的诗意,能够使人获得诗的生命。

---

① 〔匈〕G.卢卡契:《叙述与描写》,吕荧译,《七月》1940年第6卷第1、2期合刊。
② 同上。
③ 同上。
④ 同上。

出于人类社会与历史发展的需要，以及作家世界观进步与否的考量，卢卡奇围绕文学创作的基本方法问题撰写了一篇檄文《叙述与描写——为讨论自然主义与形式主义而作》(1936)，集中表达其文艺创作的基本理念。卢卡奇开篇以托尔斯泰的《安娜·卡列尼娜》和左拉的《娜娜》均写了一场赛马为例着手分析，指出两位作家写作方式的不同：叙述与描写，对故事的主题起到了不同的作用。《娜娜》中对赛马的精细、精妙"描写"，只是穿插于小说之中，同情节发展仅有松懈的联系，仅是描写了一个"事件"；《安娜·卡列尼娜》中所"叙述"的赛马事件，关系到人物命运的发展，是整个情节的关键，是在叙述人的命运。卢卡奇通过大量作家作品分析、论证，得出结论："叙述能分清主次，描写则抹杀差别"①；描写把一切摆到眼前，把人降为死的静物，淹没了一切的本质，淡化作家的世界观，而叙述的对象是往事，关注并反映人及其命运，突显作家的世界观。因此，卢卡奇认为"以观察为基础的描写必然是肤浅的"②，反之，以体验为基础的叙述则是深刻的、真实的。

20世纪30年代，由于受共产国际以及苏联批判浪潮的影响，卢卡奇在中国左翼文艺界处于一片声讨之中。然而，当时中国的现实主义文学"已开始注意强调真实性，重视典型化，肯定浪漫主义，而卢卡奇有关现实主义理论的译介正适应了这一需要"③。

---

① 中国社会科学院外国文学研究所外国文学研究资料丛刊编辑委员会编：《卢卡契文学论文集》(一)，中国社会科学出版社1980年版，第56页。
② 同上注，第69页。
③ 马驰：《卢卡奇美学思想论纲》，东北师范大学出版社1997年版，第236页。

正是在这一语境下,胡风力排众议、加以肯定,积极接受并赞扬卢卡奇的文艺理论。胡风不仅翻译卢卡奇的理论著作——根据熊泽复六的日译本,他将卢卡奇的《小说底本质》翻译完成,发表在《小说家》杂志(1936年第1卷第1期和第2期)上;而且在自己主编的《七月》杂志(1940年第6卷)上刊载卢卡奇的《叙述与描写》,并撰文对其予以积极肯定和高度评价:

> 这里面提出了一些在文艺创作方法上是很重要的原则问题,而且从一些古典作品里面征引了例证。这些原则问题,我们的文艺理论还远远没有触到这样的程度,虽然在创作实践上问题原是早已严重地存在了的。在苏联,现在正爆发了一个文艺论争,论争底主要内容听说是针对着以卢卡契为首的"潮流派"底理论家们抹杀了世界观在创作过程中的主导作用这一理论倾向的。但看看这一篇,与其说是抹杀了世界观在创作过程中的作用,毋宁说是加强地指出了它的作用。问题也许不在于抹杀了世界观底作用,而是在于怎样解释了世界观底作用,或者说,是在于具体地从文艺史上怎样地理解了世界观底作用罢。那么,为了理解这一次论争底具体内容,这是一篇对于我们也是非常宝贵的文献。[①]

胡风评价该文确实"提出了一些在文艺创作方法上是很重要

[①] 胡风:《胡风评论集》(中),人民文学出版社1984年版,第190-191页。

的原则问题……这些原则问题，我们的文艺理论还远没有触到这样的程度"，并赞誉《叙述与描写》"是非常宝贵的文献"。此外，胡风、丘东平、彭柏山等作家在文艺座谈会上按章分节还对卢卡奇的《叙述与描写》予以讲评，仔细研读其中的内容。对卢卡奇文艺理论的重视和钟情由此可见一斑。从以上文字中，可以充分彰显当时以胡风为首的七月派作家对卢卡奇文艺思想的重视。胡风认为，苏联文艺界针对以卢卡奇为首的理论家的批判——批判其抹杀了作家世界观的地位与作用，是与卢卡奇《叙述与描写》一文的理论内容不相符的。因为在胡风看来，卢卡奇是重视作家世界观及其在创作过程的积极作用的：

> ……匈牙利理论家卢卡契的《叙述与描写》……据我从论文本身所得到的印象，他绝非反对世界观对创作有引导作用，而是具体地说明世界观是怎样在创作中发生作用的，要怎样才能对创作发生积极的作用。①

在《关于文艺问题的意见书》中，胡风再次明确指出作家世界观在创作实践中的重要性，认为作家要从事创作实践，非得首先具有完美无缺的共产主义世界观不可。卢卡奇关于作家世界观的重要性这一理论，不仅对胡风产生了影响，甚至对当时整个文艺界都产生了一定的影响。当然，20世纪三四十年代，无论是解放区文学还是国统区文学，都注重文艺的意识形态性质，强调

---

① 胡风:《胡风评论集》（下），人民文学出版社1985年版，第420-421页。

"文艺从属政治""文艺为政治服务",都从未忽视作家世界观的重要性。所不同的是,卢卡奇在世界观与创作方法的关系问题的认识上具有辩证性,而当时中国许多左翼理论家却简化了在创作实践过程中作家世界观同创作方法之间的复杂关系,认为两者应当是一致的,如冯雪峰的看法就极具代表性——"我们的世界观是科学的客观的方法所建筑成的,也是人们的历史的实践所达成的;它和创作方法的统一,是通过我们对于客观现实的矛盾的认识,也通过客观与主观的矛盾的认识,最后通过创作之求真的和战斗的实践的统一而达到的"①。

卢卡奇对世界观与创作方法之间关系的辩证认识,却未引起当时中国文艺界的足够重视,如在中国影响深远的延安文学,倡导文艺为工农兵服务的方针政策,"在特定的历史时期,促进了文学艺术的生产,特别是群众文艺的蓬勃发展,发挥了文学艺术在抗日战争中的积极作用,也推动了优秀文艺的产生……"②。不过,由于这些文艺方针政策毕竟是在特殊历史时期提出的,不可避免地带有诸多局限性,特别是在新中国成立之后,成为全国统一的文艺政策,其弊端日益显现——过分强调作家世界观的重要作用,漠视艺术自身的创作规律与方法,"……以政策代替了文学理论,使文学理论完全丧失了自主性,造成理论由激变而走向亢进,为错误的政治、为人为的阶级斗争服务,这就把文学理论的发展引到死胡同里去了,对后来出现的'文革'政治,'极

---

① 冯雪峰:《雪峰文集》第 2 卷,人民文学出版社 1983 年版,第 436 页。
② 钱中文:《曲折与巨变——百年文学理论回顾》,载葛红兵主编《20 世纪中国文艺思想史论》第 1 卷,上海大学出版社 2006 年版,第 11 页。

左'的文艺政策,起到了推波助澜的作用,其消极的影响,至今未能消除"①。相比之下,在当时中国文艺界,胡风作为文艺理论家,不仅探寻了作家"写什么"的问题,而且进一步研究了"怎样写",他看到了卢卡奇所主张的创作方法的重要意义并接受其影响。在《论民族形式问题》有关方法论的探讨中,他借用卢卡奇的相关理论作为论争的理论根据:

> 表现现实的新的风格、新的方法,虽然总是和以前的诸形式相联系着,但是它决不是由于艺术形式本身固有的辩证法而发生的。每一种新的风格的发生都有社会的历史的必然性,是从生活里面出来的,它是社会发展的必然的产物。(G.卢卡契:《叙述与描写》,着重点是引用者②加的。)③

就方法论而言,胡风主张新的文学现象"是从生活里面出来的","不是由于艺术形式本身固有的辩证法而发生的",认为卢卡奇在方法论方面"已经获得了辉煌的劳绩"④。

当然,在作家世界观与创作方法的关系问题上,胡风虽然深受卢卡奇的影响,但两者也存在着明显的区别。对此,马驰在《卢卡奇美学思想论纲》一书中进行简短概括,认为两者虽然

---

① 钱中文:《曲折与巨变——百年文学理论回顾》,载葛红兵主编《20世纪中国文艺思想史论》第1卷,上海大学出版社2006年版,第11页。
② 引用者指胡风。
③ 胡风:《人民大众向文学要求什么》,华夏出版社2009年版,第88—89页。
④ 参见胡风:《人民大众向文学要求什么》,华夏出版社2009年版,第89页。

都以马克思主义的艺术反映论来研究文艺问题,但侧重点却有所不同;认为卢卡奇的现实的真实高于作家本人的世界观,而胡风则重视作家创作过程中的主观精神,此论符合事实。但书中又认为卢卡奇着眼于作品与现实的关系,胡风着眼的不是作品与现实的关系,而是作品与作家的关系云云,却值得商榷。事实上,无论是胡风还是卢卡奇,都是着眼于作品与现实的关系,所不同的是作家在创作过程中如何处理自身的角色问题。卢卡奇认为,伟大的艺术家在创作过程中"决不只是从事哲学思考和政治活动的附属的随军人员"[1],应该抑制、排除主观意识的干扰,"揭示社会任务和目标并为之斗争"[2],主张"艺术的任务就是按现实的情况来描写它们"[3]。由此,他才认为:"……意识形态很坏,如巴尔扎克的保皇主义,也能产生出很好的文学。反过来说,意识形态很好,也能产生出坏的文学。"[4]而胡风则不然,尽管他也注重作家必须对现实进行真实的描写、再现,但他更强调的是作家的"主观战斗精神",因为在他看来,只有"通过作家的主观作用——现实主义的方法,才能够呈现出真实的面貌而取得思想力量或艺术力量"[5],只有通过作家向客观现实不断"把捉""拥抱""突击""搏斗""自我扩展"——即发挥主观能动性去体验、发现生活,才能够达到主客观的"融然无间"的真正统一。这种创作观

---

[1] 中国社会科学院外国文学研究所外国文学研究资料丛刊编辑委员会编:《卢卡契文学论文集》(二),中国社会科学出版社1981年版,第82页。
[2] 同上。
[3] 《卢卡奇自传》,杜章智等编译,社会科学文献出版社1986年版,第197页。
[4] 同上注,第149页。
[5] 胡风:《人民大众向文学要求什么》,华夏出版社2009年版,第115页。

念在七月派的小说创作中亦有着明显体现。以路翎的《饥饿的郭素娥》《蜗牛在荆棘上》等作品为例,作者不仅真实地刻画了一系列下层人物形象,如贫困农民、矿工、商贩、青年学生、流浪艺人、逃兵、妓女、恶棍等,而且在写作过程中,侧重作家的主观能动性,"遵循以'主观战斗精神'为核心的现实主义创作原则方法,用作者的激情去'拥抱''肉搏'历史性的内容"[①]。由于七月派的写作在处理作家世界观与创作方法之间关系方面不同于左翼主流文学,才使其虽是置身于左翼主流传统,却又不自觉地试图纠正主流偏向(批评背离鲁迅道路,批评给作家主观性的发挥扣上"唯心主义"的帽子等)的一股特异的文学潮流[②]。

(二)对典型与真实性文艺理论的继承

在中国现代文学史上,典型与真实性问题是现实主义美学探讨的一个核心话题。鲁迅最早将"典型"视为一个美学范畴来探讨,1921年4月15日,他在《译了〈工人绥惠略夫〉之后》中,初次采用"典型"与"典型人物"的术语,之后,开始为中国文艺界公认。胡风明确提出:"艺术活动的最高目标是把捉人的真实,创造综合的典型。"[③]这一理论主张既可视为胡风对鲁迅的传承,亦有卢卡奇影响的作用。

围绕胡风与卢卡奇在典型问题方面的渊源关系,马驰曾在

[①] 吴福辉:《插图本中国现代文学发展史》,北京大学出版社2010年版,第365页。
[②] 参见吴福辉:《插图本中国现代文学发展史》,北京大学出版社2010年版,第365页。
[③] 胡风:《人民大众向文学要求什么》,华夏出版社2009年版,第25页。

《卢卡奇美学思想论纲》中撰写"对典型问题的不同理解"专节，进行较为详尽、系统的梳理与分析。不过，他认为的"在典型问题上，胡风并没有受卢卡奇的直接影响"①，这一观点明显与事实不符。20 世纪 30 年代中期以前，针对典型问题，在胡风同周扬展开论争之初，确实不可能受到卢卡奇的直接影响。但之后，卢卡奇的论著开始在中国先后被译介、出版，胡风接触到了《左拉和写实主义》《小说底本质》《叙述与描写》等文，并极力赞扬《叙述与描写》，积极宣传、支持卢卡奇的现实主义文论，这充分说明两者的影响关系十分明显。胡风在翻译《小说底本质》时，常使用"典型"一词，知悉"典型"是世界文学中的普遍特征——"事实上，在古代底文学里面也罢，中世纪底文学里面也罢，以及东洋底文学里面也罢，都有类似罗曼的作品。然而，罗曼到带着了典型的特征"②，并感知到"典型"理论的深刻性，指出："伟大的小说家们努力地想寻求对于他们那时代底社会的状态是典型的行动；作为这行动底具现者，选择了一方面带着典型的阶级的特征但同时是由积极的典型所表示的人。"③ 此外，通过《叙述与描写》，胡风亦体验到"典型"的作用与意义："当某一个时期底艺术的文学不能表现这一时期的典型的诸形象底丰富的内心生活与他们的行动的复合关系的时候，公众的趣味就转移向这种抽象的图式化了的代替品。"④ 在胡风与周扬论辩的过程中，与

---

① 马驰:《卢卡奇美学思想论纲》，东北师范大学出版社 1997 年版，第 251 页。
② 〔匈〕卢卡其:《小说底本质》，胡风译，《小说家》1936 年第 1 卷第 1 期。
③ 同上。
④ 〔匈〕G. 卢卡契:《叙述与描写》，吕荧译，《七月》1940 年第 6 卷第 1、2 期合刊。

卢卡奇相关的典型理论被胡风译介，契合了胡风的理论需要，填补了其理论上的空缺，因为胡风始终视"'典型'问题是文艺理论的中心内容之一"①。

综上可见，关于典型的理论，卢卡奇确实对胡风文艺思想的形成存在着直接影响。倘若声言胡风完全是受卢卡奇一人之影响，定是过于武断，因为胡风亦受到马恩经典理论家、鲁迅等人的深刻影响，而且，卢卡奇文艺思想中的许多内容与马恩经典理论家也有着千丝万缕的渊源。但若说两者之间毫无直接影响关系，亦与以上文献事实明显不符。

典型与真实性，是现实主义文学创作的基本原则与要求，是国内外学界长期争论的热点。真实性问题与典型问题密不可分，在现实主义文艺理论中，你中有我，我中有你，其中以恩格斯的论述尤为著名。围绕这一问题，1888年他在致玛·哈克奈斯的信中，批评其小说《城市姑娘》在环境与人物方面不够典型，并通过对巴尔扎克与左拉的比较、分析，批评惯用自然主义创作手法的左拉，因为左拉的照相式的自然主义创作手法是静死的；赞扬作为现实主义大师的巴尔扎克，因为巴尔扎克的能动的现实主义创作手法是诗意的。恩格斯之所以对巴尔扎克给予如此高的评价，根源在于巴尔扎克的小说真实地再现了典型环境中的典型人物，揭示了封建主义必然为资本主义所代替这一历史规律。面对如何以艺术的方式把握现实世界这一重要问题，恩格斯并不是停留在一般地提出艺术表现的真实性问题上，而是将艺术真实

---

① 马驰：《卢卡奇美学思想论纲》，东北师范大学出版社1997年版，第50页。

性问题同典型问题密切相联系,完美地表述了艺术是客观现实的反映,从而使文艺创作避免单纯地模仿或追求生活真实、细节的真实,而是努力按照艺术的方式把生活的内在本质与人类历史发展的规律更集中、更鲜明、更深刻地揭示出来。① 在恩格斯看来,巴尔扎克不仅能够完美地以艺术的方式把握现实世界,而且成功地创造现实主义小说的基本典范及定义——"现实主义的意思是,除细节的真实外,还要真实地再现典型环境中的典型人物"②,实现了现实主义的胜利。这一定义对各国现实主义文学的发展产生了巨大作用,卢卡奇亦深受影响。

作为现实主义文论家的卢卡奇,谙熟恩格斯给现实主义所下的这一定义,不仅在《作为文艺理论家和文艺批评家的弗利德里希·恩格斯》中全文引用③,还在《叙述与描写》中将恩格斯把巴尔扎克同左拉的对比研究予以扩充、深化,肯定巴尔扎克作品是现实主义的伟大胜利,提出其现实主义的理论主张,这实则是对恩格斯理论的传承与发展。在谈论作家的创作经验问题时,胡风亦亮明观点:"恩格斯说在巴尔扎克里面看到了现实主义的胜利,那创见在这里得到了活的说明。"④ 胡风所阅读到的卢卡奇论著——《小说底本质》《叙述与描写》等,对"典型"和"真实性"都作了不同程度的论述。如在译文《小说底本质》中,胡风

---

① 参见马驰:《卢卡奇美学思想论纲》,东北师范大学出版社1997年版,第247页。
② 《马克思恩格斯选集》第4卷,人民出版社1995年版,第683页。
③ 参见中国社会科学院外国文学研究所外国文学研究资料丛刊编辑委员会编:《卢卡契文学论文集》(一),中国社会科学出版社1980年版,第30页。
④ 胡风:《胡风散文》,浙江文艺出版社2007年版,第84页。

明确指出典型是在"描写了阶级社会底最后阶段底矛盾"①的同时，还应积极反映社会的真实。他认同卢卡奇在艺术上对社会真实的强调：

> 伟大的小说家们大胆地把被最大限地表现出来了的社会的矛盾向中间的布尔乔亚的日常性底事件或性格之表面的假象对立。他们底现实主义是在不害怕这样地暴露矛盾这一点上，内容了社会的真实这一点上。细节（Detail）底现实主义，作为描写那内容的艺术手段，有用。②

这段论述表明了卢卡奇鲜明的典型观——伟大作家的共同之处在于，努力描写作品中的典型行动，同时力图塑造具有"典型的阶级的特征"的人物形象。接着，他指明这种典型性的塑造，在暴露矛盾这一点上需蕴含着社会的真实。以上胡风对卢卡奇著作的翻译内容，对"细节""真实""典型"等概念的使用，亦可窥见恩格斯的现实主义理论经卢卡奇对胡风影响状貌之一斑。

卢卡奇强调现实主义应保存社会的真实，主张作家须以深刻的真实来描写社会生活，突出作品中人物形象的塑造同现实问题的揭露紧密结合。对这些理论问题，他均作了比较清晰、明确的阐述：

> 只有当艺术家把他的主人公的个人的特质，跟他当时

---

① 〔匈〕卢卡其：《小说底本质》，胡风译，《小说家》1936年第1卷第1期。
② 同上。

的客观的一般问题之间的多重关系揭露成功,只有当人物自身把他当时的最抽象的问题,作为自身的有关生死的问题而体验了,被创造的人物才能是有意义的和典型的。①

非常的人物和情景底描画,只有由于如下的事实才成为典型的,即必须整个作品内容清晰地显示出:在一个极其强调的情境中的人物底非常的行为,表现出一定的社会问题底错综底最深刻的矛盾。②

正是出于以上思考,卢卡奇才批判左拉"把自己局限于'生活短片'底忠实的描写",盛赞高尔基的作品是"从非常的事物中发现典型"③。从"真实性"出发,胡风思考当时中国文艺存在的问题及发展之路:"如果一个作家忠实于艺术,呕心镂骨地努力寻求最无伪的、最有生命的、最能够说出他所要把握的生活内容的表现形式,那么……他的作品也能够达到高度的艺术的真实……真实的现实主义的创作方法,能够补足作家的生活经验上的不足和世界观上的缺陷。"④亦足见真实性问题对胡风文艺追求之重要。

作为七月派现实主义代表的胡风,尽管接触到的卢卡奇文论中译本为数不多,却对之推崇备至。原因何在?根本在于,卢卡奇的典型理论继承了马恩经典作家的传统,同时又将作家主体的主观性同客观世界的社会性与现实性密切结合。而恰恰是这一点

---

① 〔匈〕卢卡奇:《论文学上人物底智慧风貌》,周行译,《文艺杂志》1944年第3卷第3期。
② 同上。
③ 同上。
④ 胡风:《人民大众向文学要求什么》,华夏出版社2009年版,第60页。

契合了胡风对典型的理论要求——"一个文学上的典型同时一定是这个人物所由来的社会的相互关系之反映。'人的本质是社会关系底总和'这一真理,是屹立在艺术创造的工作里面的……如果'典型的'而不是'现实的',那所谓'典型'到底能够取得怎样的内容就很容易想象了。"① 在创作方面,胡风更是将典型的创造同人的描写紧密相连,明确指出:"创作活动的中心方向是描写人,创造典型,自然和社会环境的描写都是附从在这个中心方向下面的。"② 并且,胡风也特别重视文学创作上的真实性,即艺术真实。他之所以十分推崇卢卡奇的《叙述与描写》,原因之一是该文在写作技巧上,重视叙述大于描写。在卢卡奇看来,叙述能够更好地真实再现"生活的诗意",能够设置故事情节,塑造典型性,从而揭示现实世界发展的本质及规律。受此影响,以胡风为首的七月派在文学创作上也非常重视叙述。胡风认为文学的真实性绝非是从正确的世界观(或政治概念)演绎而来,而是来自于现实生活,因此,重要的是"用着最高的真诚向现实人生突进,把人生世界里的真实提高成艺术世界里的真实……"③。此外,路翎、丘东平、彭柏山等七月派作家,在他们的文学创作中较好地实践了卢卡奇的重叙述轻描写的写作原则,主张在现实主义旗帜下真实地描写生活,再现客观世界,写出生活的血肉感,反映人的内心世界,如路翎的《财主底儿女们》就是当时将典型与真实有机结合的优秀作品。七月派小说家把其创作牢牢地建筑

---

① 胡风:《胡风评论集》(上),人民文学出版社 1984 年版,第 98 页。
② 胡风:《胡风散文》,浙江文艺出版社 2007 年版,第 83 页。
③ 胡风:《人民大众向文学要求什么》,华夏出版社 2009 年版,第 140 页。

在"真实"与"典型"的基础之上,同当时各种伪现实主义——带有浪漫因素的主观主义与具有自然主义色彩的客观主义展开斗争,为中国现实主义理论的发展做出了重要贡献。

以上可见,以胡风为首的七月派倡导并实践典型地、真实地再现现实人生的现实主义文学创作手法,明显是受了卢卡奇的典型与真实性理论的影响。但是,在看到这种影响的同时,亦不可否认其对国外其他作家、理论家和国内以鲁迅为代表的现实主义创作传统的继承。

(三)对主体性创作思想的追求

文艺创作的方法无论是对叙述或是描写的选择,还是对典型与真实的运用,均无法脱离并能够折射出作家不同的主体性。主体性问题是胡风与卢卡奇文艺理论的又一核心内容。胡风坚持的"主观战斗精神"和卢卡奇追求的艺术反映论,源于对创作主体的重视,均强调作家主体在现实生活和文学艺术中肩负的重要职责,他们的理论无不主张立足于关注人及其命运。翻阅胡风熟知的《小说底本质》与《叙述与描写》,可体悟到他所推崇的"主观战斗精神"同卢卡奇的主体性思想是存在渊源关系的。

早在1936年,胡风在翻译《小说底本质》时,便接触到了卢卡奇的主体性思想,并使用"主观主义"一词译介卢卡奇的主体性:

在文学上,想支配自己底生活形式的布尔乔亚汜底斗争,为了解放人的感情,为了主观主义,产生了和正在死灭的封建的习惯斗争的罗曼①（里恰得生，卢梭，"服尔泰"），向进步的有时是革命的倾向成长的这个主观主义，同时成了主观主义的相对论，使罗曼的形式崩坏了……②

此时，"主观主义"的含义尽管还尚未明确，然而其内涵却指向了作家主体。之后便在《叙述与描写》中得到印证："作家自己必需随意地在过去和现在的中间往返地活动。"③作家对历史与现实事件的把握与运用效果，取决于作家的主体性和作家的世界观。在《叙述与描写》中，卢卡奇对作家的主体性作了进一步的分析阐释。他通过对左拉的《娜娜》和托尔斯泰的《战争与和平》中赛马场景描写的对比分析，指出左拉照相式的描写仅停留在表现生活、表面现象，不能表现生活的本质，是对真实生活的歪曲；而托尔斯泰的参与、体验式叙述，以主观能动性突出了对世界本质及其发展规律、人物命运的把握。此外，文中还对福楼拜、巴尔扎克、司各特、陀思妥耶夫斯基等作家的作品进行分析，说明作家这一创作主体的主观能动性在艺术创作过程中的重要性。"作家必须有一个坚定的积极的'世界观'"，唯有此，作家才能准确把握世界与现实，选择写作对象，因为"没有'世界观'也

---

① 罗曼指的是小说——笔者注。
② 〔匈〕卢卡其:《小说底本质》，胡风译，《小说家》1936年第1卷第1期。
③ 〔匈〕G.卢卡契:《叙述与描写》，吕荧译，《七月》1940年第6卷第1、2期合刊。

就不能有作品"。①

胡风认同卢卡奇所说的作家主体性,以及世界观对作品具有决定性作用之观点,深知其在苏联现实主义文艺论争中的理论诉求②,借对自然主义与形式主义的批评,批判苏联文学中出现的教条主义、官僚主义等倾向,与写作手法的抽象化、图式化,这些写作手法实质上是资本主义的残余。卢卡奇的这种对主体性的审美追求,契合了当时胡风现实主义文艺发展之需要。抗战初期,针对当时文学创作中日愈加剧的客观主义、主观公式主义、教条主义等倾向,胡风在《七月》代致辞中,就曾尖锐指出并予以严厉批判:"我们以为:在神圣的火线后面,文艺作家不应只是空洞地狂叫,也不应作淡漠的细描,他得用坚实的爱憎真切地反映出蠢动着的生活形象。"③这一主张提出之时,胡风尚未明确提出发挥"主观战斗精神"④的文艺观点——以主观拥抱客观,然而其对作家主体性的强调已清晰可见。20世纪40年代,在不断接触到卢卡奇文艺思想的过程中,胡风更加强调作家这一主体的主观精神,并在自己所编的《希望》创刊号上明确提出了"主观战斗

---

① 参见〔匈〕G. 卢卡契:《叙述与描写》,吕荧译,《七月》1940年第6卷第1、2期合刊。
② 参见《小说底本质》的"译者前言"(《小说家》月刊第1卷第1期,1936年10月15日)、《小说》(生活书店,1938年)、《叙述与描写》的"译者小引"(新新出版社,1947年)。
③ 胡风:《胡风评论集》(中),人民文学出版社1984年版,第8页。
④ "主观战斗精神"首见于胡风的《置身在民主的斗争里面》一文,参见胡风:《置身在民主的斗争里面》,《希望》1945年第1卷第1期。

精神"①,还在该杂志上发表舒芜的《论主观》②一文。胡风的"主观战斗精神",在他的文论中虽然没有确切的定义且外延也很不固定,但其本质是指作家在现实生活与创作实践中的主观能动作用,"侧重于贯彻实际行动的思想要求、实践意志和实践态度"③。正是由于"胡风认为要强调作家的'主观战斗精神',提倡重体验……"④,以他为代表七月派的现实主义,才被"命名为'体验的现实主义'"⑤,这与《叙述与描写》中对作家创作主体之体验的强调是一脉相承的。

　　胡风赞扬、支持卢卡奇的文艺思想,除了受后者特别重视作家主体性这一影响之外,还与后者强调作品中人物的主体性有着密不可分的关联。卢卡奇不仅强调作家主体的主观能动性,而且也特别重视作品中人物的主体性。在《叙述与描写》中,他之所以严厉批判"描写",是因为"描写的方法使人类降低到无生命的客体底水平线"⑥。他认为:"在文学里没有离开人和人的命运的独立的'事物底诗'。"⑦这些理论思想,也正暗合了胡风主体性思想的需要。在胡风看来,由于人是社会的主体,作家就应通过主

---

① 胡风的"主观战斗精神",明确提出于《置身在民主的斗争里面》,刊载于《希望》月刊1945年1月第1卷第1期。
② 参见舒芜:《论主观》,《希望》(月刊)1945年第1卷第1期。
③ 张晨阳:《比较视野中的卢卡契与胡风文艺思想》,扬州大学硕士论文,2003年。
④ 钱理群、温儒敏、吴福辉:《中国现代文学三十年(修订本)》,北京大学出版社1998年版,第360页。
⑤ 严家炎:《中国现代小说流派史》,长江文艺出版社2009年版,第259页。
⑥ 〔匈〕G.卢卡契:《叙述与描写》,吕荧译,《七月》1940年第6卷第1、2期合刊。
⑦ 同上。

体精神将创作对象的"人"作为文学表现的中心,通过对社会人的描写来塑造作品中人物的形象,从而反映一定社会的本质或某些本质。

胡风之所以接受并吸收卢卡奇的主体性文艺思想,与作家本人对当时文坛政治化、公式化等不良创作现象有着清醒的认识有关。20世纪30年代末40年代初,中国文坛存在着标语口号文学、客观主义文学等弊病,严重影响、阻碍了现实主义文学的发展,而要克服这种庸俗社会学和机械唯物论的创作观,胡风认为,就需要充分调动作家在创作中的"能动的主观作用",使之得到"创造力底充沛和思想力底坚强",在现实生活与创作实践过程中,重要的是作家要发挥自己的主观能动性,去体验、发现生活,以完成反封建和促进"精神改造"的基本任务。正是在这一大背景下,胡风译介并支持卢卡奇的文艺思想,因为卢卡奇的主体性思想,契合了胡风倡导"主观战斗精神"的需要,有利于挽救当时中国现实主义文学的"衰落"。

在胡风"主观战斗精神"创作原则的指导下,七月派在文学创作上涌现了一批优秀的现实主义作品,如丘东平的《通讯员》与《茅山下》(长篇未竟之作)、彭柏山的《崖边》与《某看护的遭遇》、冀汸的《这里没有冬天》、路翎的《罗大斗的一生》《谷》《财主底儿女们》等,以实际创作突显他们的现实主义精神,抵制、批判"客观主义"与"主观公式主义",突出"主观",强调作家的"主观战斗精神",并将之融入对客观现实世界的反映之中,创造性地将传统的现实主义发展到主观现实主义的审美高度,既借鉴卢卡奇的主体性思想,又继承"五四"以来中国的现实主义传统,力求在把握客观世界真实的前提下,讲求主观对客观的作用性。无论是卢卡奇还是以胡风为首的七月派作家,他们对主体性的强调,既要求创作主体充分发挥主观能动性真实地反映客观现实世界,又要求重视作品中人物性格的刻画与命运的展现,都是出于他们的人道主义情怀,而正是在这种精神的观照下,他们才在现实生活与创作实践过程中关注人、关注人的生存状态。

综上可见,从文艺创作方法与作家世界观之间关系的探讨、对文艺的真实与典型理论的继承以及作家主体性的探寻等,可以清楚看到以胡风为首的七月派作家与卢卡奇之间影响关系的存在。尽管由于时代历史诸因素的作用,这种影响仍限于一定范围,但卢卡奇的理论思想——无论是其对主体性的强调,既要求创作主体充分发挥主观能动性去真实地反映客观现实世界,又要求重视作品中人物性格的刻画与命运的展现,还是他对典型与真实性的探讨,以及对作家世界观与创作方法之间关系的研究,都为中国现实主义文学、文艺理论的发展提供了宝贵的理论资源。卢卡奇现实主义理论的传入,既有利于中国文学承续"五四"新文学现实主义的传统,又有利于纠正当时文艺创作中出现的"公式化""概念化"等不良倾向。1949年以前,卢卡奇著作中译本虽然仅7篇,胡风却对之倍加青睐。根源在于:其一,卢卡奇现实主义文论继承了马克思主义文论传统,适应了当时中国现实主义文艺发展之需要;其二,卢卡奇的理论对日本无产阶级文艺运动产生深刻影响,后者对胡风文艺思想的形成起到了潜移默化的作用;其三,胡风继承鲁迅的现实主义文学传统——对人的重视，对生活真实的深刻反映，对文艺自身独立性与发展的强调，卢卡奇的文艺思想契合了胡风的审美追求。

三、"遮蔽"之内容

在日本无产阶级革命及文艺运动中，胡风间接感知到卢卡奇的无产阶级文艺思想，归国后接触并译介他的论著，对卢卡奇既有接受，亦有"遮蔽"。遮蔽的内容并非清晰可见，需整体把握并加以细心爬梳与推敲，方可理出。

胡风接受卢卡奇的真实与典型理论，二人所理解的典型与真实虽然都指向社会生活，然而，指涉的群体对象却存在差异。卢卡奇指涉的群体是指无产阶级，后来扩大至人民，具有鲜明的阶级与政治属性。卢卡奇批评有些作家"虽然为了人民描写人民的命运，可是人民本身在小说中只占次要地位，只是作为艺术地展现人道主义理想（其内容总还是跟人民生活的重要问题紧密相联的）的对象"[①]，他推崇的现实主义文学是人民性的，而形形色色的现代派文艺恰恰站到人民、民主的对立面，指出当时小说的"中心缺点，今日历史小说发展阶级的最重要的局限可以简短地说成一句话：人民在生活中还一直只是客体，不是行动的主体，不是主要人物"[②]。这些观点在卢卡奇的现实主义文论中相当普遍，他提倡的文学需具有发展阶级的任务，文学反映的是社会

---

① 中国社会科学院外国文学研究所外国文学研究资料丛刊编辑委员会编：《卢卡契文学论文集》（一），中国社会科学出版社1980年版，第125页。
② 同上注，第143页。

现实的真实,更是作为"阶级"存在的人民的真实,是将人民作为主要人物、行动主体的真实。胡风要求文学反映的生活则是普通大众的,不具有鲜明的阶级性与政治意识形态属性,继承的是鲁迅的文艺思想,文学为人生,反映被压迫的一切劳苦大众的生活。胡风主张文学"'为人生'一方面须得有'为'人生的真诚的心愿,另一方面须得有对于被'为'的人生的深入的认识……这种主观精神和客观真理的结合或融合,就产生了新文艺底战斗的生命,我们把那叫做现实主义"①,在《论民族形式问题》一文中,胡风主张"为人生"中的"人"应该主要是市民,"以市民为盟主的中国人民大众的五四文学革命运动,正是市民社会突起了以后的、积累了几百年的、世界进步文艺传统的一个新拓的支流"②。他还认为,文艺运动是中华民族解放运动的一支,主要任务是"一方面,要投身到实际斗争里面,为达到和大众的结合而斗争,另一方面,要坚持而且加强现实主义传统,为提高大众的认知能力而斗争"③。在胡风看来,现实主义文艺的描写对象应是大众及其生活,他所说的大众则是"以市民为盟主的中国人民大众",不具有鲜明的阶级属性和政治属性,更非是延安文学所倡导的工农兵。

胡风接受卢卡奇重"体验"轻"描写"的现实主义创作方法,却遮蔽了创作方法"体验"与"描写"背后所隐藏的阶级属性与意识形态性,淡化了作家创作方法背后隐含的世界观与价值

---

① 胡风:《胡风评论集》(中),人民文学出版社 1984 年版,第 319 页。
② 胡风:《人民大众向文学要求什么》,华夏出版社 2009 年版,第 97 页。
③ 同上。

取向。卢卡奇认为，不同的创作方法反映作家不同的世界观，没有世界观就不可能产生伟大的文学，世界观是作家将生活经验经过整合、被提升到某种普遍化高度的总和，是作家对世界与现实的基本看法和观点，其意义"就在于它使作家能够在一个丰富而有序的联系中看出生活的矛盾；就在于它作为正确感受和正确思维的基础，提供了正确写作的基础"①。在他看来，体验能够完美地将作家的世界观和现实生活进行有机融合，能够完美呈现作家对世界与现实生活的价值判断，而观察与描写是作家缺乏世界观，缺乏对多彩多姿生活深入理解而采用的替代品，描写、观察、象征的写作方式均是资产阶级作家创作的残余，因此，"现代作家的虚伪的客观主义和虚伪的主观主义造成了叙事作品的图式化和单调化"②。胡风认同卢卡奇的作家主体性与世界观对作品具有决定性作用之观点，推崇作家的主体性，却遮蔽了世界观。这一点在胡风对民间文艺与传统文艺的论述中可窥一二，胡风认为作家可借助民间文艺与传统文艺帮助理解现实生活，它们应被融进作家以现实主义的方法为基础的、对现实生活体验的全部的认识过程当中，对它们加以组织、改造，此外，"……应该从它们里面汲取的、闪烁着中国人民（大众）自己的智慧光芒的、艺术表现的鳞片……从它们里面看到的、中国人民（大众）的不平、烦恼、苦痛、忧伤、怀疑、反抗、要求、梦想……以及它们的表现方式，必须溶积到现实生活里面，通过作家的主

---

① 中国社会科学院外国文学研究所外国文学研究资料丛刊编辑委员会编：《卢卡契文学论文集》（一），中国社会科学出版社1980年版，第73页。
② 同上。

观作用——现实主义的方法，才能够呈现出真实的面貌而取得思想力量或艺术力量，创造新中国的乐观主义的思想力量或艺术力量"①。胡风看到了从民间文艺甚至传统文艺中可以汲取文艺词汇、创作技法、文艺形式、思想与精神力量的价值，并强调作家主体性的积极作用，却避而未谈这些内容背后所隐藏的作家的价值观问题，原因在于他追求的是"一篇批评的出发或一个批评家的出发，那最基本的东西是实践的生活立场，是对于现实人生的新生的愿望，不是在思想概念上，而是化成了生活知识和感应能力的，对于现实人生的新生的愿望"②，因为在胡风看来，优秀的现实主义文学依靠的是作家投身现实的热情，认识世界的观察力、思想力，体验现实生活的感受力，即作家的"主观战斗精神"，而非是具有阶级与政治属性的世界观。

胡风对卢卡奇现实主义理论的遮蔽，是由多种因素形成的。

其一，二人不同的个人价值取向。胡风推崇并传承鲁迅的现实主义文学传统——文学的首要功能是改造国民性，文学首先是艺术，然后才是其他；卢卡奇则将文艺视为无产阶级革命的"工具"，不同的个人价值取向某种程度上促就了胡风对卢卡奇的遮蔽。卢卡奇是美学家、文学批评与文学史家、哲学家，究其一生更应是马克思主义革命家与理论家。文学艺术是卢卡奇探索人的内在精神世界，实现社会政治革命的一种手段，其现实主义理论是要为无产阶级、社会主义革命服务的。20世纪20年代，福本

---

① 胡风：《人民大众向文学要求什么》，华夏出版社2009年版，第115页。
② 同上注，第134页。

和夫对卢卡奇理论的凝括、借鉴与运用,即革命三阶段论——先由阶级意识革命然后至政治革命,最后到经济革命,这些概括似乎有些过早和偏颇,却道明了卢卡奇理论的出发点与落脚点乃是革命。"卢卡奇是匈牙利现代卓越的思想家和革命家,在20世纪国际政治的风云变幻中,他起到过巨大作用和影响,也经受过严重曲折和磨难,但他始终密切关注国际社会主义事业的前途和命运,坚持马克思主义的一切探索。"[①]张翼星对卢卡奇的评论符合事实,非常中肯。胡风是现代文艺理论家、诗人、文学翻译家,是个"硬气文人",他的"硬气"在于坚持信奉文学须为人生,抵制纯粹的"文学工具论"。正如胡风本人所言:"只要人类不会回到野蛮时代,不肯自甘堕落,那中国民族要有自由,中国人民要有幸福,就是铁一样的真理,而以爱真性为灵魂的文艺,除了为这个真理服务以外,当然再也不会找到其他的生存意义。"[②]对胡风而言,现实主义乃是其文艺思想的基本点,他坚守为人生的文学,坚持以文学来改造国民性,而非是让文学沦为单纯的革命手段。

其二,与当时中国社会文化背景有关。1937年抗日战争全面爆发,抗日救亡成为文学的主潮,全民抗战成为文学表现的核心内容,国家利益与民族利益暂时战胜了阶级利益。在此政治文化背景下,胡风针对这一时期文学存在的病态创作倾向:标语口号、主观公式主义以及客观主义等,提出"从对于客观对象的感

---

① 张翼星:《〈民主化的进程〉中文版译者序》,载〔匈〕卢卡奇:《民主化的进程》,张翼星、夏璐译,中国人民大学出版社2015年版,第1页。
② 胡风:《胡风散文》,浙江文艺出版社2007年版,第29页。

受出发,作家得凭着他的战斗要求突进客观对象,和客观对象经过相生相克的搏斗,体验到客观对象底活的本质的内容,这样才能够把客观对象变成自己的东西而表现出来"[1],淡化作家这一创作主体的阶级意识,在当时是符合抗战初期国统区文艺发展需要的,是具有真知灼见的。然而,随着1945年抗日战争的全面胜利,阶级斗争再次上升为国内的主要矛盾,胡风仍然坚守着淡化阶级意识的作家"体验"的"主观战斗精神"的现实主义,与解放区之工农兵文学唱着不同的"调子",才最终被扣上"唯心主义"的帽子,亦是其后来命运"悲剧"之根由。

其三,卢卡奇当时在国际上被批评的命运及其在中国的译介情况。从20世纪20年代开始,卢卡奇在共产国际和苏联被冠以"修正主义"的帽子而遭受批判。30年代,卢卡奇长期旅居莫斯科从事理论研究工作,此时,中国左翼作家纷纷学习苏联社会主义现实主义文学,卢卡奇作为苏联现实主义理论家被传入中国。30年代末40年代初,卢卡奇在苏联文艺界被批判,受此影响,他在中国左翼文学界也是处于被批判的地位。正是由于这样的社会历史文化语境,才致使卢卡奇著作在中国文艺界的译介受到极大限制,被译介的7篇文章仅是卢卡奇著作与理论的冰山一角。卢卡奇论著在中国极其有限,也是胡风"看不清"卢卡奇、遮蔽其理论的一个非常重要的客观因素。

今天看来,卢卡奇将现实主义文艺视为工具,将马克思主义理解为一种方法——"马克思主义问题中的正统仅仅是指方法。

---

[1] 胡风:《胡风评论集》(下),人民文学出版社1985年版,第319页。

它是这样一种科学的信念,即辩证的马克思主义是正确的研究方法"①,他的"文艺工具论"确有偏颇不足之处,但在当时国际政治革命中却起到过巨大作用与影响。胡风所提倡"主观战斗精神"的现实主义文学,在当时似乎不太顺应中国左翼文学发展的需要,但对当时文学中出现的公式化、政治化等不良创作倾向仍有警示、抵制作用,给现实主义文学的健康发展以启示。

第二节 20世纪80年代至90年代初的接受与研究

笔者在第一章中已提到,新中国成立初期受苏联和东欧社会主义国家批判卢卡奇一系列运动的影响,中国的政治、思想、文化各领域也把卢卡奇视为否定、批判的对象,他的现实主义理论被作为其修正主义思想的一部分遭到批判,这一境遇直至"文革"结束才得以改变。

20世纪70年代末80年代初,在"解放思想""拨乱反正"的政治文化背景下,中国思想文化领域出现了一些讨论,如80年代前期关于"文艺与政治的关系""人道主义"和"异化"等问题的讨论,再次开始对"人的问题"进行重新思考。针对以上内容,文艺理论界展开了一系列关于现实主义问题的讨论,涉及了"写真实"问题、"写本质"问题、"文学的主体性"问题、反

---

① 〔匈〕卢卡奇:《历史与阶级意识》,杜章智、任立、燕宏远译,商务印书馆1999年版,第48页。

映论问题、典型问题、人性和人道主义的问题、新写实主义问题等,以纠正以前的"左"倾文艺思想,彻底推翻"四人帮"的"阴谋文艺论",恢复并发扬现实主义创作的优良传统。20世纪80年代,"文艺为政治服务""文艺从属于政治"的口号逐渐淡出历史舞台,为"文艺为人民服务、为社会主义服务"的新口号所取代,恢复文学的现实主义传统成为文艺界的首要目标,开始批判伪现实主义与虚假的浪漫主义,追求文艺的真实性。随着文艺理论领域中的这一变化,卢卡奇的现实主义理论再次进入中国学人的视野并备受青睐,他的理论著作也陆续被译介、出版,由此,其现实主义诗学在中国的译介与研究逐渐进入到前所未有的繁荣阶段。

新时期以后,国内最早出现的与卢卡奇现实主义理论相关的研究著作是程代熙的《马克思主义与美学中的现实主义》[①],其中有3篇论文已经开始注意卢卡奇理论思想中的人道主义、主客体特性等方面的内容,完全否定了以往对卢卡奇理论的修正主义的认识。第一篇《略论卢卡契的文学思想——读〈卢卡契文学论文集(一)〉》,对卢卡奇文艺思想中的"马克思主义文艺理论体系的性质问题""关于上层建筑和意识形态的问题"及"关于人道、人性及其与文学的关系问题"等内容展开了分析,尽管篇幅不长,却为研究卢卡奇文艺思想开辟了新的道路。随后一篇《卢卡契的现实主义理论——读书札记》,首先回顾了卢卡奇在苏联和东欧一些国家被批判的历史,列举了对其进行批判的各类观点,

---

① 参见程代熙:《马克思主义与美学中的现实主义》,上海文艺出版社1983年版。

认识到以往中国对卢卡奇的评判以苏联为准绳、人云亦云的弊病,主张从其著作材料中了解、评价他的文艺思想。正是以此理念为准绳,程代熙经过一番细致研究指出,卢卡奇是把人和捍卫人的完整性作为他的现实主义理论的核心。最后一篇《卢卡契谈文艺创作问题——读书札记》,对卢卡奇文艺创作论中的几个重要问题——"叙述与描写及形象的智慧风貌""偶然与必然、现象与本质""主观性与客观性以及两者的关系"等,予以分析介绍,有助于当时中国学术界了解和研究卢卡奇的文艺创作思想。

20世纪80年代,随着关于现实主义问题讨论的不断推进,中国文艺理论界还出现了一场因卢卡奇和布莱希特关于现实主义问题的争论而引发的讨论,涉及的内容是20世纪30年代卢、布之间发生的那场"现实主义论争"。这场讨论规模大,持续时间长,影响深远,参加讨论的有数十名国内外知名专家、学者,有力地推动了中国学界对卢卡奇现实主义理论的深入认识与研究。

首先,简要回顾20世纪30年代卢卡奇与布莱希特之间发生的那场"现实主义论争",不仅有助于我们深化对卢卡奇的认识,而且对于我们理解、评判中国新时期因卢-布之争引发的这场讨论也是必要的。

卢卡奇与布莱希特之间的这场论争发生于1937年至1938年间,起因是1937年9月莫斯科的德国流亡者文学杂志《发言》上刊登的关于高特弗利特·贝恩的两篇文章:《高特弗利特·贝恩——误入歧途的历史》和《现在这份遗产终结了……》,作者分别是克劳斯·曼和阿尔弗雷德·库莱拉(笔名贝恩哈德·齐格勒)。此后,双方以表现主义与现实主义为核心展开争论,一方主要以卢卡奇、克劳斯·曼和阿尔弗雷德·库莱拉等为首,批判表现主义;另一方是布莱希特、布洛赫、汉斯·艾斯勒等,为表现主义正名。布莱希特当时正在丹麦流亡,他针对卢卡奇等批判表现主义的观点,写了大量批判性的论文与笔记,但由于诸多历史原因,这些文章在时隔30年后的1966年才结集出版。在这场论争中,布莱希特虽没有正式出场,但无论从理论总结、论战的针对性还是后来文集的出版,都使他成为一方"未出场的主帅"①。正因如此,学界才通常将这场"表现主义论争""现实主义论争"或"现实主义与表现主义论争"称为"卢卡奇与布莱希特之争"。这种说法也被各国学术界普遍接受。

这场论争围绕"表现主义与现实主义"这一基本论题展开,同时还涉及如何理解现实主义、评判表现主义以及怎样对待文学遗产等一系列问题,因此在世界文学史上有着深远的影响。

1966年,布莱希特的《论文学与艺术》文集出版,他反对卢卡奇的立场第一次以论文形式公之于众,并立刻引起欧洲学术界的关注,掀起了关于那场表现主义论争的重新讨论,其内容大多是针对布莱希特与卢卡奇不同文艺思想的分析。此时,正值欧洲学生运动兴起,知识界的"政治化"倾向盛极一时。于是,"学者们借助阐述布莱希特的社会观与艺术观,表达自己的政治倾向,这在欧美各国成了左倾文人学子一时的风尚,而研究和分析布莱希特与卢卡契美学思想的分歧,则成了当时最为热门的话

---

① 杨少波:《现实主义与表现主义的论争——"卢卡契与布莱希特"论战述评》,《马克思主义美学研究》1999年4月。

题"①。在这场重新讨论中,布莱希特作为革新派受到追捧,而卢卡奇则被归为保守派和"伪古典派"。

20世纪80年代,这场表现主义与现实主义之争对中国文学与文艺理论的发展产生了极大影响。围绕卢卡奇与布莱希特之间的这场论争,中国学界也出现了一场规模浩大、长时间的讨论。这场讨论在中国马克思主义文艺理论的发展历程中有着重要的价值和意义,主要体现在以下三方面。

一、促进卢卡奇现实主义理论在中国的传播

这场讨论始于20世纪80年代初,尔后不断扩大深入,1990年达到高潮。1990年3月27日至30日,中国社会科学院外国文学研究所《外国文学评论》编辑部和歌德学院北京分院联合在北京举办了"布莱希特同卢卡奇关于现实主义问题的论争"学术讨论会,参加此次讨论会的有国内外30多位专家、学者,如范大灿、韩耀成、袁志英、张黎以及德国卡尔斯鲁厄大学教授杨·克诺普夫等。并且,为更好配合此次会议,《外国文学评论》在1990年第3期上开辟了"布莱希特与卢卡奇现实主义理论研究"专栏,发表了讨论会的部分成果。20世纪末,蒋国忠、杨少波、张黎、李锐等学者又发表了多篇关于此问题的学术文章,持论也较为公允、客观。尤其值得一提的是杨少波的《现实主义与表现主义的论争——"卢卡契与布莱希特"论战述评》与张黎的

---

① 张黎:《"表现主义论争"的缘起及有关讹传》,《外国文学评论》1999年第4期。

《"表现主义论争"的缘起及有关讹传》两篇文章，前者于1999年4月发表在《马克思主义美学研究》杂志上，后者发表在《外国文学评论》1999年第4期上。这两篇文章向国内学者全面介绍了卢卡奇同布莱希特关于现实主义问题论争的始末、论争双方及相关问题、论战之后情况、论争走向等内容，纠正了中国学界有关这场论争的一些错误认识，可以说是关于这场大讨论的总结性论文。

这场讨论持续时间长、涉及范围广，推动了卢卡奇与布莱希特的现实主义理论在中国学界的介绍、评论和研究，取得了不菲的成绩。这一时期学界出版了多部有关卢卡奇和布莱希特的论著。其中，最直接的成果就是《表现主义论争》[①]一书的出版。张黎在该书中详细介绍了卢卡奇与布莱希特之争的具体内容，并分别收录了卢卡奇的3篇论文、布莱希特的5篇笔记或论文。这一时期，不仅有多部关于两人的译著问世，如《布莱希特戏剧选》（两卷本）、《布莱希特传》[②]《卢卡契文学论文集》（两卷本）、《卢卡契文学论文选（第一卷）：论德语文学》《卢卡奇自传》《审美特性》（两卷本）等；而且另有多部专门研究两者的论著出版，如《布莱希特研究》《论布莱希特戏剧艺术》《布莱希特（1898—

---

① 参见〔匈〕卢卡契、〔德〕布莱希特，张黎编选：《表现主义论争》，华东师范大学出版社1992年版。
② 参见〔德〕布莱希特：《布莱希特戏剧选》（两卷本），高士彦等译，人民文学出版社1980年版；〔德〕克劳斯·弗尔克尔：《布莱希特传》，李健鸣译，中国戏剧出版社1986年版。

1956）》①《关于卢卡契哲学、美学思想论文选译》《卢卡奇及其文哲思想》等。此外，学术论文的数量也大大超过了上一阶段，程代熙、范大灿、韩耀成、李衍柱、袁志英、张黎等一批学者发表了众多颇有分量的研究文章，内容涉及两者现实主义理论的各方面，从而将卢卡奇与布莱希特的研究向前推动了一大步。

二、有助于中国学界辨清事实，纠正偏见，借鉴学习

新时期发生的这场规模大、持续时间长的讨论是诸多因素共同作用的结果，也是中国文艺理论界不断探索的结果。20世纪70年代末"文革"结束，再加之当时"思想解放运动"②的鼓舞，许多作家、理论家对以往被"盖棺定论"的诸多问题进行重新审视、评价，对20世纪五六十年代中国大陆的社会主义文学进行反思、重估，强烈呼唤"五四"以来现实主义创作传统的回归，怀着人道主义精神探寻中国文学发展的新途径。于是，"伤痕文学""反思文学""改革文学""先锋文学"等一批现实主义和现代主义文学应运而生。不过，"在某种意义上，八十年代早期的文学都是论

---

① 参见张黎编选：《布莱希特研究》，中国社会科学出版社1984年版；中国戏剧出版社编辑部编：《论布莱希特戏剧艺术》，中国戏剧出版社1984年版；方维贵：《布莱希特》，辽宁人民出版社1985年版。
② 1978年12月18日召开的中共十一届三中全会提出来"解放思想，开动机器，实事求是，团结一致向前看"的方针。次年5月7日，周扬在《人民日报》发表《三次伟大的思想解放运动——在中共社会科学院召开的纪念五四运动六十周年学术讨论会上的报告》，把当时正在进行的思想解放运动称为第三次思想解放运动，而另外两次是五四运动和延安整风运动。

争性的文学"①。这种论争性以及当时文学创作实践的高潮提出了从理论上重新认识、总结现实主义创作经验的历史任务。正是在这种重新审视、评价、不断探寻、论争的文化背景下,中国学界才借国外卢卡奇和布莱希特之争来探讨中国现实主义发展问题。

讨论之初,部分学者明显受到国外对那场表现主义论争观点的影响,显现出"扬布抑卢"的倾向,认为卢卡奇"对现实主义的设想完全陷入一种教条主义地强调形式的框框"②,"布莱希特是站在历史唯物主义和辩证唯物主义的立场上看待现实主义问题的"③,明确指出"……真理是在布莱希特一边。这是为半个世纪来的实践所证实了的结论"④,批判卢卡奇为教条主义者,认为卢卡奇同布莱希特激烈争论的结果就是得到了"僵化的新古典主义的桂冠"⑤。但是,随着改革开放与思想解放运动的不断深入,许多学者抛弃了这种非此即彼的二元对立思维,开始对卢卡奇理论的功过是非持辩证的、实事求是的态度。廖惠和借翻译国外学者的学术论文,就率先表达了这种研究态度——"布莱希特的理论和卢卡奇的理论之间最终并没有巨大的分歧。没有必要在两者的主张之间去进行选择。它们实质上是可以和谐共存的"⑥。之后,

---

① 严家炎:《二十世纪中国文学史》(下册),高等教育出版社2010年版,第199页。
② 汪建:《三十年代卢卡契和布莱希特的"现实主义论战"述评》,《外国文学动态》1983年第8期。
③ 同上。
④ 叶廷芳:《一场论战的幽灵》,《读书》1986年第9期。
⑤ 同上。
⑥ B. 基腊里福维:《卢卡奇或布莱希特,二者必择其一吗?》,廖惠和译,《国外社会科学动态》1986年第8期。

范大灿也明确指出卢卡奇和布莱希特都是马克思主义者,他们的现实主义理论都是建立在马克思主义的基础之上的,差别源于他们对马克思主义的不同理解、他们的理论出发点不同。"……布莱希特和卢卡契的目的都是为了创立无产阶级文学,但由于他们考察文学的着眼点不同,因而他们的策略方向完全相反。卢卡契是从人和人的解放的角度看待文学,布莱希特是从阶级和阶级斗争的角度看待文学。"[①]范大灿还深入剖析了造成这种情况的原因,认为"首先是因为马克思主义本身就包括这两个方面"[②],其次是因为卢卡奇与布莱希特两人所处的社会历史主客观原因不同。

在这场讨论中,尽管仍有一些学者认为卢卡奇的思想是僵化的、保守的,而布莱希特的则是革新的、开放的,但是相当一部分研究者已经抛弃这种简单的裁判,摒弃以往对两人或褒扬或贬抑的态度,站在比较客观、公正的立场,指出两者的思想都属于马克思主义文艺理论,虽然有争论但却是属于马克思主义文艺理论家内部的矛盾。在肯定他们的理论的可贵之处的同时,又能指出他们各自理论的缺陷或片面性,并且认为两者的理论是可以互补、可以和谐共存的。这些讨论,逐渐摆脱了政治批评的拘囿,突破了传统批评的思维模式,有利于中国文艺界学习和借鉴西方现实主义理论。同时,也从侧面反映出中国学术界开始从单一、封闭的政治环境,逐渐走向多样化、开放的自由文化氛围。

---

① 范大灿:《两种不同的战略方向——卢卡契与布莱希特的一个原则分歧》,《外国文学评论》1989年第3期。
② 范大灿:《两种对立的现实主义观——评卢卡契与布莱希特的分歧与争论》,《文艺报》1989年8月19日第3版。

三、推动中国马克思主义文艺理论的发展

围绕卢–布之争所引发的讨论,使中国理论界澄清了以往的一些模糊认识,纠正了偏见,不仅有利于中国作家重新认识现实主义,全面理解卢卡奇和布莱希特的现实主义理论,吸收现代主义的诸多创作方法,而且也进一步推动了中国马克思主义文艺理论的构建。

考察卢卡奇与布莱希特之间关于现实主义问题的论争,可以帮助我们厘清"现实主义"和"现代主义"各自的理论观点以及轻重优劣,重要的是,这一论争为我们提供了当时文艺理论研究与发展富有启发、开创意义的一幕——马克思主义文艺理论想要不断发展、完善,就应该摒弃以往僵化的马克思主义美学观,树立多样、开放的马克思主义文艺思想。这场讨论最初未能摆脱政治批判的视角,停留在厘清卢卡奇和布莱希特的功过是非等诸问题上,后来则不断深入开掘,逐渐转向马克思主义美学或文艺理论的构建方面。当时率先提出要摒弃一元论的马克思主义美学观、树立多样化的马克思主义美学观的学者是范大灿。他在《两种不同的战略方向——卢卡契与布莱希特的一个原则分歧》一文中明确指出:

> 马克思主义美学只能是一元的,在对立的马克思主义美学观点当中只有一种是马克思主义的。其实,这是一种早已被事实否定了的陈腐观念。只要我们不是把马克思主义当作"教义",而是当作一种学说,那么在它的

理论基础上建立的美学就必然是多元的。卢卡契与布莱希特的美学都是马克思主义的，尽管它们是对立的。①

在这段论述中，范大灿已摆脱以往对两人褒贬抑扬的评价，肯定两者的美学思想均属于马克思主义，主张多样化的马克思主义美学观。之后，他进一步探讨了卢卡奇与布莱希特的现实主义美学思想，提出迄今没有哪一个马克思主义者的美学思想是完美无缺的，认为"各种马克思主义美学的存在是自然的、正常的，或许正因如此马克思主义美学才富有活力"②。这些主张很快得到国内其他学者的认同、响应，例如李衍柱首先肯定了卢-布之争是"马克思主义文艺思想史上的一次有益的论争，对发展中国文艺学有借鉴意义"③，不仅明确指出"卢卡契的现实主义典型理论中那些闪耀着马克思主义光辉的部分，仍然需要我们认真地加以研究和汲取"④，而且要求今后的研究者应该"以改革开放的目光，面向世界，博采众家之长，借鉴各民族现代艺术实践的成功经验，不断地丰富和发展马克思主义典型理论，并在文学实践中，创造出更多给人以美的典型人物形象"⑤。这些理论主张，对于当时中国构建马克思主义文艺理论都有着非常重要的价值和意义。

---

① 范大灿：《两种不同的战略方向——卢卡契与布莱希特的一个原则分歧》，《外国文学评论》1989年第3期。
② 范大灿：《两种对立的现实主义观——评卢卡契与布莱希特的分歧与争论》，《文艺报》1989年8月19日第3版。
③ 李衍柱：《卢卡契的典型观与布莱希特的诘难》，《文史哲》1990年第1期。
④ 同上。
⑤ 同上。

与此同时,韩耀成明确提出"用马克思主义构建我国的文艺理论"的主张。在"布莱希特同卢卡奇关于现实主义问题的论争"学术讨论会之后,韩耀成在《用马克思主义构建我国的文艺理论——"布莱希特与卢卡契关于现实主义问题的论争"学术研讨会侧记》一文中,总结了卢卡奇和布莱希特关于表现主义和先锋派文学、文学的人民性、党性、文学遗产等一系列问题上的不同,归根结底是在现实主义问题上存在着深刻的分歧。在评价两者孰是孰非时,他没有采取简单的或褒扬或贬抑的态度,而是站到一定的历史高度进行评判、总结,明确指出两者之间的论争"既不是现实主义与现代派之争,也不是保守派与革新派之争,而是马克思主义文艺理论家和作家之间的争论,是左翼作家内部的争论"[①]。他指出:

> 新中国成立以来,我国文艺界展开的多次大辩论,大都与现实主义这个中心问题有关,而卢-布之争中所涉及的问题,有许多仍是我们今天所关心的,或者是今天仍在进行争论的。这个事实本身就说明了"旧事重提"的现实意义。更何况今天现实主义理论面临着前所未有的挑战,因此研讨卢-布之争其意义就远远超出了仅仅为了弄清历史"悬案"的范围。我们从卢-布之争中可以学到许多东西。卢卡契主要从审美角度,从现实是相互联系的整体这

---

① 韩耀成:《用马克思主义构建我国的文艺理论——"布莱希特与卢卡契关于现实主义问题的论争"学术研讨会侧记》,《外国文学评论》1990年第3期。

个基本观点出发,而布莱希特则主要是从阶级观点,从现实是在不断发展变化的这个角度出发,两人都力图用马克思主义来解释现实主义,他们对建立无产阶级社会主义文学的执着追求更给我们以很大的启迪,它对我国马列主义文艺理论的构建将会起到积极的作用。①

这一段论述,总结过去、立足现在、启示未来,分析清晰,不但明确指出卢卡奇与布莱希特的现实主义理论的异同,而且清楚地看到了中国新时期围绕两者之间论争所展开的这场讨论对构建中国马克思主义文艺理论的积极意义。正如《外国文学评论》1990年第3期《编后记》所谈及的:"这次讨论对卢卡契和布莱希特关于现实主义美学思想,并结合半个多世纪来世界文学在理论和创作方面的新发展进行了较为深入的研讨,对正确理解现实主义,澄清一些模糊认识,用马列主义构建我国的文艺理论都有着积极的意义。"②1999年,张黎回顾中国学界的这场讨论并撰文,对其意义作了较为明确的说明:"我们今天研究表现主义论争,在涉及论争双方意见分歧时,正是应该取这种分析鉴别的态度,扬其所是、弃其所非,着眼于马克思主义美学的丰富和发展。"③

总体而言,卢-布之争在新时期以来再度引起中国学者的关

---

① 韩耀成:《用马克思主义构建我国的文艺理论——"布莱希特与卢卡契关于现实主义问题的论争"学术研讨会侧记》,《外国文学评论》1990年第3期。
② 《〈外国文学评论〉编后记》,《外国文学评论》1990年第3期。
③ 张黎:《"表现主义论争"的缘起及有关讹传》,《外国文学评论》1999年第4期。

注,还与"十七年"时期文艺界围绕现实主义这个中心问题而展开的多次大辩论有着密切关联。"十七年"时期,由于政治文化等诸多因素的作用,现实主义理论在中国的发展一直存在着不少错误的观念与认识,进入新时期后,文艺理论界仍不乏从政治批评角度进行学术研究的学者。在这场有关卢-布之争的讨论和研究中,尽管还有部分学者未能超越过去以政治批评为中心的陈规,但可喜的是,一批学者却能毅然跨越政治批判的樊篱,突破二元对立思维模式的局限,从学术研究的视角探讨现实主义理论的发展问题,进而上升至中国马克思主义文艺理论构建这一高度,推动中国马克思主义文艺理论逐渐走向多样化发展的道路。

需要说明的是,新时期这场有关现实主义的探讨,是在"伤痕文学""反思文学""改革文学"等现实主义文学创作高涨的过程中,为解决创作实践中出现的一些理论问题而展开的,是为满足现实主义文学发展的需要而出现的。随着理论界讨论的不断深入,许多现实主义理论问题得到澄清,如典型问题、人道主义问题、主体性问题、现实主义与现代派之间关系的问题,等等。而理论探讨的高涨,又推动了当时现实主义文学创作的繁荣,如"寻根"小说、"新写实"小说、"新历史"小说等,这为当时方兴未艾的现实主义文学创作提供了理论支持。尽管"寻根"小说、"新写实"小说、"新历史"小说等均关注人类生命本体、人的生存处境和生存方式,但它们对以往文学史上占主导地位的现实主义文学观念都做了不同程度的消解,对经典现实主义文本的模式进行解构,将现实主义同现代派的创作手法相结合,如寻根小说中魔幻现实主义手法的运用,新写实小说和新历史小说中的"消解激情""零度情感"的写作,从而丰富了中国新时期现实主义文学,有利于中国当代文学的多样化发展。

第四章
中国对卢卡奇物化理论的接受

> 事物只有通过它们对于人的命运的关系，才能获得诗意的生命。[①]
>
> ——乔治·卢卡奇

物化理论是卢卡奇最重要的思想之一，在世界范围内产生了广泛而深刻的影响。20世纪20年代后期，物化理论经日本福本主义由后期创造社传到中国，时至今日已有九十年的历史。在此期间，中国对这一理论的接受曾存在着某种片面性，且产生过一些消极的作用，有时甚至受国际共产主义运动的影响，完全将之置于被批判的地位，但整体而言，卢卡奇的物化理论对中国现当代思想文化的建设与发展有着积极的指导作用——不仅推动了中国现当代文学和文艺理论的发展，也促进了中国马克思主义理论的丰富完善。

卢卡奇的物化理论对中国现当代文学与文艺理论的影响，在不同的时期呈现出不同特征。20世纪20年代，卢卡奇的物化理

---

① 中国社会科学院外国文学研究所外国文学研究资料丛刊编辑委员会编：《卢卡契文学论文集》（一），中国社会科学出版社1980年版，第66页。

论通过日本福本主义作用于后期创造社,对中国的革命文学产生了极大的影响。至20世纪30、40年代,它对以胡风为首的七月派也产生了深刻的影响。新中国成立至"文革"结束,卢卡奇被视为"国际修正主义者",他的物化思想也一同受到了批判。"文革"结束以后,中国学界对卢卡奇物化理论的接受主要是出于对人道主义精神的需求。接受之初,中国理论界围绕卢卡奇及其思想是否属于马克思主义这一论题展开了一场带有鲜明政治倾向的学术论争。经过20世纪80年代的一系列争论,中国思想界对卢卡奇物化思想的认识有了进一步的发展,将卢卡奇及其理论思想纳入了马克思主义范畴。90年代以后,研究者对卢卡奇物化思想的探讨逐渐摆脱了政治化的视角,开始转向多角度、比较客观的学理探究,如从物化概念的基本内涵、人道主义、历史唯物主义、现代文化批判等角度,从中国当代文化发展的实际需要来探讨物化理论的一些当代性问题,先后涌现出一批学术性强、水准较高的论文和著作。

第一节 卢卡奇的物化理论

《历史与阶级意识》是卢卡奇最具代表性的著作之一,"物化"是全书的一个核心概念,同马克思的"异化"概念有着惊人的相似之处。不过,当时的卢卡奇不可能看到马克思的《1844年经济学哲学手稿》,后者1932年才在柏林首次出版。1923年,卢卡奇的《历史与阶级意识》在柏林马立克出版社出版,"物化"

这一概念开始引起西方思想界、国际共产主义运动与学术界广泛而持续的关注,其中有赞誉也有批判。卢卡奇的物化理论何以在国际范围内产生如此巨大的影响,只有全面了解这一理论的基本思想及其来源,我们才能真正深入地理解这一切。

一、理论来源

首先须指出的是,"物化"(Verdinglichung)一词及物化理论并非是卢卡奇的独创,但它在世界范围内产生巨大而深远的影响却是始于《历史与阶级意识》。有关"物化"一词,谢胜义在《卢卡奇》一书中进行了比较详尽的字源分析,仔细区分了该词的德文、日文和英文的译词及意义。他明确指出了"物化"成为一套理论,最初是起源于西方社会的文化、思想、学术理论[①]。物化理论作为卢卡奇青年时期最重要的思想之一,反映了当时历史条件下他对社会现实的把握与理解,以及对资本主义商品社会的批判。这一理论思想的形成,得益于他本人横溢的才华、敏锐的感知力、深邃的批判力,同时,与其受到过良好的学校教育,受到西方诸多重要理论家的影响也不无关系。青年时期,卢卡奇曾在布达佩斯大学哲学系(文学、艺术史、哲学)学习,后多次前往柏林、海德堡等地求学,有机会向有名望的学者请教。1906—1907年,卢卡奇在柏林大学出席了狄尔泰和乔治·齐美尔的讲座;1908年,习读马克思的《路易·波拿巴的雾月十八日》和恩

---

① 参见谢胜义:《卢卡奇》,东大图书股份有限公司2000年版,第88页。

格斯的《家庭、私有制和国家的起源》，并通读了《资本论》（第一卷）；1908—1909 年，再次在柏林学习，在弗里特利希-威廉大学和其他大学聆听齐美尔的讲课，深受启发；1913 年，在海德堡与马克斯·韦伯结识，成为著名的马克斯·韦伯集团的成员；1914—1915 年，深入研究黑格尔，开始细致研读马克思的著作，特别是青年马克思的哲学著作和《〈政治经济学批判〉导言》；1918 年 12 月加入匈牙利共产党①，无产阶级的革命工作使他加紧了对马克思著作的研究，在政治观上转向马克思主义。因此，这一时期卢卡奇的学习与革命政治活动经历，对其理论思想的形成不可能不产生影响，他的《物化和无产阶级意识》写作于 1922 年，是《历史与阶级意识》中非常重要的一篇，其中的物化理论便是受到了德国古典哲学、现代哲学和马克思主义哲学的影响，主要是受到狄尔泰、齐美尔、马克斯·韦伯、黑格尔、马克思等人的影响，兹分述如下。

（一）威廉·狄尔泰思想的影响

在卢卡奇的物化理论中，"总体性"思想占有举足轻重的地

---

① 关于卢卡奇加入匈牙利共产党的具体时间问题，学者在表述上是有出入的。G.H.R. 帕金森的《格奥尔格·卢卡奇》、张翼星的《为卢卡奇申辩：卢卡奇哲学思想若干问题辨析》均表述为 12 月 2 日入党，《卢卡契文学论文集》（二）、宫敬才的《睿智圣殿的后裔：捷尔吉·卢卡奇》、马驰的《卢卡奇美学思想论纲》均表述为 12 月中旬入党。就以上不同日期的表述，仅根据《卢卡奇自传》，我们无从判断孰是孰非，因为卢卡奇本人也只谈到是"1918 年 12 月加入匈牙利共产党"。因此，为避免表述上产生讹误，加之目前仍无有力的文献资料来确证，对卢卡奇的具体入党时间，暂时采用他本人的表述——"1918 年 12 月加入匈牙利共产党"，或许更为妥当。

位,然而,该思想是其经过了一系列的学习之后才最终形成的。青年时期,卢卡奇深入研习了狄尔泰(Wilhelm Dilthey,1833—1911)的著作及理论,并受到其影响。对此,卢卡奇1917年在他的《简历》中曾明确坦陈:"听狄尔泰……教授的课所给我的激励和帮助就更具有决定意义了。狄尔泰的影响主要在于激起对文化史联系的兴趣……"① 狄尔泰对卢卡奇的影响,首先体现在"总体性"思想方面。尽管许多理论家对这一思想都有过论述,但它最初却是源于狄尔泰。雷纳·韦勒克称他"是着眼于思想史总体背景的文学史家"②。狄尔泰以总体性的视角,研究自然科学与精神科学,深入细致地寻求它们相互之间的体系性联系、它们与它们的基础的体系性联系。对狄尔泰的这种总体性思想倾向,卢卡奇给予了肯定:"狄尔泰有这样一个正确的感觉,即只有通过实践的道路才能在认识论上解答人与客观外界的关系。"③ 卢卡奇虽然接受了狄尔泰的总体性思想,但对其有着比较清晰的认识,他明白狄尔泰所指的"总体"不是客观的,而是靠神秘化了的抽象和类比的帮助才联系起来的,是主观主义的。

此外,狄尔泰的"返回事情自身"的主张,对卢卡奇的方法论也产生了影响。卢卡奇曾谈道:"他(指狄尔泰——笔者注)的'返回事情自身'的主张……这一点在后来也产生了很大影响(现象学方法的富有成果的影响,有着类似的渊源)。于是狄尔泰

---

① 《卢卡奇自传》,杜章智等编译,社会科学文献出版社1986年版,第206页。
② 〔美〕雷纳·韦勒克:《近代文学批评史(修订版)》第4卷,杨自伍译,上海译文出版社2009年版,第435页。
③ 〔匈〕卢卡奇:《理性的毁灭》,王玖兴、程志民、谢地坤等译,江苏教育出版社2005年版,第258页。

成了'精神科学的方法'的创始人。"①受这一方法的启发,卢卡奇把资本主义社会中的经济对象从事物变回为人以及人与人之间关系的研究。关于两者之间的影响关系,英国学者里希特海姆曾做过明确的论述:"正是狄尔泰最早给卢卡奇以启迪,从而使他认识到自然科学与历史学之间的根本区别:历史事件的独一无二性,以及那种要在其全部具体性中对它加以把握的需要。"②综上可见,狄尔泰的总体性思想以及"返回事情自身"的主张对卢卡奇的影响可谓深矣。

(二)乔治·齐美尔思想的影响

早在1900年,齐美尔(Georg Simmel, 1858—1918)的代表作《货币哲学》一出版,便受到当时学界的重视与高度评价,成为由许多崇尚马克思主义的青年学者组成的私人聚会讨论的主要课题。卢卡奇于1906—1909年间,曾在德国多所大学学习,期间数次聆听齐美尔的讲课,遂认识并成为后者的私人学生。齐美尔《货币哲学》对卢卡奇物化理论的形成起了很大的作用,卢卡奇本人也承认齐美尔对他的影响主要是"在于表明了社会学方法和文化具体化的可能性"③。

事实上,早在卢卡奇之前,物化及异化的学说都曾出现在齐美尔的《货币哲学》中,但齐美尔提出的主要是文化异化理论,

---

① 〔匈〕卢卡奇:《理性的毁灭》,王玖兴、程志民、谢地坤等译,江苏教育出版社2005年版,第262页。
② 〔英〕盖欧尔格·里希特海姆:《卢卡奇》,王少军、晓莎译,中国社会科学出版社1989年版,第23页。
③ 《卢卡奇自传》,杜章智等编译,社会科学文献出版社1986年版,第206页。

是为了批判当时资本主义社会中的资产阶级文化。齐美尔的这一理论,似乎较早被公开讨论过①,却未引起普遍关注,至1923年《历史与阶级意识》出版,物化及异化的理论才开始引起广泛注意。在物化这一理论问题上,两者的共同之处在于都认识到了永恒的物化现象,但卢卡奇的分析却更深入、更前进了一步。齐美尔的物化理论主要是对货币物化、工人异化等经济文化方面的描述,却未能涉及工人被异化的真正根源所在,而是将之归结为"文化的危机""文化的悲剧""文化的病状"。卢卡奇不仅承认永恒的物化现象,而且尖锐指出了资本主义社会中异化的根源在于资本主义制度本身,将齐美尔的文化异化论深化、发展为社会异化论。

(三)马克斯·韦伯思想的影响

关于韦伯(Max Weber,1864—1920)思想的影响,卢卡奇在《简历》中曾明确承认:"马克斯·韦伯的方法论著作对我起了澄清问题和开拓思路的作用。"② 相对狄尔泰和齐美尔而言,"韦伯的影响来得较晚,但是更深刻"③,他的合理化理论对卢卡奇产生了深刻的影响。

在《物化和无产阶级意识》一文中,在剖析物化现象以及它们赖以存在的经济基础时,卢卡奇反复提到"韦伯"的名字,多次借用他的合理化理论作为论证的支撑。韦伯认为资本主义企业

---

① 参见谢胜义:《卢卡奇》,东大图书股份有限公司2000年版,第88页。
② 《卢卡奇自传》,杜章智等编译,社会科学文献出版社1986年版,第206页。
③ 同上注,第66页。

管理的机械化是建立在固定的资本与精确的计算基础之上的,这种看似科学的精确化与系统化赋予了法律、国家、管理等形式上的合理性。这些思想给卢卡奇物化理论的产生以极大启发,使卢卡奇看到正是这种合理的客体化将人的功能变为商品,并揭示出资本主义社会中的商品关系已经非人化和正在非人化的性质。韦伯对资本主义社会中的物化现象作了许多精彩的论述,他的贡献在于指出了这些现象,并站在资本主义精神[①]的立场上批判之;卢卡奇则不仅仅是停留在人道主义立场上,而是站在无产阶级立场的历史高度来批判资本主义制度本身。

(四)黑格尔思想的影响

1914—1915年,卢卡奇开始深入研究黑格尔(Georg Wilhelm Friedrich Hegel, 1770—1831),黑格尔——尤其是其《精神现象学》对卢卡奇具有越来越大的意义。在此期间,卢卡奇开始"透过黑格尔的眼镜来观察马克思……达到了一种——黑格尔的——内容优先于形式,并且试图实质上是以黑格尔为基础把黑格尔和马克思在一种'历史哲学'中加以综合"[②],在这样的思想情况下,他撰写了《历史与阶级意识》。对这一影响事实,1967年,卢卡奇在该著的《新版序言》中明确坦陈:"《历史与阶级意识》代表了当时想要通过更新和发展黑格尔的辩证法和方法论来恢复马克

---

① 韦伯认为真正的资本主义精神是指那种不可闲散、要积极不断地劳动、逐渐成长的精神,韦伯批判那些不劳动而获得暴利财产的闲散人士。
② 《卢卡奇自传》,杜章智等编译,社会科学文献出版社1986年版,第212页。

思理论的革命本质的也许是最激进的尝试。"① 在谈及异化这一问题时，卢卡奇更是作了非常清楚的说明："在黑格尔那里，异化问题第一次被看作是生存于世界并面对着世界的人的地位的根本问题。然而，他在异化这一术语中却包括了任何一种形式的对象化。这样，在逻辑上，异化便最终与对象化合为一体……《历史和阶级意识》②跟在黑格尔后面，也将异化等同于对象化……"③ 在这段回忆中，卢卡奇不仅承认了黑格尔对《历史与阶级意识》的影响，而且明确指出他本人将异化等同于对象化这一错误也是受黑格尔作用的结果。

不仅卢卡奇物化思想的形成受到黑格尔的影响，在克服物化这一问题上，前者也是受到了后者总体性辩证法思想的影响。在消除物化问题上，卢卡奇采用的是总体性辩证法，他认为："辩证方法的本质在于……全部的总体都包含在每一个被辩证地、正确地把握的环节之中，在于整个的方法可以从每一个环节发展而来。人们常常强调——这是有一定正确性的——黑格尔《逻辑学》关于存在、非存在和生成的有名篇章包含了他的全部哲学。"④ 尽管卢卡奇的辩证法思想受益于黑格尔，但两者却有着质的不同——黑格尔是立足于"绝对精神"，把总体性看作绝对精神自我运动变化的圆圈；卢卡奇则是立足于客观的现实历史，把

---

① 〔匈〕卢卡奇：《历史与阶级意识》，杜章智、任立、燕宏远译，商务印书馆1999年版，第16页。
② 《历史和阶级意识》，又译为《历史与阶级意识》——笔者注。
③ 《卢卡奇自传》，杜章智等编译，社会科学文献出版社1986年版，第253页。
④ 〔匈〕卢卡奇：《历史与阶级意识》，杜章智、任立、燕宏远译，商务印书馆1999年版，第258-259页。

总体性作为分析研究社会历史问题的方法，以总体性的观点来透视当时资本主义社会商品拜物教的现象，以求解决拜物教所形成的物化现象。

(五) 马克思思想的影响

卢卡奇一生的理论思想与马克思主义密不可分。中学时，他便开始阅读马克思的《共产党宣言》；大学时，他继续阅读马克思的其他著作，尤其是从头到尾细心研读了《资本论》第一卷；大学毕业后，又细致研读马克思《〈政治经济学批判〉导言》，这些阅读学习使卢卡奇确认马克思主义的基本观点是正确的，并深受影响。卢卡奇的物化理论就深受马克思的影响，他在《历史与阶级意识》中也承认"马克思经常十分透彻地描述物化的这种加剧过程"[①]。

在《资本论》第一卷中，马克思详细探讨了商品（商品的使用价值和交换价值）以及商品拜物教现象，指出商品的神秘性质不是来自它的使用价值，而是源自生产商品的劳动所具有的社会性质，从而揭示了资本主义社会中商品拜物教的性质及其秘密——商品拜物教存在的基础是私有制，要消除商品拜物教，就必须废除这些制度。卢卡奇受马克思《资本论》中描述资本主义商品拜物教现象及对之批判的影响，在异化的意义上使用"物化"一词，揭示出现代人以及人与人之间关系的异化现象，批判资本主义社会及其制度。在消除物化这一问题上，卢卡奇亦受马

---

① 〔匈〕卢卡奇:《历史与阶级意识》，杜章智、任立、燕宏远译，商务印书馆1999年版，第159页。

克思革命学说的影响,把中心任务放到了无产阶级肩上,主张通过无产阶级革命来消除资本主义制度,从而消除物化。在这一过程中,卢卡奇的突出理论贡献在于,他不是单纯地在批判资本主义制度的意义上提出物化理论,而是更进一步提出了无产阶级的阶级意识理论,主张无产阶级要在辩证的总体之中来认识客观现实社会、历史,从而打开窥透物化形式的道路①,无产阶级应意识到自己在社会中的地位和历史使命时,获得无产阶级的自我意识,并通过无产阶级的实践活动从总体上实现其自身和社会的彻底改造,从而克服并消除物化。

卢卡奇的物化思想尽管受马克思的影响,但与后者的异化理论又不完全相同。首先,在基本概念的使用上,卢卡奇认为物化和异化是一回事,物化即异化,没有把物化和异化区分开来;马克思则作了科学的区分,认为物化有两种:一种是指劳动的对象化,另一种是指异化,即劳动者在社会规定性上的物化,社会关系的物化②。其次,在批判的内容上,卢卡奇将物化连同异化一起批评,否定了物化中劳动的对象化的合理性;马克思却不同,承认了劳动的对象化在人类发展进程中的积极意义。最后,在批判商品拜物教的过程中,卢卡奇批判的重点是人的主体性的丧失;马克思侧重的则是资本家对无产阶级的奴役和压榨。

在20世纪30年代看到了马克思的《1844年经济学哲学手稿》之后,卢卡奇才逐渐意识到自己这一理论的错误,并最终在

---

① 参见〔匈〕卢卡奇:《历史与阶级意识》,杜章智、任立、燕宏远译,商务印书馆1999年版,第278—279页。
② 参见孙伯鍨:《卢卡奇与马克思》,南京大学出版社1999年版,第1页。

《〈历史与阶级意识〉新版序言（1967）》中将对象化（物化）与异化作了非常明确的区分：

> 对象化是一种人们借以征服世界的自然手段，因此既可以是一个肯定的、也可以是一个否定的事实。相反，异化则是一种在一定的社会条件下实现的特殊的变种。①
>
> 对象化就是一种中性现象；真和假、自由与奴役都同样是一种对象化。只有当社会中的对象化形式使人的本质与其存在相冲突的时候，只有当人的本性由于社会存在受到压抑、扭曲和残害的时候，我们才能谈到一种异化的客观社会关系，并且作为其必然的结果，谈到内在异化的所有主观表现。但《历史与阶级意识》并未认识到这种两重性。这正是它在其基本哲学史观点上出现很大偏差的原因。（顺便提一下，物化 Verdinglichung 现象与异化现象有着紧密联系，但无论在社会中还是在概念上，两者都不尽相同，而在《历史与阶级意识》中，这个词却是在同一意义上使用的。）②

二、基本思想

卢卡奇在《物化和无产阶级意识》一文中，在分析商品拜物

---

① 〔匈〕卢卡奇：《历史与阶级意识》，杜章智、任立、燕宏远译，商务印书馆1999年版，第34页。
② 同上注，第20页。

教本质特征之后，给"物化"这一概念下了一个明确的定义，他认为"物化"是指"人自己的活动，人自己的劳动，作为某种客观的东西，某种不依赖于人的东西，某种通过异于人的自律性来控制人的东西，同人相对立"①。针对物化现象，卢卡奇明确提出：

> 这种情况既发生在客观方面，也发生在主观方面。在客观方面是产生出一个由现在的物以及物与物之间关系构成的世界（即商品及其在市场上的运动的世界），它的规律虽然逐渐被人们所认识，但是即使在这种情况下还是作为无法制服的、由自身发生作用的力量同人们相对立。因此，虽然个人能为自己的利益而利用对这种规律的认识，但他也不可能通过自己的活动改变现实过程本身。在主观方面——在商品经济充分发展的地方——人的活动同人本身相对立地被客体化，变成一种商品，这种商品服从社会的自然规律的异于人的客观性，它正如变为商品的任何消费品一样，必然不依赖于人而进行自己的运动。②

这里，卢卡奇详细、清晰地向我们亮出了有关物化问题的基本观点——"物化"是"指人的活动、他自己的劳动成了对他说

---

① 〔匈〕卢卡奇：《历史与阶级意识》，杜章智、任立、燕宏远译，商务印书馆1999年版，第150页。
② 同上注，第150-151页。

来是客观的和对立的东西"①,它包含了两方面的基本内容:一是指客观方面,物化是随着人与人类社会的发展而发展,是指人所面对的客体世界及其规律,人可以认识和利用它们,但却不能改变它们;二是指主观方面,在社会生活中人自己的活动及其劳动成了与他对立的客体,尽管这一客体服从于社会的自然规律,但对他自身而言却是异己的、对立的。由上可见,卢卡奇的物化理论既包含了人的客体化、对象化的活动,也囊括了马克思《1844年经济学哲学手稿》中的许多异化思想,其内涵是相当广泛的。尽管卢卡奇的"物化"意义比较广泛,但他1923年使用这一概念却是为了批判资本主义商品经济中的异化现象,是为了消除异化、实现无产阶级革命和改造资本主义社会。在卢卡奇看来,在资本主义社会中,被异化的对象不仅仅是无产阶级,也包括有产阶级。因此,卢卡奇的"物化"在使用过程中具有异化的含义。

在《卢卡奇》一书中,谢胜义将卢卡奇的物化理论归纳为两点:一、在人的方面,思想、意识固定化;二、在制度方面,行政官僚与法律制度合理标准化。②以上两点的归纳,鲜明地体现了物化的对象化、客体化的性质,却不能够充分表达卢卡奇物化理论中的异化思想。卢卡奇的物化理论包含着异化思想,针对异化问题,他分别提出了人道主义和无产阶级的阶级意识理论,其核心是人道主义。分析物化(即异化)这一社会问题时,他从人道主义精神出发,指出人与社会之间的二律背反,然而他所讲的二

---

① 杜章智:《〈历史与阶级意识〉译序》,载〔匈〕卢卡奇:《历史与阶级意识》,杜章智、任立、燕宏远译,商务印书馆1999年版,第7页。
② 参见谢胜义:《卢卡奇》,东大图书股份有限公司2000年版,第7页。

律背反虽与康德的先验辩证法①有关联,但却有着明显的不同。卢卡奇接受了马克思的影响,他所讲的二律背反是指一方面是人创造了社会及其环境;另一方面,人表现为社会环境的产物,要受到社会及其发展规律的制约。他认为在资本主义社会里,"社会形式(物化)使人失去了他作为人的本质,他越是占有文化和文明(即资本主义和物化),他就越不可能是人"②。在批判资本主义社会的过程中,面对人的物化(异化)这一历史性问题,卢卡奇认为只有无产阶级才有能力消除物化(即人的异化),解决这种二律背反。因为无产阶级能够把辩证的方法当作历史的方法认识自我和社会本质,有能力从自己的生活基础出发,在自己身上找到同一的主客体,认识社会和历史这一总体,他们"追求无产阶级的阶级目标同时也就是意味着自觉地实现社会的、客观的发展目标"③。

三、物化的克服与无产阶级的阶级意识

卢卡奇的物化理论是在分析资本主义社会商品拜物教的基础上提出的。他认识到,物化是总体的历史发展的产物,资产阶

---

① 在卢卡奇看来,康德的先验辩证法是围绕着总体问题,不过康德认为主体不能认识客体的总体"物自体",即"自在之物",因而主体不能完全把客体统一于自身。如果把存在设想为主体的产物,自在之物就不存在了,但如果不能把握总体,思维就要被引入独断主义的道路。
② 〔匈〕卢卡奇:《历史与阶级意识》,杜章智、任立、燕宏远译,商务印书馆1999年版,第214页。
③ 同上注,第232页。

级不可能把握历史的总体，不可能把整个社会的利益视为自己的利益，只有无产阶级才能把握这一总体，才能以辩证的总体观把握社会的整体，才能获得对社会整体的认识。因此，要消除资本主义社会中的物化（异化），就只能靠无产阶级，而无产阶级要实现这一目标，他自己也就必须作为阶级而出现，其作为阶级出现的前提条件则是确立自己的阶级意识。卢卡奇非常重视无产阶级的阶级意识，因为在他看来，"意识不是关于它所面对的客体的意识，而是客体的自我意识"①。资本主义社会中的商品拜物教，使无产阶级成为商品，使人丧失了批判与超越的主体性，这种历史境遇某种程度上有利于无产阶级革命的阶级意识的生成；另一方面，资本主义社会中的一些稳定的假象（服务条例、养老金等）和个人上升为统治阶级的抽象的可能性，也能有效地阻止阶级意识的产生。因此，卢卡奇主张："必须消除这种直接的存在的虚假的表现形式，只有这样，无产阶级才开始真正地作为阶级而存在。"② 要实现这一目标，就要确立无产阶级的阶级意识，而阶级意识的确立，是"要靠通过形形色色的中介，意识到社会的总体才能达到的，是要靠明确地渴望要实现发展的辩证倾向才能达到的"③。在卢卡奇看来，无产阶级的阶级意识产生于无产阶级，它的形成同其自身阶级立场的建立密不可分，因为他们只有从自己的阶级立场出发，才能看到资本主义社会中僵化的现实——

---

① 〔匈〕卢卡奇：《历史与阶级意识》，杜章智、任立、燕宏远译，商务印书馆1999年版，第269页。
② 同上注，第262页。
③ 同上注，第270—271页。

过去支配现实、资本支配劳动，无产阶级受剥削、受奴役的悲惨命运。

同时，卢卡奇受马克思《资本论》的方法论的基本思路影响，把资本主义社会中的经济对象从事物变回为过程，变回为变化着的具体的人与人的关系，把资本主义中的物化的事实变回为对人异在的、僵化的、不可能渗透的东西的资本主义发展的本质。这样，卢卡奇从马克思的"人道主义"观点出发[①]，把人作为衡量一切（社会）事物的尺度，始终把人看作是具体的、历史的总体，即社会的一个环节，坚持不存在抽象的人这种观点，"把拜物教的事物形式转变为发生在人之间的、而且是在人之间的具体关系中具体化的过程，把不可转变的拜物教形式导源于人的关系的原初形式"，把历史看作是"人的具体生存形式不断彻底变化的历史"。[②] 通过对生活在资本主义社会中的人的分析，针对打破资本主义社会既存的物化结构这一问题，他对无产阶级及其阶级意识又提出了新的要求——无产阶级必须在实践中提升自我，把总体性的辩证法与革命实践相结合，成为历史的同一的主客体，以总体为目标，无产阶级组成阶级，在实践中不断改变其意识的对象并实现其自身的改变，只有如此，他们的意识才能够顺应社会历史发展的辩证法客观要求。卢卡奇特别强调，只有变成了实践的无产阶级的阶级意识，才能使无产阶级的阶级意识从抽

[①] 参见〔匈〕卢卡奇：《历史与阶级意识》，杜章智、任立、燕宏远译，商务印书馆1999年版，第280页。

[②] 〔匈〕卢卡奇：《历史与阶级意识》，杜章智、任立、燕宏远译，商务印书馆1999年版，第279页，第280页。

象的可能性变为具体的现实,才具有改变、消除资本主义社会的物化结构的功能。他认为:

> 意识(无产阶级的已经变成实践的阶级意识)就是一种必不可少的、基本的组成部分……无产阶级意识中反映的东西就是从资本主义发展的辩证矛盾中迸发出来的积极的和新的东西,它绝不是无产阶级杜撰的或是无中生有"创造"出来的东西,而是总的发展过程的必然结果;但是这东西首先要被提高为无产阶级意识的一部分,要由无产阶级使之成为实践的,它才能从抽象的可能性变为具体的现实。①

这里,无产阶级的阶级意识已包含了它应当采取真正实践的态度,因为只有如此,它才能克服物化。同时,卢卡奇还指出了克服物化这一过程的艰巨性与长期性,在他看来,"……不可能一下子就消除所有形式的物化,甚至会有一系列的对象看来或多或少没有被这一过程所触动"②。

从以上分析可知,卢卡奇出于人道主义的精神关怀及当时无产阶级革命运动的发展需要,探索资本主义社会中的物化问题,提出了无产阶级的阶级意识理论。不过,卢卡奇的物化理论未能有效地将物化与异化作明确的区分,并且在消除物化这一问

---

① 〔匈〕卢卡奇:《历史与阶级意识》,杜章智、任立、燕宏远译,商务印书馆1999年版,第304页。
② 同上。

题上,他把重心放到无产阶级的阶级意识上,虽然有助于无产阶级革命运动的发展,但却犯了"左"的、"把宝押在无产阶级的阶级意识上这一决断主义的倾向"①的错误,某种程度上有夸大意识的能动作用的嫌疑,包含着唯心主义的成分。尽管如此,由于卢卡奇的物化理论立足于无产阶级和人类的解放,以总体性辩证法思想考虑社会现实问题,揭露并批判资本主义社会,有助于认清资本主义社会的本质,且在主客体的关系、实践、历史、异化、人道主义等问题上为后世的研究提供了诸多有价值的理论见解。

第二节 新中国成立之前中国文艺界对物化理论的接受

新中国成立之前,正如在第二、三章中所讨论的,中国学界对卢卡奇的接受,无论是20世纪20年代末后期创作社所倡导的文学的阶级性,强调无产阶级的阶级意识,还是30、40年代以胡风为首的七月派所接受的卢卡奇现实主义理论,注重的是人道主义精神,尽管这两个时期接受的内容存在着明显的不同,但这些理论思想都是来源于卢卡奇的物化理论,换言之,卢卡奇的物化思想或涉及或包含着无产阶级的阶级意识理论和人道主义思想这两方面的内容。为了更好地理解新中国成立之前中国文艺界对

---

① 〔日〕初见基:《卢卡奇——物象化》,范景武译,河北教育出版社2001年版,第278—279页。

卢卡奇物化理论接受的不同特点，我们在此扼要概述一下这两个时期所接受的物化理论的内容。

一、特征概述

关于后期创造社对物化理论的接受，在本书第二章第一节"后期创造社与卢卡奇的渊源"中已作了较为系统的阐述：卢卡奇的物化理论经福本主义由后期创造社传至中国，中国学界对卢卡奇物化理论的接受，表现出过分侧重其中无产阶级阶级意识的内容，将"阶级意识如同在政治思想方面被提到至高无上的位置一样，在文学中成了高于生活、重于生活的唯一现实，成了文学的发源地、表现内容和归宿"[①]，最终酿成理论的倡导同中国革命现实相脱节的不良后果，忽视了农民、知识分子等阶层所具有的革命性，分离性大于联合性，论争性大于建设性，从而导致中国文艺界、甚至中国无产阶级革命阵线的分裂。

至20世纪30、40年代，以胡风为首的七月派对卢卡奇物化理论的接受，主要是接受他的人道主义精神，表现形式是向中国学界译介卢卡奇的现实主义、并在文艺创作中加以实践，这些内容我们在本书第三章第一节"以胡风为首的七月派对卢卡奇的接受与'遮蔽'"中已有详细论述，下面只作简要概述，不再展开。

上文说到，卢卡奇物化理论的提出是出于其人道主义精神的关怀，他认为"社会形式（物化）使人失去了他作为人的本质，

---

① 艾晓明：《后期创造社与日本福本主义》，《中国现代文学研究丛刊》1988年第3期。

他越是占有文化和文明（即资本主义和物化），他就越不可能是人"①，正因如此，他才在"应该怎样在思想上重建在社会上被消灭了的、打碎了的、被分散在部分性体系中的人"②这一课题上提出人的主体性思想，强调社会存在决定社会意识，重视辩证的总体性方法，主张在总体之中认识人类社会及其历史，突出人的主体性，这些哲学思想为卢卡奇现实主义理论的形成提供了非常重要的理论支撑。20世纪30年代，卢卡奇大部分时间生活在苏联，尽管主要从事现实主义问题的研究工作，却是以物化思想中的人道主义精神为统帅、指导，通过文艺研究来阐释其物化思想。正因如此，他立足于对"人"本身的关注，强调人的主体性，推崇巴尔扎克、司汤达、托尔斯泰、高尔基等现实主义作家。在卢卡奇看来，这些伟大的作家能够从人道主义精神出发，以整体性的眼光审视人及其生存状态，在艺术创作过程中把握人的主体性，注重典型与真实性，通过小说作品真实地再现了典型环境中的典型人物，突显了对世界本质及其发展规律、人物命运的把握。正是从人道主义基点出发，卢卡奇在现实主义论著中强调整体性观点，认为文艺作品只有从整体的人出发，通过典型形象的塑造恢复人的完整性，才能具有历史穿透力、生活概括力和认识的深刻性。也正是出于对物化思想中人道主义精神的考虑，卢卡奇在其艺术反映论中坚持艺术是对现实生活的客观反映，又是对现实生活的整体反映，因为只有现实的客观性高于作家的个人主观

---

① 〔匈〕卢卡奇：《历史与阶级意识》，杜章智、任立、燕宏远译，商务印书馆1999年版，第214页。
② 同上注，第218页。

意识,"作家在创作过程中应该抑制、排除主观意识的干扰,让现实对象以自然的姿态介入主体的实践,主体在接受客体辩证法的同时,应持冷静、顺从、退让的态度,以便它无拘束地发展到底"①,文学艺术才能更好地表现人,揭示人的命运及其生存状态,揭示资本主义社会对人的奴役和异化。正是出于人道主义精神的思考,卢卡奇积极强调艺术作品对现实生活的批判性,推崇**批判**现实主义,他认为"伟大的战斗文学本身就已经是一种行动"②,并且其文论著作也始终保持着深邃的批判性,无论是对封建专制主义、资本主义和法西斯帝国主义,还是对苏联社会主义中的斯大林教条主义,都具有较强的现实批判性。由上可见,现实主义研究是卢卡奇实践其物化思想的一方重要园地,是表达其人道主义精神的一种途径,"卢卡奇的现实主义渗透了他的物化思想,强调现实主义的真实性,坚持继承和发展批判现实主义的传统,并强调艺术具有一种对物化的批判能力,能为艺术接受者提供日常生活的'再度体验'"③。20世纪30、40年代,以胡风为首的一批作家、学者在中国文艺界译介卢卡奇的现实主义理论,借鉴卢卡奇的主体性、典型与真实性、作家世界观与创作方法之间关系等方面的文艺理论,实质上也是为中国思想文化界引进、吸纳卢卡奇物化思想中浓郁且宝贵的人道主义精神。

---

① 马驰:《卢卡奇美学思想论纲》,东北师范大学出版社1997年版,第245页。
② 〔匈〕卢卡契:《卢卡契文学论文选(第一卷):论德语文学》,范大灿编选,人民文学出版社1986年版,第16页。
③ 梁涛:《卢卡奇物化思想在中国的传播与解释》,中山大学硕士论文,2009年。

二、原因探析

从以上综述可知,新中国成立之前中国文艺界对卢卡奇物化理论的接受呈现出两种明显不同的思想倾向。之所以出现这种情况,一方面与卢卡奇本人理论思想的不断发展有关,另一方面同中国不同历史时期变化发展的社会状况有着密切的关联。

20世纪20年代后期,中国文艺界所接受的卢卡奇思想基本上是1923年《历史与阶级意识》中的物化理论。在物化理论形成的这段历史时期,卢卡奇在政治观上转向了马克思主义,标志是1918年加入匈牙利共产党并积极参加匈牙利无产阶级的革命活动工作。1919年,他参加匈牙利社会主义革命,并担任匈牙利苏维埃共和国教育事务部副人民委员,不久又任红军第5师政委,革命失败后他逃离匈牙利,流亡维也纳。"在聚集维也纳的流亡的共产主义者当中,无论是理论上还是实践上,卢卡奇都属于'左派'。革命虽然失败了,但与挫折感相比,昂奋感更胜一筹。"[1] 卢卡奇晚年也承认当时自己有"极左派""激进主义"的倾向,自己"内心不承认革命运动已经停顿"[2],并"相信世界革命明天即将发生"[3]。这些极"左"的、激进主义的思想倾向,也完全渗透到了卢卡奇这一时期最具代表性的理论研究中,使其《历

---

[1] 〔日〕初见基:《卢卡奇——物象化》,范景武译,河北教育出版社2001年版,第252页。
[2] 《卢卡奇自传》,杜章智等编译,社会科学文献出版社1986年版,第36页。
[3] 同上注,第117页。

史与阶级意识》也染有不少激进主义的色彩。对此,卢卡奇本人也毫不隐晦,"……《历史和阶级意识》仍然是大杂烩。但是重要的是:激进主义,马克思主义路线的('极左'的)继续"[①]。由于这些因素的共同作用,使得《历史与阶级意识》具有"以救世主自居的宗派主义"的特征。以上理论特征,正好满足了当时在德国学习的青年福本和夫的思想需要。20世纪20年代初期,日本共产党内占统治地位的是以山川均为代表的思想路线。由于山川主义忽视无产阶级政党的先锋作用和领导权的重要性,削弱了党的力量,使日共在法西斯迫害加强时暴露出极大弱点,并在1923年关东大地震后宣布解体,致使日本无产阶级革命运动遭受巨大的破坏。面对重建日本共产党、推动日本无产阶级革命运动的政治任务,福本和夫用物化思想来说明无产阶级和资产阶级的关系,以无产阶级的阶级意识来强调意识斗争,发起对山川主义的批判。福本和夫在接受卢卡奇物化理论和无产阶级阶级意识理论的过程中,将其中"左"的、激进的倾向进一步推向极致,形成了以纯粹的无产阶级阶级意识为核心的福本主义,并且通过论战,在重建日本共产党的左翼中间,特别是在激进的青年知识分子阶层中获得了狂热的支持。

20世纪20年代后期,中国学界对卢卡奇的接受之所以会出现强调无产阶级阶级意识的"左"的特征,除与卢卡奇物化理论及福本主义自身所具有的极"左"的倾向有关外,也同接受者自身对当时中国实际国情缺乏清晰、正确的认识有着密切的关系。

---

① 《卢卡奇自传》,杜章智等编译,社会科学文献出版社1986年版,第39页。

留日归国的后期创造社成员，尤其是李初梨、冯乃超两人，他们在日本生活学习的时间都相当长，不但能讲一口非常流利的日语，而且对于日本无产阶级革命运动、日本文学及世界文学情况都很熟悉。那时日本无产阶级文学运动盛行，当时也正值福本主义风卷日本无产阶级文学运动之时，他们不但感觉到日本文学界的极"左"的革命气息，而且也积极参与其文学运动。对此，沈起予就曾明确谈道："在日本某大学时，曾与几个学生，共同组织过一个'无产文艺研究会'，有一次的研究题目，就是《日本无产艺术运动的过程》。"①这样，带有极"左"色彩的福本主义，通过日本无产阶级革命运动及文学运动影响并渗透到他们的思想，便成为不可避免的事实。加上他们长期旅居国外，对当时中国的基本国情与基本矛盾缺乏足够的清晰认识，未能认清中国当时正处于半殖民地半封建社会，资产阶级民主革命的任务还没有完成，这样就混淆了社会主义革命与民主主义革命的性质，错误地将无产阶级与资产阶级之间的矛盾作为社会的主要矛盾，否定了农民、民族资产阶级等阶层的革命性。

从海外归来的后期创造社存在的这种"左倾"思潮不仅仅与他们自身未能认清中国基本国情有关，当时国内存在的"左"的思想路线也为他们进一步发展这种"左"的思潮提供了外在客观条件。1927年11月至1928年4月，瞿秋白主持中共中央的领导工作，对以陈独秀为首的右倾机会主义做了坚决斗争，但对中国

---

① 沈绮雨:《日本的普罗列塔利亚艺术怎样经过它的运动过程》,《日出》旬刊1928年12月5日第5期。

革命的形势和任务又提出了过"左"的理论和政策。1927 年底后期创造社发起的激进的"革命文学"论争，以公式化了的无产阶级阶级意识为标准，对各种不同意见进行无情的抨击，1928 年这场论争达到高潮，正与当时中共党内"左"的思想路线相吻合。"大革命"失败后，中共才逐步认识到并开始纠正这种"左"的错误，在肃清"左"倾错误路线的同时，对思想文化战线开始进行自觉的领导，对后期创造社的青年们也作了大量的思想工作，并有部分成员——冯乃超、李初梨、朱镜我等人——符合党员条件被吸收入党。在这样的前提下，后期创造社成员积极参加了"左联"的筹备工作，并由此拉开了 30 年代左翼思想文化运动的序幕。

总体上看，正是由于卢卡奇物化理论及福本主义自身所具有的极"左"倾向、后期创造社对当时中国实际国情缺乏清晰、正确的认识以及当时中国国内的"左"的思想路线等方面因素的共同作用，才出现了中国学界这一时期对卢卡奇物化理论的接受呈现出"左"的、过激的、强调无产阶级的阶级意识的特征。

20 世纪 30、40 年代，中国学界对物化理论的接受，之所以扬弃极"左"的无产阶级阶级意识理论、选择具有浓郁人道主义精神的现实主义理论，首先与以胡风为首的七月派这一接受主体有关。胡风与后期创造社成员一样，都曾留学日本，但他留日的时间是从 1929 年 9 月至 1933 年 6 月，在此期间福本主义的影响已日趋式微，因此对其影响不大。归国后，胡风始终与鲁迅保持着密切的联系，鲁迅所开创的现实主义传统对他产生了重大的、决定性的影响，鲁迅的战斗精神使其"发现了真实的赤裸裸的人生和它的搏战"①,并走向战斗的"为人生"的现实主义道路。这样,受鲁迅现实主义理论的极大影响,再加上他本人对艺术主体性、典型、真实性等理论问题的执着追求,就使他走上了坚决捍卫"五四"以来现实主义传统和鲁迅战斗精神的道路。在此意义上说,卢卡奇30年代的现实主义理论主张——对主体性、典型与真实性以及作家世界观与创作方法的强调——也正契合了胡风自身的理论需要。

其次,卢卡奇思想理论的不断发展也是一个非常重要的外在因素。前面已指出,1923年卢卡奇《历史与阶级意识》中的物化理论带有不少"左"的、激进的色彩,但在匈牙利和共产国际的批判下,他开始不断作自我批评,承认自己犯有"左"的、激进主义的错误,尤其是他的《勃鲁姆提纲》②于1929年受到匈牙利党内和共产国际执行委员会的严厉批判之后,开始了他人生中的一大转向。卢卡奇对此曾作了明确表述:"在我写了《勃鲁姆提纲》以后,我一方面认识到我不是一个政治家,因为政治家不会在那种时候写《勃鲁姆提纲》,至少不会发表它。"③《勃鲁姆提纲》以后,卢卡奇开始流亡国外,并逐渐淡出直接的政治革命活动,再次把注意力转移到理论研究工作之中,其理论认识也得到了进一

---

① 胡风:《胡风评论集》(下),人民文学出版社1985年版,第375页。
② 1928年卢卡奇受党中央委托着手起草匈牙利共产党第二次全国代表大会上的报告:《匈牙利政治经济形势以及关于匈牙利共产党任务的纲领》,即《勃鲁姆提纲》,勃鲁姆是卢卡奇在当时运动中的化名。因他在该提纲中提出当时匈牙利革命的前景不是无产阶级专政,而是工农民主专政,1929年被匈牙利党内和共产国际定性为右倾路线而受到严厉批判。
③ 《卢卡奇自传》,杜章智等编译,社会科学文献出版社1986年版,第123页。

步的提升。20世纪30年代,卢卡奇在苏联期间阅读了大量的马克思和恩格斯的著作,其中马、恩二人关于现实主义和异化的论述对他产生了深刻影响,为他这一时期的现实主义研究工作奠定了理论基础。在此过程上,卢卡奇深化了对物化与异化的认识、并写出了一批关于现实主义理论的力作,如《历史小说》《19世纪文学理论和马克思主义》《论现实主义的历史》等。"卢卡奇对文学与艺术的关注,其实是一个哲学家对文艺问题的哲学思考,因此他的文艺理论实质上是其哲学思想在文艺问题上的延续和发展。"[①]卢卡奇的这些研究工作,不仅继承了马、恩经典作家关于现实主义的传统,而且将其向前推进一步,丰富并发展了社会主义现实主义理论。正是在这样的情况下,卢卡奇形成了自己独特的具有浓郁人道主义色彩的现实主义理论,为中国理论界的接受提供了可能。

最后,20世纪30年代中国国内现实的变化也是值得考虑的一个关键性因素。这一时期,20年代中共党内"左"的、右的错误倾向都得到了有效的纠正,为外国文学及文艺理论译介到中国提供了相对宽松、自由的环境。在文艺方面,中国文艺界受苏联的影响,对以前的"革命文学"论争、"新写实主义"与"唯物辩证法创作方法"进行了批判、反思,开始提倡社会主义现实主义,进行现实主义多种风格的探索。然而,随着抗日战争的爆发,中华民族处于生死存亡的紧要关头,大批作家或投笔从戎、或参加救亡图存的宣传活动,于是便出现了抗战初期现实主义发

---

① 马驰:《"新马克思主义"文论》,山东教育出版社1998年版,第76页。

展停滞的局面，公式化、概念化的不良创作风气开始蔓延。与此同时，一些对现实主义文学有着执着追求的作家也开始意识到这些不良的创作风气，并坚持与之进行斗争，于是中国文艺界围绕现实主义这一核心问题，陆续展开了关于"暴露与讽刺""民族形式""主体性"等方面的讨论或论争。这些讨论或论争，一方面是中国现实主义理论自身不断探索发展的结果，另一方面，同苏联文学的影响也有着密切的联系。20世纪30年代，苏联文艺界围绕社会主义现实主义这一问题，进行了一系列的论争，卢卡奇便是这场论争中的一方主要代表。这场论争，对当时正向苏联社会主义现实主义学习的中国文艺界而言，不可能不产生影响。正是在此情况下，以胡风为首的一方为克服抗战初期那种盲目乐观的公式化、概念化的创作风气，深化中国理论界对现实主义的认识，便从人道主义的精神立场出发，接受并积极主动地译介卢卡奇的现实主义理论。

20世纪40年代中期以来，随着抗日战争和解放战争的胜利，特别是在新中国成立之后，延安文学逐渐成为全国统一的文学范式，左翼主流文艺理论家所提倡的文学是"意识形态"说、"文学为政治服务""文学从属于政治"的文艺观逐渐取代"为人生"的文学观。在此背景下，胡风所倡导的"主观战斗精神"这一具有人道主义倾向的文学主张便越来越被主流意识形态所排斥、批判。40年代中后期，较具代表性的批评活动有两次：1.1945—1946年，以胡乔木为代表的左翼主流派批判以胡风为首的七月派这一"才子集团"，认为其偏离了毛泽东1942年《在延安文艺座谈会上的讲话》的主要精神及一贯强调的辩证方法，未能正确选择自己鲜明的阶级立场，忽视了延安整风运动的政治任务是阶级斗争；2. 1948年香港《大众文艺丛刊》创刊，邵荃麟执笔的"本刊同人"《对于当前文艺运动的意见》一文，对国统区的文艺运动做了一定的"检讨"，批判胡风的文艺理论具有"小资产阶级思想倾向"，并指出文艺发展"今后的方向"，即要求文艺工作者改造思想、转换思维方式，使自己的一切文艺活动以服从于社会阶级斗争的意识形态要求为最终目标。面对这些批判，1948年胡风写了《论现实主义的路》这一长篇论文，坚持人道主义精神，强调作家的主体性，对当时文学创作中的主观公式主义和客观主义进行再批判。这些文艺论争一直持续到新中国成立之后，新中国成立后主要表现为胡风与周扬的论争。周扬所代表的是当时党中央的文艺路线政策，强调的是政治的核心地位。胡风所强调的是"五四"以来鲁迅的现实主义精神传统，倡导的是卢卡奇的具有人道主义精神的现实主义思想，重视的是文艺的主体性地位。就当时形势而言，胡风的这些思想必然要受到主流文艺政策的批判，发展至1955年受到毛泽东的公开批评，胡风本人也被定为反革命分子而遭到拘押，直至"文化大革命"结束。

　　新中国成立至"文革"结束这一较长的时间内，受长期坚持的阶级斗争观念的影响，中国文艺界始终把文艺视为政治的附属，而其自身的主体性地位没有受到应有的重视。在国际上，受苏联和共产国际把卢卡奇判定为国际修正主义者的影响，卢卡奇的物化理论在中国也始终被政治所误读；改革开放以前，其物化理论始终被批判为修正主义思想的一部分，关于物化理论的研究可以说是一片空白，讨论亦举步维艰。

第三节　新时期以来中国文艺界对物化理论的接受

随着"文化大革命"的结束，中国大陆进入了改革开放的新时期，工作重心转移到"社会主义现代化建设"的同时，文学、文艺学开始进入"勇于探索，善于探索，在探索中创造，在探索中前进"①的新时期，逐渐摆脱政治批评的视角，开始从人道主义精神出发审视人及其生存状态，逐渐进入"百花齐放、百家争鸣"的新时期。与此同时，卢卡奇在国际上的影响也备受瞩目。特别是卢卡奇逝世之后，国际上举办了一系列纪念他的活动，这些纪念活动不仅恢复了卢卡奇在国际政治、学术界所应有的崇高地位，而且进一步增强了他在国际范围内的影响。在这一大的历史背景下，卢卡奇的物化理论也再次进入国内学人的研究视野。

一、需求：呼唤人道主义

新时期，中国学界对卢卡奇物化理论的接受是在研究西方马克思主义这一思潮的过程中开启的。这一时期，西方马克思主义思潮之所以被重视，且比较系统、全面地被介绍到中国，与以下三方面因素密不可分：1.与"实践是检验真理的唯一标准"的

---

① 曾繁仁：《中国新时期文艺学史论》，北京大学出版社2008年版，第295页。

讨论密切相关。20世纪70年代末，中国思想文化界的关于"实践是检验真理的唯一标准"大讨论，引发了中国哲学界关于马克思的实践概念的热烈探讨。在讨论的热潮中，西方马克思主义的相关理论受到研究者的重视并被介绍到国内。2. 与改革开放后中国相对比较自由、宽松的文化环境不无关系。3. 中国思想文化界对人道主义、人性等问题的重视，是又一个重要因素。新时期以前，由于长期受苏联社会主义思想模式的影响，中国思想界将人道主义、人性论等视为资产阶级思想，一律采取排斥、批判的态度。"文化大革命"结束后，中国开始对长期以来"左"的错误路线进行批判、反思，开始"解放思想""拨乱反正"，这些政策的变化催生了文艺领域的一系列变革与发展，并引起了关于人道主义、人性论、异化问题的讨论，人性、人道主义成为学界关注的焦点。在讨论、研究的过程中，西方马克思主义的美学人道主义思想吸引了一些学者的注意。恰恰是人道主义精神这一内容，成为20世纪70年代末80年代初中国学界接受、研究卢卡奇的出发点和归宿点。在此背景下，中国学者在研究"西方马克思主义"的过程中，接触并注意到卢卡奇的著作及物化思想并积极着手研究。

新时期以前，中国思想界将卢卡奇纳入"修正主义阵营"[①]。20世纪70年代末，中国理论界开始拨乱反正，摒弃对卢卡奇以往"左"的政治化的认识。较早研究卢卡奇并在中国理论界产生较大影响的是徐崇温，在1978年10月全国西方哲学芜湖会议

---

① 参见朱光潜：《西方美学史》，人民文学出版社1979年版，第694页。

上,徐崇温围绕卢卡奇问题进行专题发言,首先摒弃对卢卡奇"修正主义者"的评价与认识,引进西方学术界对他的全新评价:西方马克思主义的"鼻祖"。在《关于西方的"马克思主义研究"——流派和观点综述》一文中,徐崇温针对"西方马克思主义"的来历问题,作了详细介绍,指出法国学者梅洛-庞蒂在其著作《辩证法的历险》中,将"西方马克思主义"的传统追溯至卢卡奇、葛兰西等理论家,对20世纪六七十年代西方资本主义文化有着深远意义[①]。1979年,徐崇温继续撰文深入探讨并着重突出卢卡奇的价值与意义,解析卢卡奇对西方马克思主义发展所产生的作用,明确指出从20世纪20年代到50年代初,"由卢卡奇开创的把马克思主义黑格尔化的倾向,曾经席卷了'西方马克思主义'的几乎全部代表人物,而且至今还保持巨大的影响"[②],不仅如此,他还简要评析卢卡奇及其《历史与阶级意识》中的一些理论[③],逐渐开启了新时期中国学界对卢卡奇的研究。进入80年代之后,徐崇温对卢卡奇的研究逐渐深入,其相关的论文和专著陆续面世,影响也日益增强、扩大。

从人道主义的思想出发解释卢卡奇的物化理论,是这一阶段中国研究卢卡奇的一大特征。在探讨西方马克思主义、卢卡奇及其《历史与阶级意识》的过程中,研究者注意到其中的人道主义思想,认为"新左派"之所以求助于"西方马克思主义",主要

---

① 参见徐崇温:《关于西方的"马克思主义研究"——流派和观点综述》,《国外社会科学》1978年第5期。
② 徐崇温:《"西方马克思主义"述评》,《社会科学辑刊》1979年第2期。
③ 参见徐崇温:《"西方马克思主义"述评》,《社会科学辑刊》1979年第2期。

原因之一便是"他们认为在十月革命后建立起来的社会主义制度,人的问题遭到了漠视。为此,他们需要求助于卢卡奇等'西方马克思主义者'对能动主义、人道主义的论述"①,也就是说,卢卡奇的人道主义思想能弥补当时社会主义社会对人的关注的缺失。1982年初,在《"西方马克思主义"关于发达资本主义社会中异化的理论》一文中,徐崇温首次提到卢卡奇的物化理论并开始从人道主义思想出发阐释,对其给予了积极的肯定和高度的评价,明确指出"在国际范围内出现的形形色色的异化理论中,'西方马克思主义'的异化理论占有一个突出的地位……卢卡奇根据《资本论》第一卷中关于商品拜物教的论述来理解物化问题,进而从中推论出异化范畴,继马克思之后重新提出物化、异化问题"②,此外,他还简要论述了"合理化"同物化之间的关系,指明合理化是同资本主义社会的劳动分工、物化过程相联系的,是为资本主义的物化过程所必需的,揭示出资本主义私有制是一切资本主义合理化的根源。之后,在专著《"西方马克思主义"》第二章"卢卡奇与他的《历史和阶级意识》"中,徐崇温对卢卡奇物化理论中的人道主义精神作了专门、详细探讨,观点也更加鲜明。他明确指出卢卡奇《历史与阶级意识》中的异化问题是自马克思以来第一次被当作对资本主义的革命批判的核心来加以论述的,加上后来德国存在主义哲学家海德格尔、法国存在主义者萨特等人的影响,才使人的异化成为我们时代的一个关键问

---

① 徐崇温:《"西方马克思主义"述评》,《社会科学辑刊》1979年第2期。
② 徐崇温:《"西方马克思主义"关于发达资本主义社会中异化的理论》,《江西社会科学》1982年第1期。

题。不仅如此,他还格外强调《历史与阶级意识》中物化理论的开创性意义,因为卢卡奇1923年出版的《历史与阶级意识》中关于物化问题,尤其是关于"物化和无产阶级意识"的分析,是在世人还不知道马克思有异化问题的著作①的时候发表的。徐崇温认为卢卡奇之所以被看作是"西方马克思主义"的创始人,《历史与阶级意识》被视为"西方马克思主义"的源头和理论基石,"从根本上说来,是因为卢卡奇首先提出了一种对马克思主义的自由主义、人道主义的解释"②,正因如此,大多数西方马克思主义者才"主张把人的意识、主观性提到首位,恢复到马克思主义的心脏,认为历史就是人的主观性的现实化的展开"③。正是由于从人道主义精神出发,卢卡奇才"把异化当作它的中心的批判范畴,把资本主义社会描述成为一个异化、物化了的世界,而把共产主义社会说成是'真正的人性'和人的'总体的个性'的实现……认为'人本身'是历史辩证法的客观基础,据此而拒绝唯物主义决定论,而把人提到历史的主体的地位上"④。

20世纪70年代末80年代初,中国理论界在探讨卢卡奇物化理论的过程中,也开始对"物化"和"异化"问题作明确的辨析与研究,徐崇温的观点最具代表性。他认为,在卢卡奇的《阶级意识》一文中,"'物化'只是采取一种非常简单的形式"⑤,"物化

---

① 《德意志意识形态》和《1844年经济学哲学手稿》于1932年付印,《政治经济学批判大纲》于1939—1941年出版。
② 徐崇温:《"西方马克思主义"》,天津人民出版社1982年版,第56页。
③ 同上注,第49页。
④ 同上注,第56页。
⑤ 同上注,第72页。

遍及于社会的一切方面"①,然而,卢卡奇却将物化同客体化、对象化相等同,未将物化与异化相区分,而是把物化同异化当作同义词使用。不过,他也看到,尽管卢卡奇在物化与异化的理论概念上存在模糊现象,他的异化理论和马克思的原意也不尽相同,但他却是在异化的意义上使用"物化"一词来批判资本主义社会,探讨人在当代资本主义中的状况及文化批判这一中心问题的,本质上是为了把一种社会的异化问题转变成一个永恒的"人类状况"的问题。以此为根据,徐崇温认为卢卡奇的物化理论是"展开了一种'哲学人类学''人道主义社会哲学'"②的研究。

综上可见,以徐崇温为首的理论工作者,从人道主义思想出发解释卢卡奇的物化理论,寻求人的解放之道,为新时期之初关于人道主义思想的提倡和文艺创作提供了理论支撑,有助于消除文艺工具论的不利影响,纠正以往"文艺从属于政治"、把具有社会性的人性归结为人的阶级性等错误提法,有利于新时期中国文艺的健康发展。不过,这一时期对卢卡奇物化理论的探讨并未摆脱西方理论界研究的樊篱,大多是将西方学者研究的相关内容移植到中国,理论建树不多。

此外,这一时期中国理论界不仅探讨了卢卡奇的异化、物化理论,而且进一步分析了卢卡奇克服异化的方法——"总体性""同一的主体—客体""阶级意识"等相关内容,这对于卢卡奇物化理论在中国的研究具有开创性意义。进入20世纪80年代

---

① 徐崇温:《西方马克思主义》,天津人民出版社1982年版,第75页。
② 同上注,第77页。

后,随着西方马克思主义对我国当代文论文化产生的影响逐步深入,除徐崇温外,有更多的学者注意并开始研究卢卡奇的物化思想,如杜章智、张西平等,并围绕"物化理论"问题展开了一系列热烈的讨论与论争。

二、界定:是否纳入马克思主义范畴之争

20世纪70年代末至90年代,中国学术界的研究氛围相对新时期以前是比较自由、宽松,但仍带有较浓的政治色彩。这种政治色彩也渗透到对卢卡奇物化理论的研究之中,围绕《历史与阶级意识》是否属于马克思主义这一问题,中国理论界展开了一场比较激烈的论争,双方观点针锋相对、坚持己见。为了全面了解当时中国学界的这场论争,我们需要简要考察它的背景、起因。

(一)论争的背景及起因

首先,新时期之初,随着改革开放的发展和文艺领域"双百"方针的重新倡导,中国学术界对《历史与阶级意识》及卢卡奇物化思想的研究,虽然已逐渐转移到文艺学、美学和哲学等领域,开始具有多维度的阐释,但却并未完全摆脱政治批判的视角。其次,哲学、文艺学思想的变革同政治的变革是密不可分的,进入80年代之后,在"实践是检验真理的唯一标准"大讨论的推动下,思想界围绕什么是马克思主义问题展开讨论,西方马克思主义引起了中国学者的格外关注,随着徐崇温等学者对卢卡奇研究的渐进,卢卡奇成为中国学术界讨论的一大热点,围绕卢卡奇及《历史与阶级意识》是否纳入马克思主义范畴展开争辩。人道主义、物化等思想是《历史与阶级意识》中的核心问题,是卢卡奇人学理论的基石和表现,成为当时论争的重要内容。再者,20 世纪 90 年代以前,中国思想政治文化领域关于市场经济姓"资"还是姓"社"问题的大讨论,也影响到哲学、文艺学等领域,引发了有关"什么是马克思主义"问题的探讨,而卢卡奇《历史与阶级意识》一直是这方面国内外学界争论的焦点,在此情况下,中国理论界再次把目光聚焦《历史与阶级意识》,围绕其是否属于马克思主义这一问题展开的论争,这也可视为当时政治文化领域有关姓"资"还是姓"社"问题讨论的一个缩影。此外,1981 年,英国新左派代表人物佩里·安德森(Perry Anderson)的《西方马克思主义探讨》中译本在中国学术界出版。该书把结构主义的马克思主义、新实证主义的马克思主义囊括进西方马克思主义,扩展了最初由科尔施提出、经梅洛-庞蒂进一步阐发的"西方马克思主义"的概念范畴。同时,该书一方面认为以卢卡奇为起始的"西方马克思主义"理论是"在历史唯物主义发展内部"形成的一个完全崭新的学术结构[①],是马克思主义哲学的新形态,另一方面又坚持《历史与阶级意识》一书中的两大最根本的理论主题,是来自黑格尔,而不是来自马克思的:即无产阶级是'历史的主客观一致'的思想,因此它的阶级意识克服了认识的社会相对性问题;以及把'异化'设

---

① 参见〔英〕佩里·安德森:《西方马克思主义探讨》,高铦、文贯中、魏章玲译,人民出版社 1981 年版,第 36 页。

想为人类客观性的一种外部客观化,对它的重新使用,将恢复到原来的内部主观性——这使卢卡奇能把本身真正具有觉悟的工人阶级的收获同社会主义革命的成就一致起来"①。这些观点对中国马克思主义理论界引发围绕《历史与阶级意识》的大论争也起了一定的推动作用。

(二)论争的过程及主要内容

20世纪80年代,中国学界以徐崇温和杜章智分别为代表的双方学者,围绕《历史与阶级意识》是否属于马克思主义范畴,展开了一场政治色彩鲜明的学术论争。以徐崇温为代表的一方首先表明了自己的态度:"在哲学世界观方面,'西方马克思主义'是同马克思列宁主义的辩证唯物主义和历史唯物主义完全对立,而且这个对立还表现在哲学世界观的各个方面。"②徐崇温认为以卢卡奇为"鼻祖"的"西方马克思主义",强调的是"西方",无论是在哲学世界观上,还是在认识论与历史观上同马克思主义均有着根本的对立。这场论争始于"实践是检验真理的唯一标准"的讨论,起先徐瑞康、扈颖航、卞正、李德周等学者从哲学层面上探讨真理的"物化"内容是由实践的结果证明的问题,明确肯定实践是检验真理的客观标准③,为此次讨论的深入展开作了进一步的理论铺垫。1982年,在《"西方马克思主义"》一书中,徐崇温

---

① 〔英〕佩里·安德森:《西方马克思主义探讨》,高铦、文贯中、魏章玲译,人民出版社1981年版,第80页。
② 徐崇温:《"西方马克思主义"》,天津人民出版社1982年版,第43页。
③ 参见李德周:《从真理的"物化"谈实践的结果是真理的标准》,《社会科学辑刊》1981年第2期。

批判"西方马克思主义"同马克思的辩证唯物主义是完全对立的，明确指出两者在哲学世界观方面是格格不入的①。之所以以卢卡奇为始的"西方马克思主义"与"正统的"马克思主义相对立，不能纳入马克思主义范畴，在徐崇温看来，是因为"'西方马克思主义'是一股左的激进主义思潮，它所反映的，并不是无产阶级的马克思主义世界观，而是小资产阶级激进派的世界观，而且其中还包含有相当的无政府主义成分"②。同时，徐崇温明确指出《历史与阶级意识》中有关"物化"问题的论述是非马克思主义的批判，是"卢卡奇追随在黑格尔之后，把异化同客体化、对象化等同了起来"③，认为卢卡奇的异化理论已经是一种和马克思的原意有所不同的东西，是一种资产阶级的"人道主义社会哲学"。徐崇温从异化理论着手分析，肯定异化理论是卢卡奇继马克思之后重新确立的一个重要问题，后来成为许多"西方马克思主义"者研究的一个核心批判范畴，在"西方马克思主义"中占有突出地位。尽管他肯定"西方马克思主义"的异化理论为科学认识发达资本主义社会中出现的各种问题，作了正确的分析与解答，但他更强调"西方马克思主义"的异化理论同马克思主义的异化理论，在思想渊源、性质、范围和侧重点方面质的差异，明确指出"'西方马克思主义'的异化理论，同马克思的异化理论是有原则的区别的"④。从人性的视角来审视，徐崇温认为卢卡奇与马克思的异化理论存

---

① 参见徐崇温：《"西方马克思主义"》，天津人民出版社1982年，第43页。
② 徐崇温：《"西方马克思主义"》，天津人民出版社1982年版，第51-52页。
③ 同上注，第75页。
④ 徐崇温：《"西方马克思主义"关于发达资本主义社会中异化的理论》，《江西社会科学》1982年第1期。

在着质的区别,《历史与阶级意识》中的异化理论是"人道主义社会哲学",属于西方资产阶级的东西。徐崇温坚持对"西方马克思主义"、存在主义、唯科学主义等现代西方哲学进行批判,它们在思想倾向和理论基础方面同辩证唯物主义是截然相反、格格不入的,主张运用马克思主义的方法、观点与立场进行剖析、清算,只有如此,才能满足时代与人民的需要,坚持和发展马克思主义。此外,岩渊庆一与张萍的《东欧的新马克思主义》(《哲学译丛》,1979年第1期)、毕治国的《"新马克思主义"者——卢卡奇》(《学习与探索》,1980年第1期)、《东欧"新马克思主义"》(《社会科学》,1980年第6期)等文,称卢卡奇为"新马克思主义"者,亦未能将其纳入马克思主义范畴。总体而言,徐崇温认为《历史与阶级意识》及其物化理论是非马克思主义的。

将卢卡奇纳入马克思主义范畴——这一不同声音萌发于1978年,子幸翻译波兰学者K.奥霍斯基的《关于G.卢卡奇的争论》一文,介绍了卢卡奇在马克思主义政治活动、哲学和文艺理论方面广泛成就,指出卢卡奇坚信只有通过无产阶级,才能消除一切物化和对象化(即异化):"无产阶级比资产阶级优越的地方不在于它具有特殊的研究现实的科学方法,而在于只有从无产阶级的观点出发才能理解社会的总体,同时又为改变它创造前提。社会是一个自我解释的总体。人民自己赋予历史以意义"[1],从而肯定作为人民的无产阶级的重要地位与价值。1980年在《哲学译丛》第1期

---

[1] 〔波兰〕K.奥霍斯基:《关于G.卢卡奇的争论》,子幸译,《哲学译丛》1978年第6期。

上发表的另一篇小文《卢卡奇的思想》,扼要介绍了美国学者巴尔的专著《卢卡奇的思想》,传递了巴尔将卢卡奇及其理论纳入马克思主义的声音。同年,舒谦如介绍了思想界对卢卡奇的三种不同评价——"有的把他奉为'正统'马克思主义的代表;有的却把他称之为'修正主义的先锋';还有的则认为他虽然犯有错误,但整个说来是马克思列宁主义"①,从其革命实践活动与理论活动出发,肯定了他在捍卫马克思主义方面所作的努力,赞赏他在文学与文化理论等方面对马克思主义美学发展所作的贡献。戴侃译介英国学者 D. 麦克莱伦的《介绍几本有关马克思与马克思主义的近著》(《国外社会科学》,1983 年第 2 期)一文,在看到卢卡奇思想中的唯心主义成分的同时,将卢卡奇及其理论纳入马克思主义范畴的思想倾向已然流露于字里行间。此外,国内学者程代熙也从人性、人道的角度来理解卢卡奇的异化,但却得到了相反的观点,他认同卢卡奇的观点——"卢卡契也正是基于对人性、异化的这种理解,认为社会主义人道主义以及无产阶级的人性学说是'唯物主义历史观的中心',是'马克思主义美学的中心'"②。尽管徐崇温和程代熙都是从人道主义的立场来看待卢卡奇的物化、异化理论,但却有着明显的不同——前者是从西方资产阶级的人道主义角度来加以探讨,后者则是从社会主义人道主义的立场来审视。

中国学界明确提出将卢卡奇及其思想纳入马克思主义范畴的主张,开始于 20 世纪 80 年代中期。1985 年在卢卡奇百年诞辰之

---

① 舒谦如:《格奥尔格·卢卡奇》,《国外社会科学》1980 年第 2 期。
② 程代熙:《马克思主义与美学中的现实主义》,上海文艺出版社 1983 年版,第 371 页。

际,受国际学术界对卢卡奇重新评价研究的影响,尤其是苏联、匈牙利等国将卢卡奇纳入马克思主义研究动向的推动,中国学术界在《哲学译丛》《国外社会科学》《现代外国哲学社会科学文摘》《国际共运史研究资料》《国内哲学动态》等刊物上译介、刊发了一系列相关文章,不同程度上传递了与徐崇温相异的声音。中国学界开始认同《西方马克思主义探讨》中关于以卢卡奇为始的西方马克思主义是在历史唯物主义发展内部形成的马克思主义哲学新形态这一观点,他们与徐崇温不同,肯定了《历史与阶级意识》是在马克思主义哲学之内,其物化思想对马克思主义哲学做出了贡献。这一观点最具代表性的学者是杜章智和张西平。由此,两种迥异的观点产生了碰撞,双方围绕《历史与阶级意识》是否属于马克思主义这一问题展开了论争,参加的学者尽管有限,但争论却非常激烈,持基本否定和批判态度的学者,把该书中的基本观点定位为"理论修正主义"或"黑格尔主义思想之大杂烩";持基本赞同态度的学者除杜章智、张西平之外,还有高捍东、张翼星等,称它是"20世纪马克思主义最重要的理论著作","恢复"了马克思主义的精华。这场论争,从1985年至80年代末形成热潮,在中国文艺界产生了持续、广泛的影响。

以杜章智等人为代表的中国学者,虽然承认国内外学术界对卢卡奇及其理论研究存在割裂、片面等问题,对《历史与阶级意识》的认知也存在一定问题,然而,这些学者在1983年已明确主张将卢卡奇纳入马克思主义范畴。在《近年来国外关于卢卡契的研究》一文中,杜章智谈到了卢卡奇及其《历史与阶级意识》,指出东西方学术界存在对卢卡奇进行割裂、各取所需的片面研究倾向，批评那种随着政治气候的变幻来评判卢卡奇的研究态度，主张要对卢卡奇进行细致、全面的分析。不仅如此，他还明确肯定了卢卡奇及其《历史与阶级意识》的地位，认为"卢卡契当初写这本书的动机还是要推进革命运动，无论其中有什么问题也是马克思主义内部的问题"①，肯定了这本书"是马克思主义理论宝库中的重要财富"②，明确要求"决不能因为这本书中的错误被西方研究者所利用，就拒之于千里之外"③，因为卢卡奇不仅坚持追求马克思主义真理的信念，始终站在共产党人的立场，始终是资产阶级的反对派，而且掌握并运用了马克思主义的立场、观点和方法。杜章智赞同当时匈牙利社会主义工人党中央委员会文化政策工作部拟定的《纪念乔治·卢卡契诞辰一百周年提纲》，认同《提纲》中对卢卡奇的评价，肯定他"自从成为共产党人和马克思主义者以来，直至生命的终结，始终不渝地捍卫和继续发展马列主义的经典遗产"④的贡献，批判以往将卢卡奇笼统归入"修正主义"者、"西方马克思主义"者的错误研究倾向。此外，他还主张为了更有效地对卢卡奇进行细致全面的研究，就必须尽可能多地翻译出版卢卡奇的著作，并积极实践了这一主张，身体力行编写《卢卡奇自传》、与他人合译《历史与阶级意识》。1988年，杜章智在《马克思主义研究》和《现代哲学》杂志上，分别发表了《"西方马克思主义"是一个含糊的、可疑的概念》和《谈谈

---

① 《关于卢卡契哲学、美学思想论文选译》，张伯霖等编译，中国社会科学出版社1985年版，第133页。
② 同上。
③ 同上。
④ 同上注，第135页。

所谓"西方马克思主义"的问题——兼与徐崇温同志商榷》,鲜明提出针对"西方马克思主义"及《历史与阶级意识》中的物化理论等问题,点名与徐崇温进行商榷,安德森的"西方马克思主义"概念——"象徐崇温同志这样加以借鉴是否合适,的确是需要好好加以考虑的问题"①,然后进行反驳,批判安德森《西方马克思主义》一书的理论脱离实际、地缘特性等方面问题,从而进一步为"西方马克思主义"及卢卡奇物化理论正名,认为"卢卡奇、葛兰西、阿尔都塞等人都是忠诚的共产党人,杰出的马克思主义者,他们在各自的历史条件下坚持和发展马克思主义,做出了卓越的贡献,当然也免不了有失误"②,肯定卢卡奇、葛兰西、阿尔都塞等人的理论"是要恢复他所理解的马克思主义的要义,即辩证的方法"③,是为了发展辩证唯物主义的方法论,而不是要反对马克思主义,认为他们既是坚定的共产主义革命者,又为马克思主义的发展做出了杰出的、不可磨灭的贡献④,无论他们各自理论均有不同程度的失误或错误,但仍不影响将他们"统统作为对马克思主义的探索看待"⑤,而不能笼统地、错误地将其视为非

---

① 杜章智:《"西方马克思主义"是一个含糊的、可疑的概念》,《马克思主义研究》1988年第1期。
② 杜章智:《谈谈所谓"西方马克思主义"的问题——兼与徐崇温同志商榷》,《现代哲学》1988年第1期。
③ 杜章智:《"西方马克思主义"是一个含糊的、可疑的概念》,《马克思主义研究》1988年第1期。
④ 参见杜章智:《谈谈所谓"西方马克思主义"的问题——兼与徐崇温同志商榷》,《现代哲学》1988年第1期。
⑤ 杜章智:《"西方马克思主义"是一个含糊的、可疑的概念》,《马克思主义研究》1988年第1期。

马克思主义者,甚至是反马克思主义者。此外,冯植生的《关于卢卡契及其论争》(《文艺理论研究》,1981年第2期)与《匈牙利研究卢卡契的近况》(《关于卢卡契哲学、美学思想论文选译》,中国社会科学出版社1985年版)、张本的《"西方马克思主义"与当代西方马克思主义思潮》[《武汉大学学报(社会科学版)》,1985年第3期]、张西平的《历史概念的二重奏》(《哲学研究》,1988年第12期)与《卢卡奇论马克思主义哲学的本质》(《哲学动态》,1988年第12期)等,先后不同程度表明卢卡奇是20世纪重要的马克思主义哲学家、批评家、美学家的观点,肯定其物化理论、历史概念、主体性思想、阶级意识理论等内容继承并发展了马克思主义,也理应纳入马克思主义的范畴。

针对以上不同声音,围绕如何评判"西方马克思主义",怎样看待《历史与阶级意识》,卢卡奇及其物化理论的性质范畴归属等颇具争议的一些问题,徐崇温再次撰文[①]回应,明确阐明"西方马克思主义"属于非马克思主义的性质,因为它们在指导思想方面存在迥异,认为卢卡奇等人始终是站在西方现代哲学的价值立场来解读、评析马克思主义,而非站在辩证唯物主义的哲学观来补充和发展,导致其脱离了马克思主义的哲学基础[②],批评

---

① 参见《关于"西方马克思主义"研究中的若干问题》(《马克思主义研究》1987年第1期)、《"西方马克思主义"问题种种》(《现代哲学》1988年第1期)、《关于如何对待马克思主义研究的商榷》(《现代哲学》1988年第3期)、《就"西方马克思主义"问题答杜章智同志》(《马克思主义研究》1988年第3期)等文。
② 参见徐崇温:《关于"西方马克思主义"研究中的若干问题》,《马克思主义研究》1987年第1期。

杜章智等人未能看到"西方马克思主义"在思想路线方面存在的根本性错误。在《关于"西方马克思主义"研究中的若干问题》一文中，徐崇温在强调《历史与阶级意识》对西方马克思主义思潮具有开创性的同时，也明确指出"西方马克思主义"的非马克思主义性质，认为"'西方马克思主义'虽努力思考解决当代人类面临的种种迫切问题，探索西方社会走向社会主义的道路，但在他们的指导思想上，却总是按现代西方哲学的这个那个流派的精神去解释、发挥、结合和补充马克思主义，从而这样那样地偏离了马克思主义的理论基础——辩证和历史唯物主义"①。针对杜章智将"西方马克思主义"及卢卡奇物化理论看作是马克思主义的观点，徐崇温予以反驳，进一步探讨了"西方马克思主义"同马克思主义在政治和哲学方面的对立；批评杜章智否认思想路线的存在，主张应该从思想路线的角度来看待思潮问题；不同意佩里·安德森把"西方马克思主义"说成是"在历史唯物主义发展内部"形成的一个完全崭新的学术结构这一观点，而是把"西方马克思主义"看成是一种要从思想路线的角度来识别的"思潮"，仍坚持认为"'西方马克思主义'是'一股左的激进主义思潮，它所反映的，并不是无产阶级的马克思主义世界观，而是小资产阶级的激进派的世界观，而且其中还包含有相当的无政府主义成分'"②。

针对这一论争，张西平也加入其中并亮明自己的观点。1988

---

① 徐崇温:《关于"西方马克思主义"研究中的若干问题》,《马克思主义研究》1987年第1期。

② 同上注, 1988年第3期。

年，他在《卢卡奇论马克思主义哲学的本质》和《历史概念的二重奏——卢卡奇〈历史与阶级意识〉研究》等论文的篇首，均引用英国学者 G. H. R. 帕金森的话——"卢卡奇——作为 20 世纪最重要的马克思主义的批评家和哲学家"——来阐明自己的观点：肯定《历史与阶级意识》及物化思想是马克思主义的。张西平认为《历史与阶级意识》最基本的范畴是历史概念，卢卡奇把历史的唯物主义作为他重构马克思主义哲学的基础①，把历史的辩证法看作是马克思主义哲学的本质。在历史的概念中，卢卡奇将历史、主体和实践看作是辩证的统一体，因为只有在历史中，主体才可结合到辩证法的过程中，作为客体的历史是在实践中被主体创造出来的，纯粹自然已不复存在，自然已成为社会的范畴。在卢卡奇看来，现实的人类社会是异化的社会，作为社会范畴的自然是一种泯灭人性的自然，因此，作为历史辩证法的马克思主义哲学，首要的问题就是消除异化，改造这个毁灭人性的资本主义社会。张西平认为卢卡奇的"异化、人道主义、总体性、主客体辩证法、阶级意识等等……所有这些范畴和理论都是以历史概念为基础的，是从他的历史概念中引申出来的"②，而他的历史概念是与马克思在《德意志意识形态》中所说的"周围的感性世界决不是某种开天辟地以来就已存在的始终如一的东西，而是工业和社会状况的产物，是历史的产物，是世世代代活动的结果"这

---

① 参见张西平：《历史概念的二重奏——卢卡奇〈历史与阶级意识〉研究》，《哲学研究》1988 年第 12 期。
② 张西平：《历史概念的二重奏——卢卡奇〈历史与阶级意识〉研究》，《哲学研究》1988 年第 12 期。

一"历史的自然"命题相接近的①。之后,张西平又发表了《论卢卡奇的"历史概念"》《卢卡奇的〈历史和阶级意识〉与黑格尔哲学》等,进一步阐明、丰富自己的上述观点与主张。

(三)论争的影响与意义

回顾20世纪70年代末至80年代后期的这场论争,中国理论界围绕《历史与阶级意识》是否属于马克思主义这一问题展开讨论,双方虽未形成固定的阵营,未摆脱浓郁的政治语调,未能有效地将学术与政治区分开,致使"论战的双方都没有给后来的研究留下太多的学术积淀"②,但理论主张针锋相对,观点鲜明,不仅推动国内思想界对西方马克思主义的大量译介,深化了对卢卡奇等理论家及其思想的认识,尤其是人道主义思想的深化认识,还破除了以往对马克思主义的非此即彼的单一的模式化的思想局限,某种意义上推动了马克思主义在中国当代的创新发展和多样化进程,为形成具有中国特色的马克思主义理论,丰富中国的马克思主义文艺理论,尤其是为推动现实主义文论的发展,作了思想准备和理论铺垫。具体而言,主要体现在以下两方面。

首先,推动了《历史与阶级意识》及物化理论在中国学界的译介、评论和研究,并取得不菲成绩。

这场论争除了涉及《历史与阶级意识》是否属于马克思主

---

① 参见张西平:《历史概念的二重奏——卢卡奇〈历史与阶级意识〉研究》,《哲学研究》1988年第12期。
② 张亮:《国内卢卡奇研究七十年:一个批判的回顾》,《现代哲学》2003年第4期。

义这一问题外,还对"西方马克思主义"的概念、性质及其评价等相关问题作了广泛深入的探讨,举办了一系列学术研讨会,如1986年8月在长春举办的"国外马克思主义研究现状"学术讨论会,就以上问题发生了不同观点的交锋。这场论争于1985年至80年代末形成热潮,在中国文艺界产生了持续、广泛的影响,90年代以后仍有相关学术论文和著作陆续发表、出版。仅1987—1988年,国内理论界就如何评价西方马克思主义及相关问题发表论文数十篇,争论焦点在于如何看待西方马克思主义的性质及其与传统马克思主义的关系,如何评价西方马克思主义的开创者卢卡奇及其奠基性著作《历史与阶级意识》。其中,1988年有关卢卡奇物化理论研究的论文就有十余篇,不仅如此,这场讨论的影响也波及了美学、文艺学领域。1988年12月,在成都召开的国内第一次"西方马克思主义文艺美学研讨会",讨论的焦点便转移到西方马克思主义美学、文艺学思想,除有不少学术论文发表外,还出现了一批译介、评价西方马克思主义美学、文论的著作,如陆梅林选编的《西方马克思主义美学文选》一书,不仅将卢卡奇《历史与阶级意识》[①]中的《什么是正统的马克思主义?》及《物化和无产阶级意识》首次译介至中国,而且将卢卡奇的《对〈历史与阶级意识〉一书的自我批判》《我向马克思的发展——关于〈历史与阶级意识〉的回顾》以及国外学者的相关评介文章也收录其中;冯宪光著的《西方马克思主义文艺美学思想》[②],将重点放在文艺学方

[①] 陆梅林选编的《西方马克思主义美学文选》一书,对《历史与阶级意识》的译名采用的是"历史和阶级意识",1988年由漓江出版社出版。
[②] 冯宪光:《西方马克思主义文艺美学思想》,四川大学出版社1988年版。

面，对卢卡奇生平及现实主义文艺理论作了专章论述。

这场讨论、论争虽然持续时间不长，却影响深刻，促进了中国学界翻译和出版西方马克思主义原著的热潮。为了讨论与研究的需要，西方马克思主义各个主要派别和代表人物的重要著作，基本都被陆续翻译出版。较显著的是，由徐崇温主编、重庆出版社出版的"国外马克思主义和社会主义研究丛书"，已出版译著和论著三十多部，对国内西方马克思主义的研究起了积极的推动作用。此外，为了全面深入地研究卢卡奇的物化理论及其相关思想，他的《历史与阶级意识》也成为译介的热点，多个中译本在国内出版，除1988年陆梅林选编的《西方马克思主义美学文选》首次将《历史与阶级意识》中的部分内容译为中文之外；1989年王伟光与张峰译本、黄丘隆译本以及张西平译本分别在华夏出版社、台北结构群文化事业公司、重庆出版社出版；杜章智等人的译本也于1992年在商务印书馆出版。除此之外，卢卡奇的其他理论著作也开始受到学界的关注、译介，如《理性的毁灭》《社会存在本体论导论》以及《卢卡奇自传》等相继在国内出版。这些译著及相关研究论著的出版，对中国的卢卡奇研究起了极大的推动作用，不仅有助于改变当时中国学界有关卢卡奇研究文献资料短缺的现状，而且扩大并增强了卢卡奇及西方马克思主义在国内学界的影响力。

其次，有助于深化对《历史与阶级意识》及物化理论的认识与研究。

这场论争是在中国学术界真正开始系统地研究西方马克思主义的过程中发生的，不仅促进了西方马克思主义在中国的传播，而且深化了对卢卡奇物化思想的认识。新中国成立以后至"文化大革命"结束,中国理论界对卢卡奇及其著作基本是持否定、批判的态度,经过此次讨论、论争,"国内对卢卡奇的研究和评价,也有一种从贬到褒、从否定到较多地肯定的趋势"[①]。"不管是徐崇温先生还是杜章智先生,论战的双方对卢卡奇晚期哲学思想并没有什么不同意见,都肯定它是马克思主义的,分歧在于如何评价《历史与阶级意识》中的哲学思想。"[②] 从论争可以看出,双方争论的前提是什么是马克思主义以及对《历史与阶级意识》的基本性质及其物化理论的归属问题,无论认为它是马克思主义的一方,还是非马克思主义的一方,都不是简单笼统地定性,而是从本体论、认识论、反映论、自然观、历史观、实践观以及辩证法等重要理论问题上展开深入探究、分析,阐发双方各自的立场与观点。同时,论争双方都主张,应以批判的、辩证的态度对待《历史与阶级意识》及物化理论,批判地吸取和概括其中有价值的理论成果,从而有助于坚持和发展马克思主义。通过论争,中国马克思主义理论界不但对卢卡奇物化思想有了更深入的理解,而且不少学者认为,对待《历史与阶级意识》及卢卡奇物化理论应当破除唯一"正统的"马克思主义观念,突破传统解释模式的束缚,正视马克思主义分化和多样化的历史事实,以更加开放的心态,积极促进马克思主义的创新发展。

---

① 曾繁仁:《中国新时期文艺学史论》,北京大学出版社2008年版,第268页。
② 张亮:《国内卢卡奇研究七十年:一个批判的回顾》,《现代哲学》2003年第4期。

三、内化：走向多样化发展

20世纪90年代，随着中国社会主义市场经济体制的逐步确立，以往中国改革开放一度沉闷的局面被打破，新一轮的改革开放浪潮迅速涌起，文艺理论的发展也随之进入新的历史时期。另一方面，全球化、多样化成为人文学科研究的一个语境。在这一语境下，西方的后现代主义、解构主义、后殖民主义等一系列后现代文化理论不断涌入中国。面对西方的各种文化理论，中国文艺理论界努力把这些文化理论转化为一种阐释中国当代文化现象的符号话语，吸收其中的一些观念、方法以应对文艺领域出现的新现实、新思潮和新问题。"由于后现代本身的多元属性与中国当代语境的复杂性，不同的研究主体在价值立场、学术取向上也存在着差异，在介绍运用西方后现代理论时就有不同的取向。"[①]马克思主义文艺学的发展也不例外。其实，早在20世纪80年代末就有学者明确提出文艺理论多样化发展的问题[②]。进入90年代后，这种多样化发展的呼声日益高涨，许多学者提出了自己不同的构建马克思主义文艺学的方略和设想[③]。在这一多样化文化背

---

① 董健、丁帆、王彬彬：《中国当代文学史新稿》，人民文学出版社2005年版，第560页。
② 参见狄其骢：《面向新的综合》，《文史哲》1989年第2期。
③ 马龙潜、栾贻信认为，坚持马克思主义文艺学的基本观点是建立和发展当代马克思主义文艺理论的基础；李衍柱认为，对马克思主义文艺学，一要坚持，二要发展，把两者辩证地统一起来，统一的基础是文艺实践，要在深入研究古今中外文艺实践的基础上，构建当代形态的具有中国特色的马克思主义文艺学；何国瑞认为，构建新体系的"元方法"就是坚持马克思主义的一元论，（转下页）

景下,中国学术界对卢卡奇物化理论的研究,经过20世纪80年代的论争这一理论积淀之后,已将其纳入马克思主义范畴,逐渐摆脱了政治化的批判倾向,继而转向多样化的比较客观的学理探究,分别从物化概念的基本内涵、人道主义、历史唯物主义、现代文化批判等角度进行阐释,为消除市场经济条件下出现的一些盲目追求经济利益、忽视人的主体性价值等不良现象寻求理论支撑,为中国本土文化的分析与研究提供了理论资源,从而丰富了中国的马克思主义文艺理论。

90年代以后,卢卡奇的"物化"概念是许多研究者关注的一个重要内容。中国学界对这一概念的基本内涵进行了多角度多层次的阐释,认识也不断全面、深入,取得了一系列令人瞩目的学术成果。这一领域的主要学者有刘昌元、宫敬才、张翼星、孙伯鍨、谢胜义、潘于旭等。

在《卢卡奇及其文哲思想》一书中,刘昌元分别从商品拜物教、疏离、虚假意识和文化表现四个方面,对卢卡奇的物化观作了明确的解释,尽管未能进一步展开论述,却为这一领域的研究开辟了新方向。之后,宫敬才在《卢卡奇的哲学思想》和《睿智圣殿的后裔:捷尔吉·卢卡奇》两部论著中,详细论述了卢卡奇如何以"物化"揭破商品拜物教的神秘外观,揭示商品拜物教的

(接上页)应以马克思主义的"艺术生产论"作为新体系的理论基础;杜书瀛认为,应该建设和发展一种既具民族特色,又有时代特色,与文艺实践息息相关的开放性的具有中国特色的马克思主义文艺学;狄其骢认为,当代形态的马克思主义文艺学建设的关键在于正确认识和处理当代形态与经典形态的关系,为此提出了"出新不出格""以对象结构为依据""走向综合一体化"的建构原则。

秘密和实质——以物与物的关系掩盖了人与人之间的社会关系及其历史性质，把散见于马克思著作中的有关商品拜物教的论述进行扩展、凝练，并将之由经济领域扩展至政治、文化等意识形态领域，分别从物化理论的提出及其条件、经济活动中的物化及其表现、政治领域中的物化、意识的物化等四个方面进行阐释，不但肯定了卢卡奇的物化理论，而且将对这一理论的认识向前推进了一步。

这一时期的中国学术界，在卢卡奇及其物化理论的研究方面，张翼星是又一位积极探索且成果突出的学者。针对20世纪80年代国内学术界在"西方马克思主义"讨论中提出的如何评价卢卡奇哲学思想的问题，他给予明确回应，高度评价"卢卡奇是20世纪的一位富于理论素养和实践经验的马克思主义哲学家"[1]，认为卢卡奇的"物化"概念继承并发挥了马克思哲学思想的精神遗产。在《资本主义社会特征的深刻揭露》[2]中，他对卢卡奇的"物化"概念进行了系统的考察，明确指出它所具有的两方面含义：一是指商品生产中人与人的关系表现为物与物的关系，即所谓"人的一切关系的物化"。物化也可以说是一种非人化，因为在资本主义制度下人的关系被物的关系掩盖了。二是指人通过劳动所创造的物反过来控制着人。[3] 分析物化概念之后，张翼星

---

[1] 张翼星：《卢卡奇对当代马克思主义哲学的贡献》，《安徽大学学报（哲学社会科学版）》1994年第1期。

[2] 该文首先发表在《学术界》1994年第5期，2001年又被收入《为卢卡奇申辩——卢卡奇哲学思想若干问题辨析》一书，由云南人民出版社出版。

[3] 参见张翼星：《资本主义社会特征的深刻揭露——卢卡奇的物化概念评析》，《学术界》1994年第5期。

分别从劳动异化及其后果、"物化意识"的表现、克服和消除物化的途径、物化概念的影响和意义等四个方面进行阐释,从多个层面进行分析,进一步丰富了对卢卡奇"物化"概念的认识。此外,孙伯鍨和潘于旭两位学者也分别著文,对卢卡奇的物化概念作了一定的探析。前者在论著《卢卡奇与马克思》中,将卢卡奇的物化理论同马克思的异化理论放在一起进行研究,探讨两者之间的异同,分别从七个方面扼要阐述了卢卡奇关于物化问题的基本思想;后者在《从"物化"到"异质性"——西方马克思主义哲学逻辑转向的历史分析》一书中,辟专章分别从卢卡奇物化理论的基础、哲学根源、社会基础等层面进行了深入的分析、研究。可以说,从90年代至今,正是由于一大批学者致力于卢卡奇物化概念的探析,才使得学界对这一概念的认识,无论在广度上还是深度上都得到了极大的拓展,而且也为今后从多样化角度阐发卢卡奇的物化思想提供了丰富的理论资源。

从人道主义来阐释卢卡奇的物化或异化理论,仍是这一时期研究的一个显著特征,代表学者有张西平和刘秀兰等。在20世纪80年代那场围绕《历史与阶级意识》是否属于马克思主义这一问题的论争中,张西平在肯定该书及其物化思想是马克思主义的同时,业已着手从人道主义的观点阐释卢卡奇的物化理论,尽管并未系统展开。进入90年代后,他在《历史哲学的重建——卢卡奇与当代西方社会思潮》和《卢卡奇》两部论著中,从人道主义的立场对卢卡奇的异化(物化)思想进行了深入、细致的研究。他把异化与人道主义两个问题并置进行探讨,并作了非常明确的阐述:"如果说异化是对人性的泯灭和扭曲,那么人道主义则是对人性的弘扬和肯定；如果说对异化的批判侧重于对资本主义社会的控诉，那么对人道主义的认可则意在重建马克思主义。因此，卢卡奇对异化的批判和对人道主义的向往是一个问题的两个方面，二者在逻辑上是紧密相连的。"① 他认为，卢卡奇批判异化是为了拯救资本主义条件下的人这一主体，正是对资本主义条件下异化的分析和批判，对人道主义的肯定，才使卢卡奇赢得了极高的声誉和地位；卢卡奇把人道主义确立为马克思哲学的主题，将对人的异化状态的批判作为恒久的使命，目的是表达他"浪漫主义的反资本主义"② 的倾向。同时，张西平亦认识到，卢卡奇异化思想中的人道主义理论对马克思的人道主义和以往的人道主义作了区分——卢卡奇批判了以费尔巴哈为代表的抽象人类学，认为其危险性是把人绝对化，其失误是缺少辩证法；而马克思所强调的则是人的历史性与辩证性。这一时期，张西平不仅从马克思的人道主义思想来阐释卢卡奇，而且进一步分析了他的人道主义思想对海德格尔、弗洛姆、阿尔都塞等人的影响，并探究了其人道主义的实践性，将实践的人道主义同伦理的人道主义思想相结合进行深入研究。

对卢卡奇物化理论中的人道主义作肯定性研究的学者还有刘秀兰。在《卢卡契新论》一书中，她分析并明确指出了《历史与阶级意识》中十个构思正确的倾向和闪光点，其中之一便是卢卡奇在《物化和无产阶级意识》中肯定了人性和人道主义，批判

---

① 张西平：《历史哲学的重建——卢卡奇与当代西方社会思潮》，生活·读书·新知三联书店1997年版，第149页。
② 同上注，第4—5页。

了在人性和人道主义研究中的非理性倾向。此外，这一时期从人道主义的角度对卢卡奇的物化思想进行研究的还有：韩雅丽的《异化、物化与人的生成》、苏晓云的《卢卡奇早期的物化异化观及其当代启示》、刘小明和肖建华的《物化、总体性与美学人道主义——卢卡奇美学思想侧论》、张铁梅的《卢卡奇〈历史与阶级意识〉的人学思想研究》、朱毅的《寻求人的类解放——卢卡奇物化理论的马克思逻辑》、苏昌强的《论卢卡奇的人道主义思想》、乌兰哈斯的《论卢卡奇总体性思想的人学向度》[①]等。这些研究成果的陆续出现，进一步说明了当今学界对卢卡奇物化理论中的人道主义思想的重视，极大地推动了这一思想在中国的传播，深化了人们对人道主义思想的理解和认识。

从历史唯物主义的角度对卢卡奇的物化思想进行深层次研究，是20世纪90年代以来部分学者关注的又一个重要内容，孙伯鍨便是其中之一。在专著《卢卡奇与马克思》第一章"物化和异化"中，孙伯鍨从历史唯物主义的角度对卢卡奇和马克思的物化与异化思想作了专门的探究，他认为"马克思的历史观是科学的唯物主义的历史观，卢卡奇的历史观基本上还是唯心主义的，

---

① 参见韩雅丽：《异化、物化与人的生成》，《哈尔滨学院学报》2002年第3期；苏晓云：《卢卡奇早期的物化异化观及其当代启示》，《求索》2003年第4期；刘小明、肖建华：《物化、总体性与美学人道主义——卢卡奇美学思想侧论》，《宜春学院学报（社会科学）》2004年第5期；张铁梅《卢卡奇〈历史与阶级意识〉的人学思想研究》，内蒙古大学硕士论文，2008年；朱毅：《寻求人的类解放——卢卡奇物化理论的马克思逻辑》，黑龙江大学硕士论文，2009年；苏昌强：《论卢卡奇的人道主义思想》，福建师范大学硕士论文，2010年；乌兰哈斯：《论卢卡奇总体性思想的人学向度》，中央民族大学硕士论文，2011年。

反映在物化和异化问题上也是如此"①。马克思对异化问题的价值批判与卢卡奇有着明显的不同，前者以对历史事实的科学分析为基础，后者则是以纯粹的价值批判作为理论的核心。也就是说，两者的主要分歧在于是否以建立在科学分析基础之上的科学批判作为其理论的出发点和评价尺度，是否以历史唯物主义的科学态度为基础。卢卡奇对异化问题的价值批判是抽象的伦理观念，不是从历史唯物主义、从社会历史发展客观规律出发去引申出价值问题；而对马克思而言，他不否认价值批判可以起导向作用，但它决不能作为历史研究的基础和出发点，主张应该在社会历史发展客观规律的基础上引申出价值问题，提出并实现价值目标。因此，孙伯鍨认为："马克思的物化、异化理论是他的整个社会发展理论的一个侧面。物化和异化问题只能从整个社会发展的角度才能得到正确、合理的解释。"②正是由于两者在这一问题上的理论出发点不同，才导致他们在消除物化和异化的问题上存在分歧——卢卡奇强调总体性的观点，重视无产阶级的阶级意识；马克思则认为，物化和异化是人类历史物质生产发展的必然现象，因此，它们的消除和扬弃也只有在具备了物质生产发展的基础和社会条件下才能实现。孙伯鍨的这一研究，摆脱了从西方马克思主义的思想传统来审视、考察卢卡奇，对卢卡奇的一些思想作了深层次的开拓、研究，较为客观公正地评判了他的物化理论，为学界辩证客观地研究卢卡奇提供了新的视角。

---

① 孙伯鍨:《卢卡奇与马克思》，南京大学出版社1999年版，第5页。
② 同上注，第8页。

另外，从现代文化批判的角度审视、研究卢卡奇的物化理论，也是这一时期中国学界在此领域的一大特点。这一研究视角的出现，与新时期中国出现并日益繁荣的文化研究密切相关。进入新时期后，随着中国改革开放的不断推进，西方各种文化思潮涌入中国，中西文化再次开始碰撞、交流，文化研究也随之而来。90年代以后，在中国市场经济不断繁荣的大背景下，文化热潮开始波及生活的各个领域并向各个学科渗透，出现了文化研究的深化发展阶段。面对国内文化研究仍较落后的现状，中国学者积极学习、借鉴西方的文化理论。在这一过程中，为改变跟在西方文化研究后面亦步亦趋、失语的状态，国内研究者努力建构自己的文化研究平台，力争与国际学术界平等对话。在此背景下，文化批判的视角开始渗透到文艺研究的各个领域。

早在1992年，陈振明在《"新马克思主义"——从卢卡奇、科尔施到法兰克福学派》一书中，在阐述卢卡奇物化理论的过程中，通过对工具理性（形式理性）、实证主义（科学主义思潮）及科学技术本身的批判，从科技哲学等文化角度指出了物化理论在"新马克思主义"中的价值与意义，尝试性地从现代文化批判的角度进行了一定的研究。此外，张翼星的《资本主义社会特征的深刻揭露——卢卡奇的物化概念评析》，也是这方面研究较早的一篇论文。该文明确指出：在资本主义社会中，物化问题不限于经济层面，而是渗透于整个社会生活中，渗透到政治、法律、伦理、哲学、文艺以及语言文字等各个领域，在进行了一番批判、分析之后，作者得出结论——"物化概念是卢卡奇对资本主义文化展开多方面批判的一个基本概念"①。之后，中国学术界有不少学者从现代文化批判的角度探讨卢卡奇的物化理论，深入研究现代科学及文化等问题，从而丰富了这一领域的研究。20年来，这一领域的研究涌现出了一批有价值的学术论文，如衣俊卿的《异化理论、物化理论、技术理性批判——20世纪文化批判理论的一种演进思路》、周立斌的《论卢卡奇物化理论的当代意义》、刘清玉和史巍的《论卢卡奇物化理论的现代性批判价值》、马俊领和刘卓红的《论物化批判的三种模式》、陈庆龙的《论青年卢卡奇的马克思主义观》、杜红艳的《走向日常生活的人道化——论卢卡奇与赫勒的日常生活批判理论》②等。

至2010年，中国学界出现了一部从现代文化批判的角度探讨卢卡奇的力作，即赵司空的《中介与日常生活批判——卢卡奇文化哲学研究》。该著作沿着卢卡奇的文化哲学思想，尤其是他的物化思想所开启的文化批判的思路，来审视日常生活批判理论，揭示卢卡奇日常生活批判理论的当代价值与意义。赵司空在论述日常生活批判理论的过程中，特别强调了卢卡奇物化意识的

---

① 张翼星:《资本主义社会特征的深刻揭露——卢卡奇的物化概念评析》,《学术界》1994年第5期。
② 参见衣俊卿:《异化理论、物化理论、技术理性批判——20世纪文化批判理论的一种演进思路》,《哲学研究》1997年第8期;周立斌:《论卢卡奇物化理论的当代意义》,《山东理工大学学报（社会科学版）》2004年第2期;刘清玉、史巍:《论卢卡奇物化理论的现代性批判价值》,《学术交流》2006年第12期;马俊领、刘卓红:《论物化批判的三种模式》,《广西社会科学》2008年第12期;陈庆龙:《论青年卢卡奇的马克思主义观》,硕士论文,2006年;杜红艳:《走向日常生活的人道化——论卢卡奇与赫勒的日常生活批判理论》,硕士论文,2009年。

重要性,从三个方面予以论证说明:一是物化意识成为日常生活批判的立足点何以可能;二是物化意识的最高理论形态是近代哲学;三是物化意识的外在显现是计算合理化原则①,以此作为她展开日常生活批判理论研究的基础。该书从日常生活批判的视角审视卢卡奇的物化理论,又从对其物化思想的研究中获取日常生活批判的理论资源,互相印证、支撑,角度新颖,可以说代表了这种深度研究的进一步开拓,有力地推动了这一领域的研究向纵深发展。

---

① 参见赵司空:《中介与日常生活批判——卢卡奇文化哲学研究》,上海社会科学院出版社 2010 年版,第 74 页。

结语

> 所有真正伟大的文学尽管会汲收外国文学，但总还是要沿着自己特有的道路向前发展，而这条道路又是由这个国家的社会与历史条件所决定的。①
>
> ——乔治·卢卡奇

统观始于20世纪20年代末卢卡奇在中国的传播、接受与影响历程，一方面我们可以总结关于引进西方文论的某些历史经验和教训，同时也能够为中国当代文学、文艺理论及文化的建设和发展提供某些有益的借鉴和启示。

一、卢卡奇：一个说不尽的"文本"

在20世纪众多的理论家和思想家中，卢卡奇毫无疑问是最具影响力的思想家之一。他的"理论影响力一方面表现在《历史与阶级意识》以物化、总体性、阶级意识、主客体统一的辩证法

---

① 中国社会科学院外国文学研究所外国文学研究资料丛刊编辑委员会编：《卢卡契文学论文集》（二），中国社会科学出版社1981年版，第451页。

等建构的西方人本主义马克思主义的理论范式,另一方面则与他后期思想的转折所引发的争论密切相关"①,与他晚年《审美特性》和《社会存在本体论》等著作中的理论贡献紧密相连。卢卡奇与一切有深远影响的思想家一样,是说不尽的。在国际上,卢卡奇始终是众多理论家阐释的重要"文本"。不同时代、不同民族、不同国家的研究者从不同的角度、侧面去审视他,深入挖掘其理论思想中宝贵的精神财富,有着他们独特的评判与接受,从而构成一部丰富而复杂的卢卡奇接受史,这部接受史并未终结,仍待继续谱写。

以《历史与阶级意识》为例,其中的物化、总体性、阶级意识、同一的主客体性、辩证法、文化批判等理论,内容丰富,思想繁杂,既是具体的历史的统一,又超越民族、超越时代,如其中的异化理论既是对一切与人相对立的社会政治、经济、文化等内容的批判,又是对人的主体性价值的关注和维护,对人的"类概念""类本质"的发现与开拓。由于《历史与阶级意识》在理论上的巨大贡献,加上其思想内容的丰富性、复杂性、深刻性等特点,不同时期不同的研究者对它的评价不同,且侧重点也不尽相同。法兰克福学派的代表人物对之倍加推崇,高度评价、赞扬了书中的异化理论、人道主义、主体性等,并将卢卡奇奉为西方马克思主义思潮的开创性人物。早期共产国际理论家以及后来的大多数苏联哲学家则不然,他们均对《历史与阶级意识》持否

---

① 衣俊卿:《一位伟大思者孤绝心灵的文化守望——〈卢卡奇再评价〉中译者序言》,载〔匈〕阿格妮丝·赫勒:《卢卡奇再评价》,衣俊卿等译,黑龙江大学出版社 2011 年版,第 1—2 页。

定、批判的态度，认为它将马克思主义和现代资产阶级思想相混同，包含了唯心主义的成分，将其中的思想批判为修正主义，并给卢卡奇冠以"国际修正主义者"的帽子。不同阵营的理论家对《历史与阶级意识》有两种完全不同的评判，很明显是由于各自不同的意识形态、世界观与价值观决定的。不过，即便是同一个阵营或组织，在不同的历史时期，不同的政治气候也会导致对《历史与阶级意识》产生明显不同的评判。如在匈牙利，20世纪20年代盲从共产国际对之持否定的态度，进入60年代以后，则不赞同对它的否定性评价，开始不断挖掘其中宝贵的理论资源，认为《历史与阶级意识》是建立了一种以人的问题为核心的人道主义马克思主义，有助于建设具有人道特征的社会主义，从而盛赞卢卡奇是一位创造性的马克思主义者，是20世纪最重要的马克思主义理论家之一。即便是到了20世纪70、80年代以后，卢卡奇的异化理论仍然对当代文艺理论乃至文化研究产生着深刻的影响，许多理论家从《历史与阶级意识》中寻求自己研究的理论支撑，进行一种当代的、全新的阐释，无论是东欧的新马克思主义，还是英美新左派以及其他一些当代文化学者，无不做过或正在从事这方面的努力。

卢卡奇是一个说不尽的"文本"，在国内外理论界都是如此。综观卢卡奇在中国的传播与接受史，20世纪20年代后期，中国思想界将他的无产阶级阶级意识理论加以运用、推广，尽管其中"左"的思想后来为左翼理论界所纠正，但其中的阶级意识、文学的阶级性等内容却存留下来，成为之后中国学界不断言说的"文本"。30、40年代，卢卡奇的现实主义理论开始传入中国，并陷入当时理论界关于文艺路线斗争的旋涡之中。如，胡风认为卢卡奇的现实主义理论强化了世界观在创作过程中的作用，并对之进行积极的肯定；而以周扬为代表的"官方"立场则对之进行批判，认为它抹杀了世界观的作用。这点也恰好说明了卢卡奇理论思想的多元性和复杂性。新中国成立至"文革"结束，由于当时国内各种政治斗争的需要，加上受苏联和东欧各社会主义国家对卢卡奇批判的影响，中国也将卢卡奇视为"国际修正主义者"并加以批判。进入新时期以后，卢卡奇仍是中国理论界与思想界不断讨论的"文本"，从现实主义理论、人道主义思想到物化理论、主体性、文化哲学等，已经涉及文艺学、美学、哲学、伦理学等各个领域，突显人的价值存在，揭示人的生存现状，批驳一切使人丧失主体性价值的社会内容。卢卡奇正是以真挚的人道主义热情关注人的主体性价值，以批判性的眼光审视人类及其社会存在，而揭示出人类精神现象的一个重要内容，从而使自己具有了超越民族、跨时代的价值与意义。

二、卢卡奇在中国文论文化建设中的作用和意义

我们对卢卡奇文艺理论在中国的传播与接受进行研究，旨在观照和促进中国文艺理论批评及文化社会的建设。

卢卡奇的理论思想的确给了我们诸多启示，他对现实主义理论的重视，对人这一主体性的关注，对无产阶级阶级意识的强调以及它对资本主义本质的客观分析，都颇具启迪意义。当然，他的思想也存在一定的局限与不足，如在为现实主义论辩时，将表

现主义等现代流派判定为反动的，陷入非此即彼的二元思维模式；在消除物化问题上，将重点放在提升无产阶级的阶级意识上，夸大了意识的能动作用，犯有唯心主义的错误；在《什么是正统的马克思主义？》中，将辩证法作为正统马克思主义的核心内容及评判标准，强调人和历史发展过程中的辩证法，却否定自然辩证法；突出"总体性辩证法"的同时，淡化、甚至忽视了规律的制约性和经济的决定性，等等。从某种意义上讲，也正因为卢卡奇理论思想所具有的这些复杂性、丰富性、多元性，才使其在20世纪的文艺理论发展过程中不时地变换着自己的角色和位置。尤其是进入90年代以后，随着市场经济的日益繁荣和改革开放的不断深入，面临文学研究不断被边缘化的压力和形势，卢卡奇文艺思想在中国的发展前途也不容乐观。但无论怎样，卢卡奇毕竟已经伴随着中国现当代文学、文艺理论走过了80多年的发展历程。在这段艰难而漫长的历史进程中，卢卡奇文艺思想既给中国现当代文学和文艺理论带来了许多有益的启示与给养，同时也留下了诸多的问题和思考。面对各种文化力量尤其是文化研究的挤压和冲击，卢卡奇以其浓郁的人道主义精神、鲜明的文化批判色彩正对中国文艺乃至文化领域产生着潜移默化的影响。

概而言之，卢卡奇对中国文论文化建设的作用与意义体现在以下几个方面。

首先，推动了国内马克思主义文艺理论的深入发展。中国理论界对卢卡奇及其相关理论的探讨是在研究国外马克思主义理论及文艺运动的过程中开启的。在这一过程中，随着研究者对卢卡奇探讨的不断深入、扩展，一方面深化、丰富了中国学术界对卢卡奇的认识,深入开掘了其丰富的理论思想资源;另一方面推动了马克思主义文艺学、美学、哲学等相关内容的总体性研究,许多学者以卢卡奇及其理论为研究起点,辐射到与其相关的马克思主义理论的各方面,囊括了各个新马克思主义流派[①],与其相关的各个理论家、各种思潮、文化成果及研究方法也陆续被介绍、研究,从而推动了马克思主义文艺理论在中国的进一步发展。这些西方当代批评理论的全面引进与吸收,又促进了新时期许多理论家积极将之与中国传统文论、当代中国马克思主义文艺理论相结合,有助于建设和发展中国马克思主义文艺理论的时代特色、民族特色和中国特色。同时,对各个新马克思主义的深入探讨,反过来又推动了学界对卢卡奇的研究,使理论界对卢卡奇的认识也更加全面、饱满。

其次,促进了马克思主义文艺理论在中国的多样化发展。新时期以前,中国的马克思主义文艺理论是一元的,即经典马克思主义文艺学说,其基本立场要求"文学分析应以唯物观为出发点,也就是说,文学是社会活动的一个组成部分,而社会反过来

---

① "新马克思主义"主要包括了三个领域:一是指我们通常所说的西方马克思主义,主要包括以卢卡奇、科尔施、葛兰西、布洛赫为代表的早期西方马克思主义,以霍克海默、阿多诺、马尔库塞、弗洛姆、哈贝马斯等为代表的法兰克福学派,以及萨特的存在主义马克思主义、阿尔都塞的结构主义马克思主义等;二是指20世纪70年代之后的欧美新马克思主义,主要包括分析的马克思主义、生态学马克思主义、女权主义马克思主义、文化的马克思主义、发展理论的马克思主义、后马克思主义等;三是指以南斯拉夫实践派、匈牙利布达佩斯学派、波兰和捷克斯洛伐克等国的新马克思主义者为代表的东欧新马克思主义。

通过经济基础作用于文学艺术的生产"①,其理论思想强调文艺的工具性与阶级性,注重文艺为政治服务的特性。"文革"结束以后,在解放思想和改革开放的推动下,西方各种文艺思想涌入中国,西方各种马克思主义文艺思想、文化理论也随之进入,传统的一元的马克思主义文艺观受到质疑、冲击。面对这些西方"异质"理论,中国思想界发生了一系列讨论、论争。其中,以卢卡奇及其思想为议题展开的讨论,尤为瞩目。这些讨论的陆续展开,如围绕卢卡奇现实主义理论进行的探讨甚至论争,以及围绕《历史与阶级意识》是否属于马克思主义展开的论争等,不但深化了对卢卡奇的认识,进一步传播了国外马克思主义理论,而且破除了传统的一元的马克思主义文艺观,摆脱了传统模式的束缚,以更加开放的心态积极寻求马克思主义的创新发展,从而推动了马克思主义文艺思想在中国的多样化发展。

最后,促进了中国文化建设中对人的主体性的关注。卢卡奇以其博大、深邃的理论思想,通过异化思想、阶级意识理论、同一的主客体性、文化批判思想等,开启了西方马克思主义的人道主义思想。在当前社会主义市场经济迅速发展、文化工业不断繁荣的时代背景下,这些理论思想能够为中国文化的建设和发展起到诸多有益的启迪意义与借鉴作用,有助于国内文化领域从人的角度关注现实社会,将研究从社会瞩目的重大事件转向个体感性生命以及个体具体生存的日常生活,坚持以人为本,将人作为探索和解答当代社会文化问题、艺术及审美问题的出发点和落

---

① 董学文:《西方文学理论史》,北京大学出版社2005年版,第359页。

脚点。此外,卢卡奇理论著作中的一些研究方法,如辩证法、总体性的方法、技术理性批判的视角①等,均引起了国内文艺理论文化研究者的重视,许多批评家和理论家学习并在实践中加以运用。这些新方法的探索和运用,一定程度上也丰富、发展了中国当代文艺理论和文化研究。

综上可见,卢卡奇进入中国以后,他与中国现当代文学、文艺理论有着许多重要而复杂的关系。卢卡奇在中国思想文化建设中所产生的作用与影响以及其所遭遇的命运,既和国内外不同历史时期的政治文化背景有着密切的关系,同时又与其自身理论思想的复杂性有着千丝万缕的关联。研究和分析卢卡奇文艺思想在中国文论文化建构中的这一复杂性及其所占有的某种特定地位,不仅能够体现它对于中国文艺理论建设所具有的特殊意义,而且也可以展现出中国文艺理论所走过的艰难而曲折的发展道路。这些思考和经验对于建设有中国特色的文学理论及文化将具有一定的参考和借鉴价值。

三、卢卡奇文艺理论在中国"旅行"的启示

卢卡奇的文艺理论在中国的影响和接受是一个十分复杂的综合过程,他在中国的传播可谓"先声(思想)后人"。卢卡奇的文艺理论自20世纪初就逐步面世,并在国际上深具影响力。然

---

① 卢卡奇在分析物化的过程中,受韦伯合理化理论以及齐美尔物化学说的影响,将物化同近现代社会的理性化进程相结合,从理性特别是技术理性对人的主体性发展的负面效应的视角,揭示资本主义社会中的物化现象。

而，其传入中国却是20世纪20年代末的事，而且是经日本福本主义由后期创造社将《历史与阶级意识》中的部分思想传入，除个别后期创造社成员、鲁迅等人外，中国学界极少有人知道卢卡奇。尽管如此，卢卡奇的阶级意识等理论主张，却受到中国左翼青年知识分子的青睐，对中国的文艺运动、甚至对中国革命的发展都产生了深刻的影响。直至1935年以后，在中国左翼理论界引入苏联社会主义现实主义的背景下，卢卡奇的文艺论著才开始被译介。至新中国成立前夕，仅有8篇卢卡奇的文艺论著被译介，而且还一直处于国内理论界纷繁的争论声中，批判多于倡导。新中国成立后，为满足各类政治批判的需要，加上受苏联和东欧各社会主义国家对卢卡奇批判的影响，虽然有大量卢卡奇的文艺论著被翻译出版，但多是作为"内部发行""供批判用"。进入新时期以后，受"解放思想"运动和改革开放政策的影响，卢卡奇在中国的译介与研究开始逐渐复苏、繁荣。

新时期以前，中国对卢卡奇理论的接受大多是一种政治性的解读，这很大程度上反映了中国当时文学的情势：强调文艺的政治性，文艺从属于政治、为政治服务的时代历史特征。此外，中国对卢卡奇接纳的速度与深广度也并不理想。其原因是多方面的，也是非常复杂的，归根到底是由于中国当时特定的政治、历史、文化等接受条件所决定。同时，它也说明了一种理论"旅行"的现象：一种理论思想进入另一种异己的文化绝非畅通无阻，无论这种理论自身多么深刻、重要，其在异域的旅行、完全（或部分）地被接纳是需要相应的社会文化条件的。在这段历史时期，卢卡奇始终处于各种批判的浪潮中，"国内学界对卢卡奇的了解是非常贫乏的：既不知道卢卡奇首先在本质上是一个关注本体问题的哲学家，他当时为国内学界所知的那些文艺学和哲学史论著只是'用'而非'体'，也不知道他的'修正主义'立场实际是有其合理的社会历史基础的，仅凭一些只言片语，就断定他存在严重的理论错误，从而展开义正词严的批判。这种误读实际上是卢卡奇陷入中国'左'倾政治旋涡的一个必然结果"①。尽管一些学者未能深入理解卢卡奇的物化思想，夸大了阶级意识理论的能动作用，犯有"左"倾的错误，但却是为了推动无产阶级革命文艺运动，仍具有一定的积极作用；胡风等个别作家对物化思想中的人道主义的倡导，虽然忽视了中国当时严峻的革命政治形势的需要，有"乌托邦"的局限性，但却是为了纠正当时文艺创作中的公式主义、客观主义等一些不良倾向，也是具有进步意义的。这也印证了一种文化接受的事实：一个民族接受一种异己的思想文化，绝不会盲目地全盘接纳，只会从本民族的社会文化的实际需要出发，有选择性地进行吸收。

一种外来文化影响的产生，或者说，一种文化接受另一种异己的文化，从表面上看，似乎是某种偶然或巧合。如胡风接受卢卡奇的现实主义理论、徐崇温最初接触到西方马克思主义或许均属偶然。不过，一系列的偶然与巧合往往隐含着历史发展的必然。偶然常常是必然的一种表征，必然则是诸多偶然的内在因子。正如乐黛云所讲："两种不同文化体系之间大规模的文学影

---

① 张亮:《国内卢卡奇研究七十年：一个批判的回顾》,《现代哲学》2003年第4期。

响，常发生在当一国的美学和文学形式陈旧不堪而急需一个新的崛起或一个国家的文学传统需要激烈地改变方向和更新的时候。'影响'需要一定的条件，影响的种子只有播在那片准备好的土壤上才会萌芽生根。"① 通观卢卡奇文艺理论在中国的"旅行"历程，不难发现文化语境对接受的制约性，首先表现在中国文化自身发展逻辑决定着是否需要引进、译介国外文艺，以及引进、译介什么类型的国外文艺。20世纪80年代至90年代中期，中国理论界大量引进、译介卢卡奇的文艺论著便是一个典型的例子。这一阶段卢卡奇在中国译介的繁荣，从本质上讲，是中国当代思想文化特别是文艺发展机制的内在要求，也是为了满足赶上国外马克思主义研究、发展中国当代马克思主义文艺理论的需要。新时期以后，以往政治化的、封闭的、一元的文化格局已经不能适应改革开放的时代特征，中国需要新的、充满生机的文化思想，急需开创一种自由的、开放的、多样的文化氛围。而卢卡奇及其所开创的西方马克思主义思潮的传入，有力地冲击了传统的文化思想，有利于摆脱当时单一的、僵化的、政治化的文艺批评模式，中国理论界围绕其展开的一系列论争也正是为了推动新的文化格局的形成。因此，新时期之后，卢卡奇在中国译介与研究的不断深入，是适应了中国当代文化自身发展的要求。

综观卢卡奇文艺理论在中国的"旅行"与接受历程，经历了一个由表及里、由点及面、由现象到本质、由片面到全面、由零

---

① 乐黛云:《我的比较文学之路（代序）》，载乐黛云:《跨文化之桥》，北京大学出版社2002年版，第8页。

星到系统的不断发展的过程,这也正是文学接受的一个普遍规律。这一"旅行"过程,从某种程度上也映射出西方马克思主义文艺理论在中国的接受情形,反映了20世纪中西两种异质文化之间的冲突与融合。中国对卢卡奇接受的历程,实质上是本民族文化实现自我改造、不断探索、不断发展的过程,是为中国文化注入新鲜血液的过程。总结中国以往对卢卡奇译介与接受的经验和教训,为今后我们对待外来文化提供了非常有意义的借鉴。正如乐黛云所言:"对于外国文学理论的引进也只有在相互比照参证中才能产生互动,互相引发,使双方都得到发展。"[①]同时,对待外来一切文化,应以世界的、开放的眼光审视,坚持分析、批判、借鉴、吸收的原则,将之置于中国当代文艺理论及文化的发展进程中,置于社会主义实践的探索中,置于20世纪人类所面临的重大问题中,加以学习、借鉴、吸纳。

四、未来的发展方向

无论是在政治革命的历史时期,还是在改革开放的年代,卢卡奇的文艺思想始终同中国有着千丝万缕的联系。进入新世纪之后,在全球化、信息化与市场化的背景下,卢卡奇的文艺理论并未随时代的变化而消失,相反,其作为中国当代的一种马克思主义文艺观,以其深切的文化价值批判,尤其是他的物化批判精

[①] 乐黛云:《多元文化与比较文学的发展》,载汪介之、唐建清:《跨文化语境中的比较文学》,译林出版社2004年版,第14页。

神、人道主义思想,仍充满着勃勃的生机与活力,有助于构建中国特色的马克思主义文艺学,对中国社会文化的建设与发展有着宝贵的理论价值与现实意义。

(一)现实主义精神

20世纪90年代以后,全球化、市场化对中国文学艺术的冲击日趋明显,文学艺术出现了娱乐化、世俗化与商品化的趋向,传统文学的地位逐渐被边缘化,文学艺术面临着一场根本性的挑战。通俗文艺迅速崛起,严肃文艺不断被边缘化[①]。在此提出这一问题,并不是要否定文艺的娱乐功能,但若作家作文仅为娱乐而娱乐,对人的命运及其社会存在这一价值关怀置若罔闻,那么他也就丧失了作为作家的真诚和正值。早在1993年,冯骥才就感慨"一个时代结束了":"'新时期文学'这个概念在我们心中愈来愈淡薄。那个曾经惊涛骇浪的文学大潮,那景象、劲势、气概、精髓,都已经无影无踪,魂儿没了,连那种'感觉'也找不到了。"[②]20世纪80年代中期以来,中国新文学先后出现了"寻

---

① 关于"通俗文艺"和"严肃文艺",祁述裕在《市场经济下的中国文学艺术》一书中作了明确界定:"关于严肃文艺,又被称为'纯文艺',高雅文艺(High Art)。就一般意义而言,严肃文艺与通俗文艺的区别是:艺术的功能来说,通俗文艺旨在表达具有群体共同特征的愿望和审美趣味,以提供消遣娱乐为主要目的,严肃文艺则追求表达最具个性化的情感,传达个体与现实冲突的无法消解的内在体验;从文本来说,通俗文学一般固守现成的审美习惯与程式,严肃文艺注重艺术形式的探索与实验;就欣赏者来说,前者只要求受众予以一定程度的注意即可,后者则要求受众具有一定的接受背景和审美经验;就制作的目的而言,通俗文学以追求商业利润为主要目的,严肃文艺则是以艺术上的完美为最大目的。"

② 冯骥才:《一个时代结束了》,《文学自由谈》1993年第3期。

根小说""新写实小说""先锋小说""后先锋小说"[①]等,在这些纷繁芜杂的小说"浪潮"中,真正得到普通读者认同的仍是那些对人的精神世界和现实世界进行深度挖掘、深切关注人、人性及其生存现状的作品。此处并非是否定作家在艺术形式上的大胆实验,而是呼吁作家应把艺术形式上的实验同对当代人的生存现状的揭示及其内在的深层原因的挖掘结合起来。当前,文艺工作者应肩负起这一任务。这就要求他们一方面应怀着一种强烈的社会责任心和历史使命感,对中国文学艺术的发展进行不懈的实践探索,另一方面需要学习、借鉴国外的一些创作经验。卢卡奇深切的现实主义精神,对于解决中国当代文艺发展中出现的问题,将有着宝贵的理论价值和借鉴意义。

卢卡奇认为:"真正现实主义的实质:伟大作家对真理的渴望,他对现实的狂热的追求——或者用伦理学术语来讲,就是:作家的真诚和正值。"[②]在一生的文艺实践中,他推崇巴尔扎克、司汤达、托尔斯泰等人的现实主义作品,追求他们作品中现实主义的伟大胜利,究其根源,是因为这些作家的作品关注的是人的命运及其生存,重视的是对整个现实世界的真实的再现,并能够艺术地再现典型环境中的典型人物。卢卡奇认为,所有优秀的文学作品都是现实主义的,在他看来,"现实主义不是一种风格,

---

[①] "后先锋小说",又有"晚生代小说""新生代小说"等说法,是区别于80年代中期"先锋小说"的一种称谓,指的是90年代登上文坛,主要是在60年代中后期出生的一批作家,代表作家是:毕飞宇、何顿、张雯、韩东、述平、李洱、朱文、李冯、刁斗、邱华栋等人。
[②] 中国社会科学院外国文学研究所外国文学研究资料丛刊编辑委员会编:《卢卡契文学论文集》(二),中国社会科学出版社1981年版,第53页。

而是一切真正伟大的文学的共同基础"①。基于此,他反对表现主义、形式主义等现代派的创作方法,因为这些技法过于追求情节的新奇、结构技巧的创新,把这些方法作为表现人的方法,会把人变为死的静物,从而影响到对现实的诗意②的反映,影响到作品对人物性格、命运以及整体现实生活的反映;并且,作家在这些创作方法的运用过程中,只看结局,而看不到各种对立力量的斗争,会屈从于资本主义现实的既成的表现形式。今天看来,卢卡奇的现实主义理论的确存在着诸多认识上的偏颇和不足,但他继承恩格斯以来的经典现实主义传统,突出"现实主义的胜利",重视作为现实主义文学主要范畴和标准的典型,强调把人和社会当作完整的实体来加以描写、再现这一创作手法,注重充分表现人的完整的个性这一美学追求,辩证地处理了作为创作方法的现实主义与作为作家的世界观之间的深刻矛盾——"一个伟大的现实主义作家,如巴尔扎克,假使他所创造的场景和人物的内在的艺术发展,跟他本人最珍爱的偏见,甚至跟他认为最神圣不可侵犯的信念发生了冲突,那么,他会毫不犹豫地立刻抛弃他本人的这些偏见和信念,来描写他真正看到的,而不是描写他情愿看到的事物。对自己的主观世界图景的这种无情态度,是一切伟大现

---

① 中国社会科学院外国文学研究所外国文学研究资料丛刊编辑委员会编:《卢卡契文学论文集》(二),中国社会科学出版社1981年版,第495页。
② 关于"诗意",卢卡奇在《叙述与描写》中作了明确的说明:"每件事物,如果它在一个具有艺术感染力的人物的重要情节里起着一种实际作用,那么当这种情节被正确地叙述出来的时候,它便会变得具有诗的意义","事物只有通过它们对于人的命运的关系,才能获得诗的生命。"

实主义作家的优质标志……"①。在此基础上，卢卡奇总结并提出衡量作家创作的基本标准，即："忠于现实，热烈追求着把现实全面和真实地重现——这对一切伟大作家来说是衡量其创作伟大程度的真正标准（莎士比亚、歌德、巴尔扎克、托尔斯泰）。"②

除以上因素外，在人民性这一问题上，卢卡奇深刻意识到："真正伟大的人性特征存在于生活本身、社会的客观现实本身、人本身，作家只有用文学手段以集中的形式来加以反映。"③ "真正的、伟大的现实主义……把人和社会当作完整的实体来加以描写，而不是仅仅表现他们的某一个方面……现实主义的意义就是给予人物和人的关系以独立生命的立体性、全面性。"④ 正是基于此，加上真挚、浓郁的人道主义思想情怀，他才钟情于人民性创作原则。不仅于此，卢卡奇在理论上亦作了富有创造性和启示性的重要贡献，他在现实主义与人道主义的结合方面寻求突破，明确提出："在伟大的艺术中，真正的现实主义和人道主义是不可分地结合在一起的。这种结合的原则就正是我们在前面强调的：对人的完整性的关心。这种人道主义是马克思主义美学最重要的基本原则之一。"⑤ 由上可见，卢卡奇非常注重文艺创作中人民

---

① 〔匈〕卢卡奇：《〈欧洲现实主义研究〉英文版序》，载孟庆枢、杨守森：《西方文论选》，高等教育出版社 2007 年版，第 428 页。
② 中国社会科学院外国文学研究所外国文学研究资料丛刊编辑委员会编：《卢卡契文学论文集》（一），中国社会科学出版社 1980 年版，第 287 页。
③ 同上注，第 122 页。
④ 中国社会科学院外国文学研究所外国文学研究资料丛刊编辑委员会编：《卢卡契文学论文集》（二），中国社会科学出版社 1981 年版，第 48 页。
⑤ 中国社会科学院外国文学研究所外国文学研究资料丛刊编辑委员会编：《卢卡契文学论文集》（一），中国社会科学出版社 1980 年版，第 300 页。

的阶级性内容,然而他所追求的阶级性,并非纯粹是从阶级与阶级斗争的角度审视文学,而是从人和人的解放、自由及全面发展角度来探讨,以此来构建他丰富的人民性思想。针对卢卡奇的这些创作追求,程代熙早在20世纪80年代初就予以总结和高度的评价:

> 卢卡契的现实主义理论的内涵是非常全面和完整的,包括文艺反映现实的客观性、文艺创作中作家的主观性以及这二者的结合,文艺的真实性、倾向性、典型性、人民性,等等。但是构成他倡导的伟大的现实主义理论的特色的,就是上文所介绍的两点:人是社会的动物和人性的完整。所以他在他的文章和著作里一再强调:"在伟大的艺术中,真正的现实主义和人道主义是不可分地结合在一起的。"①

综上可见,卢卡奇这种深切的现实主义精神,是在分析研究巴尔扎克、司汤达等作家的伟大现实主义作品的过程中形成的,是对这些优秀作品及其创作传统和规律的凝练和概括。而巴尔扎克、司汤达等作家的优秀现实主义作品正是在早期资本主义社会中完成的,这些作品的产生同它们所处的时代有着密切、复杂的关系。当前,中国正处于社会主义市场经济的发展阶段,因此,

---

① 程代熙:《马克思主义与美学中的现实主义》,上海文艺出版社1983年版,第385—386页。

分析研究卢卡奇所追崇的这种现实主义精神，对于解决当代中国文学艺术发展中出现的问题、推动中国文艺的健康发展将有着积极的理论价值和借鉴意义。

（二）物化批判思想

卢卡奇的物化理论主要涉及了与异化相联系的物化现象以及由此而形成的物化意识，表现了他对资本主义发展过程中普遍存在的物化（或异化）现象的批判，不仅是其一生中非常有影响的思想，而且被作为西方马克思主义哲学诞生的重要标志之一。在卢卡奇看来，异化遍及于资本主义社会的一切方面，要获得对整个社会存在的本质上的正确认识，就需要实现思维方式的变革性改变，以哲学的批判方式进行理论探求，把总体性辩证思维模式作为一种认识现实社会的现代性批判的方法，作为一种批判资本主义现实的认识论基础。他的这种物化批判思想并非仅停留在对物化现象批判的表层，而是进一步展开、深入到分析物化意识及物化的内在深层次结构，深入到对劳动异化的分析、批判，深入到对资本主义社会中人的政治、经济、文化等日常生活各个领域的批判，以深入细致的逻辑分析，对资本主义社会及其根基乃至对人类的整个历史展开形而上的思考。因此，在资本主义文化批判中，他把对社会中异化的批判上升至纯哲学的高度，把一个在本质上是社会的异化的问题变成一个永恒的"人的状况"的问题[①]。

---

① 参见徐崇温：《"西方马克思主义"》，天津人民出版社1982年版，第76页。

卢卡奇的物化批判思想，思考的是人的生存问题以及与其密切联系的资本主义社会文化，开启了消除现代社会中存在的危机这一现代性批判思维模式，并对20世纪文化研究产生了广泛而深远的影响。正是在这一意义上，卢卡奇的物化理论引发了法兰克福学派对工具理性和文化工业的批判，之后，后现代主义也从这一理论中得到启发，展开了对消费文化及消费异化的批判。

"如果没有卢卡奇的著作，西方变异的马克思主义所写的著作就不会统一起来。"①卢卡奇的物化理论及其所具有的这种现代性批判思想，对法兰克福学派产生了极大的影响。不过，法兰克福学派的批判已不再仅局限于以政治经济学为基础的社会理论，而是渗透到了整个社会制度甚至个人日常生活及其内心世界，囊括了经济、政治、文化、心理等领域。卢卡奇的物化批判思想不仅开启了法兰克福学派的工具理性和文化工业批判的先河，而且对"后现代"社会消费文化的批判也产生了重要的影响。20世纪中叶以后，西方资本主义进入后工业社会，后现代主义或后现代话语开始兴起，一些学者如鲍德里亚和詹姆逊等仍对物化问题予以了足够的重视，并沿此思路，考察和研究消费文化现象。鲍德里亚通过对消费社会、传媒文化进行深入分析，从消费社会的符号学和政治经济学两个角度，对资本主义社会的消费文化进行批判。"从他分析的方法来看，他依据的还是卢卡奇对物化所采取的主客体分析方法，所以得出的结论与卢卡奇的物化理论极为相

---

① 〔美〕马丁·杰伊：《法兰克福学派史》，单世联译，广东人民出版社1996年版，第200页。

似。"① 在《物体系》《消费社会》《生产之境》等著作中,鲍德里亚通过分析后工业社会中物的组织结构及物与人的关系,建立了自己的符号交换理论,认为"今天的消费对象不仅是被消费的物品,而且包含着对消费者周围集体和周围世界的意义,消费成为了一种控制、掌握符号的系统行为"②,揭示出当代社会中物的世界如何成为符号的系统,人与物以及人与人的关系如何发生了结构性的改变,人与物的关系如何变成人与符号的关系,从而暴露物这一符号系统怎样渗透并规定着当代人的生活及消费意识,人如何为符号所异化。

詹姆逊也是继承并发展了《历史与阶级意识》中物化理论的又一著名文化学者。他对卢卡奇及其《历史与阶级意识》给予了极高的评价,并坦陈:"如果有一部马克思主义的哲学著作的话,我认为就是卢卡奇的《历史与阶级意识》。可以说卢卡奇是20世纪最伟大的马克思主义哲学家,而这本书则是最伟大的马克思主义哲学著作。"③ 在《历史与阶级意识》中,卢卡奇侧重从意识形态的意义上使用"物化"一词,詹姆逊则把这一概念扩展至文化领域。詹姆逊认为,在后现代主义文化中,物化问题表现在生产者和消费者之间的关系方面。在文化工业迅速崛起的后现代社会中,物化意味着生产者与消费者之间的分离,在产品的消费中抹去了生产者的痕迹,淡化了整个生产过程本身,消费者面对商品

---

① 周立斌:《论卢卡奇物化理论的当代意义》,《山东理工大学学报(社会科学版)》2004年第2期。
② 董学文:《西方文学理论史》,北京大学出版社2005年版,第480页。
③〔美〕詹姆逊:《后现代主义文化理论》,李小兵译,陕西师范大学出版社1987年版,第84页。

本身不了解生产过程,也不想知道这个过程。"物化的这种功能在文化上表现为'消费主义'。"[①] 在后现代消费社会中,人已为商品所左右,商品消费已经越来越主宰着人们的日常生活,消费性这一文化特征日益突现。

20世纪90年代以来,随着市场经济与改革开放的不断深入,中国在经济文化方面面临着和资本主义社会发展过程中一些相似的境遇。一方面,经济上的辉煌为文化的发展、繁荣提供强有力的物质支持,自由开放的环境也为文化的多样化发展提供了可能;另一方面,伴随着全球化的趋势,传统"高雅文化"日趋被边缘化,大众文化和消费文化迅速崛起,"不仅影响着人们的知识生活和娱乐生活,而且也影响了人们的审美趣味和消费取向,并且越来越显露出其消费社会的特征"[②]。消费性已成为当前中国社会文化的一个特征。在西方,无论是法兰克福学派,还是鲍德里亚和詹姆逊等后现代文化学者,他们关于工业社会和消费文化方面的研究取得了长足发展,令人瞩目。这些成果,对在这一领域中刚起步的中国文化研究而言,将有着极其宝贵的理论借鉴意义。不难看出,西方文化学者无论是考察和研究文化工业,还是对消费文化进行批判性的理论探究,实际上是对西方马克思主义思想资源的深入开掘,包含着对卢卡奇物化批判精神的继承与发展。卢卡奇的物化批判思想之所以备受西方学者的青睐,究其

---

① 周立斌:《论卢卡奇物化理论的当代意义》,《山东理工大学学报(社会科学)》2004年第2期。
② 王宁:《"后理论时代"的文学与文化研究》,北京大学出版社2009年版,第137页。

根源,是因为"当代资本主义社会用高生产、高消费、高福利的政策来瓦解人们的反抗意识,这种'消费控制'加强了对人民的奴役和对人性的压抑"[①],而卢卡奇的这种批判思想有助于深刻揭露后工业社会中非人化的文化存在。当前,中国的文化工业及消费文化迅猛发展,后现代文化也悄然影响着国内文化的发展,并出现了加强对人的心理、意识、意志操控的不良情况。更甚者,在对外开放的大环境下,国外文化消费品开始大规模涌入中国市场,如随处可见的"麦当劳""肯德基""可口可乐""耐克"、NBA篮球赛、韩剧、好莱坞商业大片等,在丰富人们日常生活的同时,其背后隐藏的文化话语及无处不在的西方价值观,也悄无声息地影响着国人,这些都是值得我们关注、思考的问题。针对这些文化现象和现实问题,学习、借鉴卢卡奇所开启的物化批判思想,不仅有助于中国文艺工作者在创作或研究过程中进行反省和批判,而且有利于引导人们以批判性的态度对待消费社会及其文化,形成良性的消费文化和健康的消费观,从而有效地将人从社会束缚中解放出来,摆脱市场经济条件下人被异化的命运。

(三)人道主义精神

综观以上两点,无论是卢卡奇的现实主义精神,还是物化批判思想,无不闪耀着人道主义思想光芒,换言之,卢卡奇理论思想的基石是人道主义。

事实上,卢卡奇一生的理论追求都具有浓郁的人道主义色

---

① 马驰:《"新马克思主义"文论》,山东教育出版社1998年版,第158页。

彩。他早年的一系列论著,是将人的存在及命运作为讨论的中心问题。《现代戏剧发展史》通过探讨戏剧中表现的人与人的关系来讨论人的悲剧问题;《心灵与形式》以深入剖析现代人的存在的悲剧性为切入口,突显了人的异化的主题;《小说理论》则突出了一种乌托邦的希望:幻想"人应该具有的自然生活能够从资本主义的分裂中产生,也能从与这种分裂相一致的、无生命和敌视生命的社会和经济范畴的毁灭中一下子产生出来"[①]。至《历史与阶级意识》一书,异化和人道主义仍是卢卡奇理论的基本主题,只是研究视角和论述的立场发生了根本转变——对资本主义异化的批判"从个人的心理道德的谴责已转化为一种社会理论的批判。浓厚的个人情感色彩已变为对无产阶级命运的关注"[②],"从悲剧的人道主义转向乐观的人道主义,从抽象的人道主义转向马克思的人道主义"[③]。

此外,卢卡奇现实主义理论中的人民性原则,继承马克思主义,充分表现了真挚而鲜明的人道主义精神,将之与他所生活的社会时代、历史文化语境相融合,在理论上提升到了新的高度。"人民性"思想最早见于20世纪30年代,卢卡奇受马克思与恩格斯思想的启发,在同当时德国军国主义反动文艺思想斗争的背景下,创作《人民性和真实的历史精神》(1937)一文,并提出了"人民性"的创作原则。他的人民性原则,尽管未曾否认人民

---

① 〔匈〕卢卡奇:《〈小说理论〉序言(1962年)》,载〔匈〕卢卡奇:《卢卡奇早期文选》,张亮、吴勇立译,南京大学出版社2004年版,第Ⅶ页。
② 张西平:《历史哲学的重建——卢卡奇与当代西方社会思潮》,生活·读书·新知三联书店1997年版,第157页。
③ 同上注,第158页。

的政治主体性，但却更注重于人民的阶级性方面，主要表现在推崇司汤达、巴尔扎克、托尔斯泰、高尔基等伟大作家的现实主义传统以及反对帝国主义、法西斯主义等反动文艺两个方面。向往和平与自由，是人类的向往；反对帝国主义、法西斯军国主义是社会历史发展的必然，亦是卢卡奇现实主义立场与社会责任感的主要表现，反对法西斯主义、帝国主义等反动文艺则是其人民性文艺思想构建的一个重要层面。20世纪30年代，在那场现实主义与表现主义的大论争中，卢卡奇认为表现主义丧失了人民性，只有对表现主义、自然主义等反现实主义的堕落现象进行尖锐而决绝的斗争与批判，才能赢得真正的人民性；而现实主义代表着人民性，因为它同人民生活保持活跃、密切的联系。文学艺术必须具有人民性，这一鲜明观点（尽管有些许过激），具有极大的价值与意义。为了更加科学、有效地论证这一理论观点，卢卡奇对历史小说这一文学体裁进行了深入细致的透视与分析。他通过对巴尔扎克、托尔斯泰、高尔基等伟大作家作品的深入分析，认为具有决定性意义的是塑造人民形象的问题。要实现这一目标，必须具备三个基本条件。首先，要求人物形象的人民性，即人民在小说中不能只是描写的客体，也应成为行动的主体，是主要人物。这就必须从人民生活出发来创作，从人民出发来塑造形象、展现人民的命运，因此，他对资本主义社会分工致使作家往往脱离人民生活的创作倾向进行了严厉批判。卢卡奇强调人物形象的塑造既要能直接地又要能典型地表达出时代生活问题的一些个人的命运，基于此，他才钟情并吸取了恩格斯关于现实主义的定义，追求文学创作中艺术上的真实性与典型性。其次是作家的客观性。在卢卡奇看来，作家的客观性是指作家对人类历史及现实世界的客观、科学的认识，指的是作家的世界观；文艺创作中的客观主义、自然主义则缩小了资本主义现实，将人类变革的进程缩小并将之表面化，不能有效表现人的生活的真实性，不能揭示有时甚至掩盖了资本主义的非人性及人类历史发展的进程。最后是历史精神的创作准则。"历史精神"是卢卡奇在分析历史小说的过程中，针对部分作家避开现实历史产生的问题而去抽象地探讨问题这一危险倾向，对司各特、巴尔扎克等伟大作家的广阔而丰富的经验与经历进行总结、提炼，为解决"现实主义的衰落"这一理论问题提出的文学创作的一个新准则，是作家形成优秀文学作品的基础。在卢卡奇看来，只有当现实的这种具体的历史产生，在作家的思想中，以艺术的形式，以描写人和命运的形式，对社会历史发展作科学的解释时，突出时代的历史性与发展方向，并在创作中自觉掌握这种精神并将之付诸实践，才能获得对现实理解的强有力的历史精神。

以上可见，卢卡奇所认为的文学艺术的本质乃是人道主义。对此，他作了非常明确且详细的论述：

> 人道，也就是对人的人性性质的热衷研究，属于每一种文学、每一种艺术的本质。与此紧密相关，每一种好的艺术、每一种好的文学，如果它不仅热衷研究人、研究人的人性性质的真正本质，而且还同时热衷维护人的人性完整，反对一切对这种完整性进行攻击、污辱、歪曲的倾向，那么它们也必定是人道主义的。因为所有这些

> 倾向,特别是人压迫人、人剥削人的倾向,在任何别种社会中都没有像在资本主义社会中那样采取如此非人的形式——正由于在表面上似乎有着一副客观的物化的面貌——所以一切真正的艺术家、一切真正的作家,不管这些有创作才能的具体个人采取态度的自觉性有多大程度,他们对人道主义原则之被践踏总是本能的敌人。[①]

以上论述清楚表明了卢卡奇真挚的人道主义思想:真正伟大的文学艺术应该是且必须是那些使人真正成为人的东西显示于人,使人意识到自己与他人的命运,突出并重视人的地位与价值。

当代,人学思想已成为学界讨论的热门话题。新世纪以来,随着党和国家把以人为本的科学发展观提升至指导思想的战略高度,中国学界也已经开始以科学发展观为指导,把以人为本的核心理念作为文艺活动的出发点、着眼点与落脚点,把实现人的自由全面发展作为文艺实践活动的最终目标,并以此来思考、构建中国当代的文艺理论。卢卡奇作为 20 世纪最具影响力的理论家之一,在该领域更是取得了辉煌的成绩。无论是他的现实主义理论,还是物化思想、阶级意识理论、总体性辩证法思想等,都是围绕着人的主体性展开,构成了卢卡奇人学思想的理论主题和基本内容。卢卡奇的人道主义思想,坚持并发展了马克思的人学理论,不仅为中国当代文艺理论的建设提供了丰富的思想资源,对

[①] 中国社会科学院外国文学研究所外国文学研究资料丛刊编辑委员会编:《卢卡契文学论文集》(一),中国社会科学出版社 1980 年版,第 282 页。

构建和谐社会也有着极其重要的启迪作用。

当前,在多元化、全球化的经济、社会和文化背景下,卢卡奇文艺理论思想在中国是新生还是消亡,这将是一个历史与时代所赋予的宏大课题,并非是几篇文章所能解答的。本书认为卢卡奇文艺思想,尤其是其中蕴藏的丰富的人道主义思想,对中国当代文学、文艺理论乃至整个文化建设仍具有极大的作用与意义。不过,这并不意味着其文艺理论思想的全部内容都可以在中国得到新生,其理论思想在中国的新生必将经历一个与中国文化不断碰撞、冲突的过程,这将是一个不断筛选、吸收、借鉴、融合的过程,是一个艰难而漫长的本土化的历程。

附录一
卢卡奇生平及著作年表

1885年4月13日，生于匈牙利布达佩斯一个富有的犹太人家庭。

1902年6月，毕业于基督教新教徒开办的高级中学，参加了访问易卜生等的毕业旅行，毕业后进入布达佩斯大学学习法律和国民经济学，后来改读哲学系（文学、艺术史、哲学）。

1902—1903年，开始在《匈牙利沙龙》《未来》等杂志上发表剧评。

1904年，在布达佩斯创建"塔利亚"剧团。

1906年10月，在科罗茨瓦（现属罗马尼亚）大学获得法学博士学位。

1906—1907年，在柏林大学出席了狄尔泰和乔治·齐美尔的讲座，认识并成为后者的学生。在此期间，写了《现代戏剧发展史》，1907年1月完成。

1907年，结识塞德列尔·伊尔玛，她对卢卡奇产生过极大的影响。

1908年2月，以《现代戏剧发展史》的初稿获基斯法卢狄学会授予的"克里斯蒂娜-卢卡奇奖"。同年，读马克思的《路易·波拿巴的雾月十八日》和恩格斯的《家庭、私有制和国家的起源》，夏天通读了《资本论》（第一卷）。

1908—1909年，在柏林学习，在弗里特利希-威廉大学和其他大学听齐美尔的讲课，受其启发，于1909年夏，开始全面改写《现代戏剧发展史》。

1909年11月，以《戏剧的形式》（即《现代戏剧发展史》的第1、2章）在布达佩斯大学获哲学博士学位。

1910年冬，与恩斯特·布洛赫在布达佩斯相识，他对卢卡奇的发展产生过积极的影响。

1910年，《心灵与形式》的匈牙利文版面世，只包括8篇论文，其中3篇是首次出版，5篇都曾在《西方》杂志发表过；1911年德文版又增添了论查理-路易·菲力普和保尔·恩斯特的两篇文章。

1911年，《现代戏剧发展史》在布达佩斯以匈牙利文出版。

1913年，在海德堡与马克斯·韦伯结识，并成为著名的马克斯·韦伯集团的成员。

1914年春，与叶莲娜·格拉本科结婚，不久后婚姻便破裂，1919年正式终结。

1914—1915年，深入研究黑格尔，并开始细致研读马克思的著作，特别是青年马克思的哲学著作和《〈政治经济学批判〉导言》。

1916年，在《美学与一般艺术科学杂志》第9卷第3、4期上发表《小说理论》。

1918年11月20日，匈牙利共产党成立，12月入党，年底成为匈牙利共产党杂志《国际》的编辑部成员。同年，与盖尔特鲁德·波尔什梯贝相恋，之后生活在一起。

1919年2月，贝拉·库恩被捕之后，被补选进匈牙利共产党中央委员会。3月21日至6月中旬任匈牙利苏维埃共和国教育事务部副人民委员。6月至8月任红军第5师政委。8月至9月，苏维埃共和国失败后在布达佩斯从事地下活动。9月底，逃离匈牙利，流亡维也纳。10月在维也纳被捕准备将之引渡回匈牙利，在德国舆论的压力之下，12月底获释。同年，《策略与伦理》在布达佩斯出版。

1919—1929年，大部分时间侨居在维也纳。

1920年，《小说理论》由柏林保尔·卡西雷尔出版社出版，在《共产主义》

杂志第 6 期上发表《谈议会主义》一文，引起列宁对他的"左倾"激进的反议会立场的尖锐批评。7 月至 8 月，以匈牙利共产党代表的身份前往莫斯科参加共产国际第二次世界代表大会。同年，与盖尔特鲁德结婚，任共产国际理论刊物《共产主义》杂志的编辑。

1921 年 6 月至 7 月，以匈牙利共产党代表的身份出席莫斯科举行的共产国际第三次世界代表大会，亲自见到了列宁，并把此次会见作为一生中的重要经历。

1922 年春，与德国著名文学家托马斯·曼在维也纳相遇，二人从此成了一生的密友。

1923 年，《历史与阶级意识》由柏林马立克出版社出版，立即引发激烈争论。

1924 年 6 月 17 日至 7 月 18 日，在共产国际第五次世界代表大会上，卢卡奇的"左倾"立场受到严厉批判，布哈林和季诺维也夫对他都作了批判。同年，他的《列宁——关于列宁思想统一性的研究》在维也纳玛林柯出版社出版。

1928 年，受党中央委托着手起草匈牙利共产党第二次全国代表大会上的报告：《匈牙利政治经济形势以及关于匈牙利共产党任务的纲领》，即《勃鲁姆提纲》。

1929 年，《勃鲁姆提纲》的右倾路线受到党内和共产国际执行委员会的严厉批判。奥地利政府向卢卡奇发出驱逐令。

1930 年，被奥地利政府驱逐出境，前往莫斯科。

1930—1931 年，在由梁赞诺夫领导的苏共中央马克思、恩格斯、列宁研究院从事《马克思恩格斯全集》俄文第一版的编辑工作，工作期间，有机会读到当时尚未出版马克思的《1844 年经济学哲学手稿》，并结识了米哈伊尔·里夫希茨。

1931 年夏前往柏林，参加无产阶级革命作家联盟，与布莱希特相识。

1931—1933 年，大部分时间居住在柏林。

1932 年，在《国际文学》第 4、5 期上发表《关于讽刺文学问题》，开始为这份杂志撰稿。

1933 年 3 月，被德国法西斯政府驱逐出境，取道捷克斯洛伐克前往苏联，参加了全苏作家大会，作了《我走向马克思主义的道路》，对《历史与阶级意识》进行初步检查，之后在《国际文学》第 2 期上发表。《马克思、恩格斯和拉萨尔之间的济金根论争》在《国际文学》第 2 期上发表。《表现主义的伟大和衰亡》在《文学评论》第 2 期发表（德译文刊于《国际文学》1934 年第 1 期）。

1933 年，先在共产主义研究院语言文学研究所工作；1934 年—1936 年，在共产主义研究院哲学研究所文学部工作；1936 年共产主义研究院与苏联科学院合并，他成为苏联哲学研究所的成员。

1933—1944 年，大部分时间生活在苏联。

1934 年，当选为苏联科学院院士；在共产主义研究院哲学研究所学术会议上对《历史与阶级意识》作了第二次自我批评；在《文学评论》第 6 期上发表《德国当代文学中的现实主义》。

1935 年起，在苏联作家协会外国部所属德国反法西斯作家小组从事理论上的教育工作和社会宣传工作。《荷尔德林的〈徐培里昂〉》在《国际文学》第 6 期发表。在《文学评论》第 8 期发表了《作为文学理论家和文学批评家的弗·恩格斯》，第 9 期发表了《客观的艺术形式问题》，第 12 期发表了《托马斯·曼论文学遗产》（德译文刊于《国际文学》1936 年第 5 期）。

1936 年，发表《巴尔扎克的〈幻灭〉》。在《文学评论》第 1 期发表了《巴尔扎克——司汤达的批评者》，第 8 期发表了《叙述还是描写》（德译文刊于《国际文学》1936 年第 11、12 期），第 9 期刊载了《革命前俄国的人间喜剧》。《论艺术形象的智慧风貌》发表于《文字》第 4 期和《国际文学》第 2 期。在《国际文学》第 9 期发表《解放者（高尔基）》。

1936—1937 年冬，完成《历史小说》，1937 年至 1938 年在《文学评论》连载。

1937 年，《19 世纪文学理论和马克思主义》一书由莫斯科国家出版社出版。

1938 年，《青年黑格尔》完稿，以此荣获苏联科学院哲学博士学位。1 月至 1941 年，任匈牙利流亡者刊物《新声》的主编。6 月，介入"表现主义之争"。

1939 年，《论艺术家的两种类型》《艺术家和批评家》分别发表于 1939 年《文学评论》的第 1、7 期。《作家的责任》刊于《新生》第 5 期。《论现实主义的历史》一书由莫斯科国家出版社出版。

1939 年 11 月—1940 年 3 月，在苏联文学界围绕着卢卡奇《19 世纪文学理论和马克思主义》《论现实主义的历史》《论艺术家的两种类型》《艺术家和批评家》等一系列文艺理论文章中有关精神生产和物质生产发展的不平衡关系、方法和世界观之间的关系、对待遗产的态度、党性和人民联系等问题发生了一场激烈的论争。

1940 年，《人民领袖还是官僚主义者》连载于《国际文学》第 1、2、3 期，这是斯大林时期在俄国发表的对官僚主义最为尖锐透彻的批评文章;《左拉诞辰百年纪念》刊于《新生》第 5、6 期;《威廉·拉伯》载于《国际文学》第 11 期。

1941 年，被捕入狱数月。《浮士德研究》连载于《国际文学》第 5、6 期。

1942 年，《被流放的诗歌》《内在之光是最黯淡的照明方式》发表于《国际文学》。

1943 年，《论普鲁士风》《德国法西斯主义和黑格尔》《德国法西斯主义和尼采》发表于《国际文学》第 5、8、12 期。

1944 年，《作家的责任》由莫斯科外文出版社出版，这个集子主要是收录 1940 年至 1941 年在《新声》上发表的论及匈牙利历史及文学问题的文章。《命运的转折》发表于《国际文学》第 10 期。12 月，返回匈牙利布达佩斯。

1945 年，任布达佩斯大学美学与文化哲学教授。创作《党的诗歌》（1947 年发表在布达佩斯《文学与民主》）。《民主之路Ⅰ：法国大革命的性格上的楷模》《民主之路Ⅱ：法国大革命的矛盾和新民主主义》发表在《自由人民报》第 200、206 号。《巴尔扎克、司汤达、左拉》在布达佩斯发表（德译本以《巴尔扎克和法国现实主义》为题 1952 年由柏林建设出版社出版）。《帝国主义时代的德国文学及其主要思潮的概述》连载于《国际文学》第 3—5 期，同年以《帝国主义时代的德国文学》为题由柏林建设出版社出版。《德国文学中的进步与反动》连载于《国际文学》第 8—10 期，同年由柏林建设出版社出版。《列夫·托尔斯泰和西方文学》发表于《匈牙利人》（德译文发表于《今天和明天》1953 年第 11 期）。

1945—1946 年，参加《自由人民报》的工作，主要是撰写文化政策方面的文章。参加《新言论》的工作，主要撰写有关俄罗斯和苏联文学的文章。

1946 年，在日内瓦国际会议上同卡尔·雅斯贝尔斯进行论战。《马克思恩格斯美学论文集引言》发表于布达佩斯（德译文刊于 1953 年的《内容与形式》）。《伟大的俄国现实主义者》在布达佩斯出版（德文版以《世界文学中的俄国现实主义》为题1949年由柏林建设出版社出版）。《歌德和他的时代》在布达佩斯出版（德文版1947年在伯尔尼出版）。《哥特弗尔特·凯勒》在柏林建设出版社出版。

1946—1956年，任匈牙利人民共和国国会议会，匈牙利科学院主席团委员，华沙波兰科学院院士，爱国人民阵线全国委员会委员。

1947年，《历史小说》《资产阶级哲学的危机》《文学和民主》都在布达佩斯出版。

1948年8月26日至30日，参加在弗拉斯拉夫召开的世界文化工作者保卫和平代表大会。《青年黑格尔》在苏黎世和维也纳的欧洲出版社出版。《现实主义论文集》《作为文学史家的卡尔·马克思和弗里德里希·恩格斯》和《命运的转折》由柏林建设出版社出版。《为了一种新的匈牙利文化》在布达佩斯出版。《存在主义还是马克思主义》的法语版在巴黎出版。同年，获柯苏特奖。

1949年，当选为世界和平理事会理事。《托马斯·曼》由柏林建设出版社出版。在匈牙利围绕着他1945年以后发表的一系列文艺理论和文学史著作中的所谓"修正主义"倾向展开了一场公开的大规模的论争。

1950年，《歌德和他的时代》在柏林建设出版社出版。

1951年，在匈牙利第一届作家代表大会上，受到人民教育部部长和作协主席的批判。《作为上层建筑的文学与艺术》在《科学院学报》第58卷刊出。

1952年，《车尔尼雪夫斯基美学引论》由布达佩斯科学出版社出版（德文版1954年出版），《巴尔扎克和法国现实主义》由柏林建设出版社出版，《世界文学中的俄国现实主义》增订后再版。11月，完成了《理性的毁灭》。

1953年,《美学史论文集》(德文版1954年由柏林建设出版社发行)由布达佩斯科学院出版发行。《现代德国文学史纲》(匈牙利文版1946年在布达佩斯出版)由柏林建设出版社出版。《谢林和反理性主义》和《基尔克戈德》发表于《德国哲学》杂志。《黑格尔美学》(匈牙利文发表于1952年)一文载于《内容和形式》第6期。

1954年,《青年黑格尔》由柏林建设出版社出版。《理性的毁灭》先后由布达佩斯和柏林建设出版社发行。《艺术和客观真理》《青年马克思(1840—1848)的哲学发展》及《古典哲学的特殊性问题》发表在《德国哲学》杂志上。

1955年,为祝贺他70岁诞辰,柏林建设出版社出版《乔治·卢卡奇七十诞辰》文集。任匈牙利人民共和国社会科学院院士、柏林德国科学院通讯院士、柏林艺术科学院院士。被授予柯苏特奖。《历史小说》《现实主义问题》(《现实主义论文集》的增订版)由柏林建设出版社出版。《特性在辩证唯物主义的光辉之中》和《历史意识的没落》发表于《德国哲学》杂志。

1956年6月15日,主持并参加裴多菲俱乐部举行的哲学辩论。10月24日至11月1日,任匈牙利党中央委员和纳吉政府的文化部长。11月1日,当纳吉政府宣布声明匈牙利退出华沙条约组织时,卢卡奇退出政府。11月4日,匈牙利事件后被放逐到罗马尼亚。《作为美学中心范畴的特性》和《论作为美学范畴的特殊性的具体化》在《德国哲学》杂志上发表。

1957年4月10日,返回布达佩斯,着手撰写《审美特性》。《作为美学范畴的特殊性》在布达佩斯科学院出版发行。《马克思美学的美学导论》和《当代现实主义的意义》在意大利出版。

1958年,民主德国展开针对其著作的公开批判,匈牙利科学院和高级党校也对其著作（主要针对《理性的毁灭》）进行了批判。

1960年，《乔治·卢卡奇和修正主义》一书由柏林建设出版社出版。《历史与阶级意识》法语版出版。

1961年，《文学社会学论文集》（彼得·鲁兹编）由新维德市卢西特汉特出版社出版。

1962年，《卢卡奇全集》在卢西特汉特出版社出版。年底，完成两卷本的《审美特性》第1卷。

1963年，开始创作《关于社会存在的本体论》，4月28日，妻子盖尔特鲁德病逝，这一工作中断，卢卡奇将《审美特性》第1卷题赠予她以作纪念，同年在卢西特汉特出版社出版。《小说理论》新版在卢西特汉特出版社出版。

1964年，《论文化的共处问题》在维也纳《论坛》杂志发表。

1965年，《乔治·卢卡奇八十诞辰纪念论文集》在卢西特汉特出版社出版。

1966年9月，与沃尔夫冈·阿本德罗斯、汉斯·海因茨·霍尔兹、利奥·科弗勒进行了一系列的重要谈话，1967年以《同乔治·卢卡奇的谈话》（西奥·平库斯编）为书名出版。

1967年，《意识形态和政治论文集》（彼得·鲁兹编）由卢西特汉特出版社出版。

1968年，《历史与阶级意识》作为《卢卡奇全集》第2卷在卢西特汉特出版社出版，卢卡奇为此撰写了新版序言。

1969年，被重新接纳进匈牙利社会主义工人党。南斯拉夫萨格勒布大学授予他荣誉博士学位。《卢卡奇全集》（日语版，共13卷）由白水社出版发行。年底，开始撰写《社会存在本体论导论》。

1970年，获哥特大学名誉博士，8月获法兰克福歌德奖，11月被确诊身患癌症。

1971年3月起,口授他的自传。《关于社会存在的本体论》第三章发表于《匈牙利哲学》杂志第1—2期、3—4期。6月4日病逝,6月11日葬于布达佩斯凯莱别西公墓。

附录二

卢卡奇著作中译本及
中国卢卡奇研究主要论著目录

（一）卢卡奇作品的中译本

序号	书（篇）名	译（编）者	出版社（发表刊物）	时间
1	左拉和写实主义	孟十还	《译文》	1935（2）
2	小说底本质	胡风	《小说家》	1936（1、2连载）
3	小说	以群	生活书店	1938
4	论新现实主义	王春江	《文学月报》	1940（1）
5	叙述与描写	吕荧	《七月》	1940（1、2合刊）
			新新出版社	1947
6	论文学上人物底智慧风貌	周行	《文艺杂志》	1944（3）
7	论德国法西斯主义与尼采思想	居甫	《民主世界》	1945（2）
8	卢卡契修正主义文艺论文选译	世界文学编辑部	世界文学编辑部	1960
9	卢卡契修正主义资料选辑	中国作家协会上海分会文学研究室	中国作家协会上海分会文学研究室	1960
10	作家与世界观（节译）	复旦大学外文系外国文学教研组	《现代外国哲学社会科学文摘》	1960（7）
11	存在主义还是马克思主义？	韩润棠、阎静先、孙兴凡	商务印书馆	1962

续表

序号	书（篇）名	译（编）者	出版社（发表刊物）	时间
12	青年黑格尔（选译）	王玖兴	商务印书馆	1963
13	一篇美学专论的序论	孔阳	《国外社会科学文摘》	1964（12）
14	卢卡契文学论文集（一）	中国社会科学院外文所外国文学研究资料丛刊编辑委员会	中国社会科学出版社	1980
15	卢卡契文学论文集（二）	中国社会科学院外文所外国文学研究资料丛刊编辑委员会	中国社会科学出版社	1981
16	卢卡契文学论文选（第一卷）：论德语文学	范大灿	人民文学出版社	1986
17	卢卡奇自传	杜章智、李渚清、莫立知	社会科学文献出版社	1986
			桂冠图书股份有限公司	1990
			远流出版事业股份有限公司	
18	审美特性（第一卷）	徐恒醇	中国社会科学出版社	1986
19	理性的毁灭	王玖兴、程志民、谢地坤等	山东人民出版社	1988 首版
			江苏教育出版社	2005
20	历史与阶级意识	张西平	重庆出版社	1989
21	历史与阶级意识	王伟光、张峰	华夏出版社	1989
22	历史与阶级意识	黄丘隆	结构群文化事业公司	1989

续表

序号	书（篇）名	译（编）者	出版社（发表刊物）	时间
23	社会存在本体论导论	沈耕、毛怡红	华夏出版社	1989
24	《社会存在本体论》导论	黄丘隆	结构群文化事业公司	1989
25	审美特性（第二卷）	徐恒醇	中国社会科学出版社	1991
26	卢卡契谈话录	龙育群、陈刚	湖南文艺出版社	1991
27	卢卡契谈话录	郑积耀、潘忠懿、戴继强	上海译文出版社	1991
28	列宁——关于列宁思想统一性的研究	张翼星	远流出版事业股份有限公司	1991
29	表现主义论争	张黎	华东师范大学出版社	1992
30	历史与阶级意识	杜章智、任立、燕宏远	商务印书馆	1992 首版
31	关于社会存在的本体论（上下卷）	白锡堃、张西平、李秋零等	重庆出版社	1993
32	小说理论	杨恒达	（台北）唐山出版社	1997
33	卢卡奇早期文选	张亮、吴勇立	南京大学出版社	2004
34	卢卡奇文选	李鹏程	人民出版社	2008
35	小说理论	燕宏远、李怀涛	商务印书馆	2012
36	民主化的进程	寇鸿顺	广东人民出版社	2013
37	卢卡奇论戏剧	陈奇佳主编 罗璇等译	北京师范大学出版社	2014
38	审美特性	徐恒醇	社会科学文献出版社	2015
39	民主化的进程	张翼星、夏璐	中国人民大学出版社	2015

（二）中国卢卡奇研究主要论著

1. 专著

序号	书名	作者	出版社	时间
1	有关修正主义者卢卡契资料索引	复旦大学外文系资料室	复旦大学	1960
2	西方马克思主义探讨	〔英〕佩里·安德森著 高铦、文贯中、魏章玲 译	人民出版社	1981
3	"西方马克思主义"	徐崇温	天津人民出版社	1982
4	马克思主义与美学中的现实主义	程代熙	上海文艺出版社	1983
5	关于卢卡契哲学、美学思想论文选译	张伯霖等	中国社会科学出版社	1985
6	西方马克思主义文艺美学思想	冯宪光	四川大学出版社	1988
7	卢卡奇	〔英〕G.里希特海姆著 王少军、晓莎 译	中国社会科学出版社	1989
8	卢卡奇及其文哲思想	刘昌元	联经出版事业公司	1991
9	"新马克思主义"——从卢卡奇、科尔施到法兰克福学派	陈振明	厦门大学出版社	1992
10	信仰与超越：卢卡契文艺美学思想论稿	黄力之	湖南文艺出版社	1993
11	卢卡奇的哲学思想	宫敬才	唐山出版社	1993
12	卢卡契对中国文学的影响	黎活仁	文史哲出版社	1996
13	卢卡奇美学思想论纲	马驰	东北师范大学出版社	1997
14	历史哲学的重建：卢卡奇与当代西方社会思潮	张西平	生活·读书·新知三联书店	1997

续表

序号	书名	作者	出版社	时间
15	回归与重构——卢卡奇哲学思想体系研究	刘卓红	广州出版社	1997
16	睿智圣殿的后裔：捷尔吉·卢卡奇	宫敬才	河北大学出版社	1998
17	"新马克思主义"文论	马驰	山东教育出版社	1998
18	卢卡奇	张西平	湖南教育出版社	1999
19	格奥尔格·卢卡奇	〔英〕G.H.R.帕金森 著 翁绍军 译	上海人民出版社	1999
20	卢卡奇与马克思	孙伯鍨	南京大学出版社	1999
21	卢卡奇	谢胜义	东大图书股份有限公司	2000
22	卢卡契新论——20世纪世界思想和理论斗争漩涡中的乔治·卢卡契研究	刘秀兰	西北大学出版社	2000
23	为卢卡奇申辩——卢卡奇哲学思想若干问题辨析	张翼星	云南人民出版社	2001
24	卢卡奇——物象化	〔日〕初见基 著 范景武 译	河北教育出版社	2001
25	卢卡奇	〔俄〕别索诺夫、纳尔斯基 著 李尚德 译	黑龙江人民出版社	2003
26	历史唯物主义新形态的探索——卢卡奇社会存在本体论研究	刘卓红	人民出版社	2006
27	社会存在本体论：卢卡奇晚年哲学思想研究	李俊文	中国社会科学出版社	2007

续表

序号	书名	作者	出版社	时间
28	卢卡奇本体论思想的研究	刘明文	内蒙古大学出版社	2007
29	现代性与小说形式	李茂增	东方出版中心	2008
30	从卢卡奇到萨义德：西方文论讲稿续编	赵一凡	生活·读书·新知三联书店	2009
31	总体性的终结：从卢卡奇到阿多诺	段方乐	中国社会科学出版社	2009
32	从"物化"到"异质性"——西方马克思主义哲学逻辑转向的历史分析	潘于旭	浙江大学出版社	2009
33	孙伯鍨哲学文存（第2卷）：卢卡奇与马克思	孙伯鍨	江苏人民出版社	2010
34	中介与日常生活批判——卢卡奇文化哲学研究	赵司空	上海社会科学院出版社	2010
35	卢卡奇再评价	〔匈〕阿格妮丝·赫勒 主编 衣俊卿 等译	黑龙江大学出版社	2011
36	新马克思主义评论（第1辑）：卢卡奇专辑·超越物化的狂欢	衣俊卿 主编	中央编译出版社	2012
37	卢卡奇对现代性的批判	宋朝普	中国社会科学出版社	2014
38	历史辩证法：青年卢卡奇历史唯物主义思想研究	邹之坤	中国社会科学出版社	2015
39	非理性主义：卢卡奇与马克思主义理性观	〔美/法〕汤姆·洛克莫尔 著 孟丹 译	中国人民大学出版社	2016

续表

序号	书名	作者	出版社	时间
40	从美学到政治：青年卢卡奇思想转向研究	谭成	四川大学出版社	2017
41	探索艺术的精神：班雅明、卢卡奇与杨牧	石计生	书林出版有限公司	2017
42	悲剧的终结与新生：青年卢卡奇悲剧理论研究	陆凯华	复旦大学出版社	2018
43	浪漫主义哲学的力度与限度：卢卡奇与德国早期浪漫派的比较研究	罗纲	华南理工大学出版社	2018
44	交往批判理论：互联网时代重读卢卡奇、阿多诺、马尔库塞、霍耐特和哈贝马斯	〔英〕克里斯蒂安·福克斯 著 王锦刚 译	中国传媒大学出版社	2019

2. 硕博学位论文

序号	作者姓名	中文题名	学位授予单位及专业	类型	时间
1	欧阳谦	异化与自由——青年卢卡奇历史哲学研究	中国人民大学/马克思主义哲学	博士论文	1994
2	郑一明	西方马克思主义的文化哲学——从卢卡奇到法兰克福学派	中国社会科学院/西方哲学	博士论文	1994
3	李庆钧	"异化"之旅——从马克思到卢卡奇	南京大学/马克思主义哲学	博士论文	1994
4	周娟	卢卡奇与列宁辩证法思想的比较研究	武汉大学/马克思主义哲学	硕士论文	1994

续表

序号	作者姓名	中文题名	学位授予单位及专业	类型	时间
5	马驰	卢卡奇美学思想论纲	复旦大学／文艺学	博士论文	1995
6	罗会银	卢卡奇《历史与阶级意识》中的主体性思想	江西师范大学／西方哲学史	硕士论文	1995
7	王来金	早期卢卡奇马克思主义观评析	中国人民大学／马克思主义哲学	硕士论文	1998
8	梁树发	"西方马克思主义"的马克思主义观辨析	中国人民大学／马克思主义哲学	博士论文	1999
9	雍繁星	卢卡奇的现实主义文学观	陕西师范大学／文艺学	硕士论文	1999
10	刘卓红	卢卡奇的社会存在本体论	中山大学／马克思主义哲学	博士论文	2000
11	李作言	卢卡契政治思想研究	华东师范大学／科学社会主义与国际共产主义运动	博士论文	2001
12	张彭松	总体性与历史的终极关切：对青年卢卡奇总体性范畴的反思	黑龙江大学／马克思主义哲学	硕士论文	2001
13	朱志萍	论卢卡奇的辩证总体观——解读《历史与阶级意识》	华东师范大学／马克思主义哲学	硕士论文	2001
14	杨建梓	寻找回归之路	中国人民大学／马克思主义哲学	博士论文	2002
15	袁一达	卢卡奇晚年三大理论创新	北京大学／马克思主义哲学	博士论文	2002
16	赵文	从总体性思辨到症状阅读：西方马克思主义批评的当代转向	陕西师范大学／文艺学	硕士论文	2002

续表

序号	作者姓名	中文题名	学位授予单位及专业	类型	时间
17	李志英	卢卡奇早期的人学思想及其当代启示	广西师范大学/马克思主义哲学	硕士论文	2003
18	梅玉玲	西方马克思主义诗学思想比较研究：以乔治·卢卡奇为中心	武汉大学/文艺学	硕士论文	2003
19	罗富尊	简评卢卡奇哲学思想	中国人民大学/马克思主义哲学	硕士论文	2003
20	张晨阳	比较视野中的卢卡契与胡风文艺思想	扬州大学/文艺学	硕士论文	2003
21	刘恒贵	卢卡奇美学思想述评	安徽大学/美学	硕士论文	2003
22	周立斌	从马克思的异化理论到卢卡奇的物化理论	中国人民大学/马克思主义哲学	博士论文	2004
23	张丽君	卢卡契的文艺批评理论与实践	内蒙古师范大学/文艺学	硕士论文	2004
24	张顺安	卢卡契论作家创作	郑州大学/文艺学	硕士论文	2004
25	兰俊丽	马克思、卢卡奇、弗洛姆的异化理论及其比较研究	华中科技大学/马克思主义哲学	硕士论文	2004
26	侯晓敏	马克思与卢卡奇的异化理论之比较	吉林大学/马克思主义哲学	硕士论文	2004
27	陶淑兰	总体性追求与审美乌托邦建构——卢卡奇美学和文论评析	江西师范大学/文艺学	硕士论文	2004
28	刘明文	卢卡奇本体论思想的研究	复旦大学/马克思主义哲学	博士论文	2005
29	李俊文	社会存在本体论——卢卡奇晚年哲学思想研究	黑龙江大学/马克思主义哲学	博士论文	2005

续表

序号	作者姓名	中文题名	学位授予单位及专业	类型	时间
30	孙娜	论卢卡契与萨特的总体观	华东师范大学/马克思主义哲学	硕士论文	2005
31	邹之坤	历史辩证法——青年卢卡奇历史唯物主义思想研究	吉林大学/马克思主义哲学	博士论文	2006
32	沈南璐	青年卢卡奇"历史"概念的成因及实质	吉林大学/马克思主义哲学	硕士论文	2006
33	巫胜禹	卢卡奇的辩证法思想探析	云南师范大学/马克思主义哲学	硕士论文	2006
34	陈庆龙	论青年卢卡奇的马克思主义观	山东大学/马克思主义理论与思想政治教育	硕士论文	2006
35	李春长	从伦理信仰到历史主义——卢卡奇早中期哲学和美学中的"总体性"思想	浙江大学/美学	硕士论文	2006
36	李茂增	现代性与小说形式——卢卡奇《小说理论》的比较研究	北京大学/文艺学	博士论文	2007
37	段方乐	总体性的终结——从卢卡奇到阿多诺	南京大学/马克思主义哲学	博士论文	2007
38	赵司空	中介与日常生活批判——卢卡奇文化哲学研究	武汉大学/马克思主义哲学	博士论文	2007
39	范兴云	异化、物化理论与现代性批判	首都师范大学/马克思主义哲学	硕士论文	2007
40	朱宇杰	论卢卡奇的物化理论	中国人民大学/马克思主义哲学	硕士论文	2007
41	樊晓东	卢卡奇物化理论探析及其当代意义	黑龙江大学/马克思主义哲学	硕士论文	2007
42	殷培凤	总体性方法与"总体的人"的历史性生成——对卢卡奇总体性思想的反思	黑龙江大学/马克思主义哲学	硕士论文	2007

续表

序号	作者姓名	中文题名	学位授予单位及专业	类型	时间
43	王建刚	卢卡奇对马克思本体论思想的解读	河南大学/马克思主义哲学	硕士论文	2007
44	胡怀利	卢卡奇社会存在道德论	南京师范大学/伦理学	硕士论文	2007
45	李敏丽	卢卡奇总体性辩证法理论研究	南开大学/马克思主义哲学	硕士论文	2007
46	马立华	论卢卡奇阶级意识中的主体性思想	华南师范大学/马克思主义哲学	硕士论文	2007
47	廖佩君	卢卡奇物化理论的历史逻辑	四川师范大学/马克思主义哲学	硕士论文	2007
48	周晓欢	卢卡奇的"历史"概念	吉林大学/马克思主义哲学	硕士论文	2007
49	蒋志红	青年卢卡奇与马克思的异化理论比较研究	吉林大学/马克思主义哲学	硕士论文	2007
50	高广旭	历史辩证法的逻辑支点——卢卡奇总体思想研究	吉林大学/马克思主义哲学	硕士论文	2007
51	杨建梓	卢卡奇社会存在本体论研究	中国社会科学院/哲学	博士后报告	2008
52	张铁梅	卢卡奇《历史与阶级意识》的人学思想研究	内蒙古师范大学/马克思主义哲学	硕士论文	2008
53	时伟	卢卡奇现代性批判理论研究	北京师范大学/马克思主义哲学	硕士论文	2008
54	白雪	卢卡奇对马克思"总体性"思想的人学解读	黑龙江大学/马克思主义哲学	硕士论文	2008
55	陈伦杰	卢卡奇文艺理论的中国接受研究	华东师范大学/文艺学	硕士论文	2008
56	陈琳婉	论卢卡奇的典型理论	中山大学/文艺学	硕士论文	2008

续表

序号	作者姓名	中文题名	学位授予单位及专业	类型	时间
57	郭文奇	《关于社会存在本体论》的本体论批判与现代性意蕴	东北师范大学/马克思主义哲学	硕士论文	2008
58	于洁	卢卡奇物化批判理论的双重维度	东北师范大学/马克思主义哲学	硕士论文	2008
59	安培	卢卡奇阶级意识理论初探	大连理工大学/马克思主义哲学	硕士论文	2008
60	宋叶兰	卢卡奇的"历史辩证法"——综述青年卢卡奇的三大理论	吉林大学/马克思主义哲学	硕士论文	2008
61	孔卫涛	卢卡奇"物化"思想及其当代意义研究	北京大学/马克思主义哲学	硕士论文	2008
62	李俊文	思考理性与构建和谐社会——卢卡奇《理性的毁灭》研究	中国社会科学院/外国哲学	博士后报告	2009
63	彭德林	卢卡奇社会存在总体思想研究	复旦大学/马克思主义哲学	博士论文	2009
64	罗纲	反讽主体的力度与限度——从德国早期浪漫派到青年卢卡奇的马克思主义	中山大学/马克思主义哲学	博士论文	2009
65	梁涛	卢卡奇物化思想在中国的传播与解释	中山大学/马克思主义哲学	硕士论文	2009
66	杜红艳	走向日常生活的人道化：论卢卡奇与赫勒的日常生活批判理论	黑龙江大学/马克思主义哲学	硕士论文	2009
67	王媛媛	辩证法的基础和主题的转换：试析卢卡奇的主客体统一辩证法	黑龙江大学/马克思主义哲学	硕士论文	2009

续表

序号	作者姓名	中文题名	学位授予单位及专业	类型	时间
68	朱毅	寻求人的类解放——卢卡奇物化理论的马克思逻辑	黑龙江大学/马克思主义哲学	硕士论文	2009
69	李晓东	从卢卡奇阶级意识概念反思马克思阶级理论	广西大学/马克思主义哲学	硕士论文	2009
70	杨水兴	论晚年卢卡奇的劳动思想	南开大学/马克思主义哲学	硕士论文	2009
71	刘小娟	论卢卡奇阶级意识中的总体性思想	厦门大学/马克思主义哲学	硕士论文	2009
72	顾成东	卢卡奇历史哲学思想研究	厦门大学/马克思主义哲学	硕士论文	2009
73	蔡福军	形式的谱系——论卢卡奇文学形式观的嬗变	福建师范大学/文艺学	硕士论文	2009
74	王冠杰	卢卡奇历史辩证法述评	江西师范大学/外国哲学	硕士论文	2009
75	王明宝	论青年卢卡奇的历史概念	中国政法大学/马克思主义哲学	硕士论文	2009
76	徐宝剑	中介概念在卢卡奇早期思想中的地位	中国政法大学/马克思主义哲学	硕士论文	2009
77	赵鹏飞	青年卢卡奇的论说文观念与创作实践——以《心灵与形式》为中心	北京师范大学/文艺学	硕士论文	2009
78	杜宏丽	卢卡奇的总体性思想述评	辽宁大学/马克思主义哲学	硕士论文	2009
79	李红岩	卢卡奇总体性思想下的现实主义	曲阜师范大学/文艺学	硕士论文	2009
80	李培挺	论卢卡奇的同一的主体——客体思想	山东大学/马克思主义哲学	硕士论文	2009

续表

序号	作者姓名	中文题名	学位授予单位及专业	类型	时间
81	刘洋	格奥尔格·卢卡契与西方马克思主义批评	吉林大学/比较文学与世界文学	博士论文	2010
82	彭小远	生存困境与"总体性"突围——基于青年卢卡奇物化理论的解读	广西大学/马克思主义哲学	硕士论文	2010
83	蔡辉东	马克思"异化"理论与卢卡奇"物化"思想比较研究	首吉大学/马克思主义哲学	硕士论文	2010
84	王贺松	论卢卡奇对非理性主义的态度——读《理性的毁灭》	南京师范大学/科学技术哲学	硕士论文	2010
85	崔莹莹	青年马克思的异化理论与青年卢卡奇的物化思想之比较	内蒙古大学/马克思主义哲学	硕士论文	2010
86	李美娟	发展与疏离：卢卡奇的物化思想与马克思异化思想之比较	苏州大学/马克思主义哲学	硕士论文	2010
87	田励	卢卡奇"总体性"思想初探	四川外语学院/外国哲学	硕士论文	2010
88	白利梅	论卢卡奇的物化理论	东北师范大学/外国哲学	硕士论文	2010
89	苏颖	历史总体性辩证法与无产阶级阶级意识的一致性——透视卢卡奇《历史与阶级意识》的全新视角	东北师范大学/外国哲学	硕士论文	2010
90	王俊梅	卢卡奇早期辩证法思想评述	河南大学/马克思主义哲学	硕士论文	2010

续表

序号	作者姓名	中文题名	学位授予单位及专业	类型	时间
91	王志昂	评析青年卢卡奇对恩格斯的批评	河南大学/马克思主义哲学	硕士论文	2010
92	程治隆	卢卡奇社会存在本体论思想研究	南昌大学/马克思主义哲学	硕士论文	2010
93	高红敏	论卢卡奇的总体性方法——《历史与阶级意识》一书解读	山东大学/马克思主义哲学	硕士论文	2010
94	苏昌强	论卢卡奇的人道主义思想——以《历史和阶级意识》为中心	福建师范大学/马克思主义哲学	硕士论文	2010
95	宋朝普	青年卢卡奇对现代性的批判	复旦大学/马克思主义哲学	博士论文	2011
96	贾敏	卢卡奇"类"概念研究	华东师范大学/马克思主义哲学	硕士论文	2011
97	乌兰哈斯	论卢卡奇总体性思想的人学向度	中央民族大学/马克思主义哲学	硕士论文	2011
98	王萌彦	从《历史与阶级意识》到《关于社会存在的本体论》——卢卡奇实践观的转变	河南大学/马克思主义哲学	硕士论文	2011
99	张立明	卢卡奇的马克思主义理论创新简论——卢卡奇《历史与阶级意识》理论观点探析	吉林大学/国外马克思主义研究	硕士论文	2011
100	赵艳君	卢卡奇的合类性思想研究	南开大学/马克思主义哲学	硕士论文	2011
101	孙乃生	青年卢卡奇的总体性思想探析	内蒙古大学/马克思主义哲学	硕士论文	2011
102	武强	从卢卡奇布莱希特论争思考中国新时期现实主义理论问题	内蒙古大学/文艺学	硕士论文	2011

续表

序号	作者姓名	中文题名	学位授予单位及专业	类型	时间
103	张海霞	卢卡契现实主义文论的意义与影响探析	内蒙古大学／文艺学	硕士论文	2011
104	刘璐璐	卢卡奇的历史概念与马克思历史观的比较研究	东北林业大学／马克思主义基本原理	硕士论文	2011
105	单峥	马克斯·韦伯的文化社会学对卢卡奇美学思想的影响	哈尔滨师范大学／文艺学	硕士论文	2011
106	孟德泉	马克思异化思想与卢卡奇物化理论的比较研究	哈尔滨师范大学／马克思主义哲学	硕士论文	2011
107	盛淑英	卢卡奇物化理论与马克思异化思想的比较及意义	黑龙江大学／马克思主义基本原理	硕士论文	2011
108	程远	从异化到物化——马克思异化劳动理论和卢卡奇物化思想比较研究	云南大学／马克思主义哲学	硕士论文	2011
109	沈静	卢卡奇对胡风现实主义文艺理论的影响与比较研究	南京师范大学／文艺学	硕士论文	2011
110	王银辉	穿越"晦霾"走向新生	河南大学／中国现当代文学	博士论文	2012
111	丁鹏	论卢卡奇的总体概念——读《历史与阶级意识》	南京师范大学／国外马克思主义研究	硕士论文	2012
112	王洋	存在与缺失：卢卡奇理论视野下的20世纪中国现实主义美术	东北师范大学／美术学	硕士论文	2012
113	罗璇	心灵的赋形：卢卡奇悲剧观研究	中国人民大学／文艺学	硕士论文	2012
114	陈姗姗	卢卡奇、布莱希特关于现实主义问题的论争研究	哈尔滨师范大学／文艺学	硕士论文	2012
115	翟承宇	卢卡奇物化理论与马克思异化理论比较研究	燕山大学／马克思主义哲学	硕士论文	2012

续表

序号	作者姓名	中文题名	学位授予单位及专业	类型	时间
116	刁永康	卢卡奇《关于社会存在的本体论》中的劳动概念	南京大学/马克思主义哲学	硕士论文	2012
117	李永生	论卢卡奇物化理论的历史贡献及其局限性	吉首大学/马克思主义哲学	硕士论文	2012
118	沈斌	卢卡奇物化理论研究	西北师范大学/马克思主义哲学	硕士论文	2012
119	张婷婷	马克思异化理论与卢卡奇物化理论的比较研究	东北石油大学/马克思主义基本原理	硕士论文	2012
120	刘兰	卢卡奇物化理论研究	西安工业大学/马克思主义中国化研究	硕士论文	2012
121	张智博	从自然存在到社会存在——卢卡奇社会存在本体论的研究	沈阳师范大学/马克思主义哲学	硕士论文	2013
122	李婷婷	卢卡奇辩证法中的主体性思想探析	东北大学/马克思主义哲学	硕士论文	2013
123	戴珺	论卢卡奇的理性观——对《理性的毁灭》的解读	华东师范大学/马克思主义哲学	硕士论文	2013
124	韦星龙	青年卢卡奇总体性思想探析	广西大学/马克思主义哲学	硕士论文	2013
125	李月娟	马克思与卢卡奇的阶级意识理论比较研究	湖南师范大学/马克思主义哲学	硕士论文	2013
126	丁柏会	卢卡奇阶级意识理论研究	河南大学/马克思主义哲学	硕士论文	2013
127	韦增勇	卢卡奇中介范畴的理论来源探讨	广州大学/马克思主义哲学	硕士论文	2013
128	郁志强	卢卡奇阶级意识理论探析	吉林大学/马克思主义哲学	硕士论文	2013
129	刘延宾	马克思哲学视域下的卢卡奇物化理论探究	山东大学/马克思主义哲学	硕士论文	2013

续表

序号	作者姓名	中文题名	学位授予单位及专业	类型	时间
130	梁栋	卢卡奇的物化观及其现实意义	曲阜师范大学/马克思主义哲学	硕士论文	2013
131	刘新富	卢卡奇物化理论的逻辑演变	四川师范大学/马克思主义哲学	硕士论文	2013
132	梅岚	实践总体性的回归—青年卢卡奇总体性思想批判	天津师范大学/马克思主义哲学	硕士论文	2013
133	司晓静	马克思异化理论与卢卡奇物化理论的对比	中国人民大学/马克思主义哲学	硕士论文	2013
134	霍羽升	重建历史的总体性——论卢卡奇对"时间空间化"的批判	复旦大学/国外马克思主义	硕士论文	2013
135	魏伟	卢卡奇《历史与阶级意识》中的物化理论	长春理工大学/国外马克思主义研究	硕士论文	2013
136	王晓杰	卢卡奇早期思想的黑格尔来源研究	广西师范大学/国外马克思主义研究	硕士论文	2013
137	曾桂娟	从乔治·卢卡奇现实主义观点解读《远大前程》	曲阜师范大学/英语语言文学	硕士论文	2013
138	艾谨涵	批判与辩护：卢卡奇与阿多诺关于现代主义美学的理论论争	哈尔滨师范大学/文艺学	硕士论文	2013
139	王园波	齐美尔与青年卢卡奇异化思想关联研究	湘潭大学/文艺学	硕士论文	2013
140	刘冰	在激进与保守之间——卢卡奇现实主义艺术观研究	黑龙江大学/美学	硕士论文	2013
141	孟偲	民主化与人类解放——卢卡奇民主思想研究	南开大学/马克思主义哲学	博士论文	2014
142	都岩	卢卡奇早期对黑格尔哲学的研究与批判	北京大学/马克思主义哲学	博士论文	2014
143	单传友	卢卡奇物化批判的重新审视	复旦大学/国外马克思主义	博士论文	2014

续表

序号	作者姓名	中文题名	学位授予单位及专业	类型	时间
144	牛鹏云	卢卡奇的物化思想	中共浙江省委党校/马克思主义基本原理	硕士论文	2014
145	曹妍	卢卡奇物化理论的历史演变探析	吉林大学/马克思主义基本原理	硕士论文	2014
146	吴雪峰	马克思与卢卡奇的总体性思想比较研究	浙江师范大学/马克思主义基本原理	硕士论文	2014
147	周洋	卢卡奇早期物化理论与总体性范畴关系研究	哈尔滨工业大学/马克思主义哲学	硕士论文	2014
148	王素娟	《历史与阶级意识》中的物化理论及其现实意义	辽宁大学/马克思主义哲学	硕士论文	2014
149	王巍	实践的审美性与历史性——析卢卡奇行动概念的哲学内涵	南京大学/马克思主义哲学	硕士论文	2014
150	赖宇	卢卡奇物化理论探析	四川师范大学/马克思主义哲学	硕士论文	2014
151	王天翼	卢卡奇物化理论研究	西安科技大学/马克思主义中国化研究	硕士论文	2014
152	李敏	卢卡奇和茅盾的现实主义理论差异研究	苏州大学/文艺学	硕士论文	2014
153	曾楠	小说形式与现代文化：卢卡奇的《小说理论》研究	中国人民大学/文艺学	硕士论文	2014
154	郑虹	三十年来国内理论界对卢卡奇总体性研究述评	东北师范大学/外国哲学	硕士论文	2014
155	王加娜	三十年来国内理论界对卢卡奇物化理论研究述评	东北师范大学/外国哲学	硕士论文	2014
156	马轻轻	论韦伯合理性理论对卢卡奇物化理论的影响	上海师范大学/国外马克思主义研究	硕士论文	2014
157	葛树伟	卢卡奇的物化理论及其时代价值	辽宁大学/国外马克思主义研究	硕士论文	2014

续表

序号	作者姓名	中文题名	学位授予单位及专业	类型	时间
158	贾鸿鹏	卢卡奇的实践观研究	长春理工大学/马克思主义理论	硕士论文	2014
159	刘向国	卢卡奇《历史与阶级意识》研究	东北师范大学/国外马克思主义研究	博士论文	2015
160	刘楠	卢卡奇物化理论及其现实意义探析	沈阳师范大学/马克思主义哲学	硕士论文	2015
161	王淑娟	卢卡奇早期物化理论与晚期异化理论的比较	吉林大学/马克思主义哲学	硕士论文	2015
162	平成涛	商品拜物教语境中意识形态批判的双重维度——从卢卡奇到阿尔都塞	河南大学/马克思主义哲学	硕士论文	2015
163	李丹	卢卡奇关于马克思本体论基本原则的思想评析	湖南师范大学/马克思主义哲学	硕士论文	2015
164	左武	论卢卡奇无产阶级解放理论及其当代意义	中国人民大学/马克思主义哲学	硕士论文	2015
165	魏宏亮	卢卡奇"总体性"思想研究——基于《历史与阶级意识》的文本解读	长安大学/马克思主义基本原理	硕士论文	2015
166	吴菲	卢卡奇"社会主义民主"思想研究	华中师范大学/马克思主义基本原理	硕士论文	2015
167	黄海舟	批判与重建—青年卢卡奇阶级意识理论研究	内蒙古民族大学/马克思主义基本原理	硕士论文	2015
168	孙剑	卢卡奇现代性批判思想研究	西南政法大学/马克思主义理论	硕士论文	2015
169	赵明智	论卢卡奇文艺理论对胡风的影响	山东师范大学/文艺学	硕士论文	2015
170	杨琴冬子	卢卡奇反物化美学思想研究	山东大学/文艺学	博士论文	2016
171	卞友江	论卢卡奇的现实主义文论	福建师范大学/文艺学	博士论文	2016

续表

序号	作者姓名	中文题名	学位授予单位及专业	类型	时间
172	蒋鸢春	卢卡奇模仿基础上的审美艺术论	中国社会科学院 / 文艺学	硕士论文	2016
173	陈盈	卢卡奇戏剧理论探究	河北师范大学 / 文艺学	硕士论文	2016
174	万凌霄	表现主义论战：在布洛赫与卢卡奇之间	辽宁大学 / 文艺学	硕士论文	2016
175	张元圆	论卢卡奇的"总体性"现实主义小说观	华东师范大学 / 文艺学	硕士论文	2016
176	赵潇潇	卢卡奇小说理论研究	黑龙江大学 / 文艺学	硕士论文	2016
177	薛洋	卢卡奇《小说理论》探究	长安大学 / 美学	硕士论文	2016
178	向宁西	卢卡奇的意识革命及其当代价值	华中师范大学 / 科学社会主义与国际共产主义运动	硕士论文	2016
179	杨光强	卢卡奇物化理论的蕴意探析	吉林大学 / 国外马克思主义研究	硕士论文	2016
180	裴中峰	卢卡奇的总体范畴的功能研究	黑龙江大学 / 马克思主义哲学	硕士论文	2016
181	杨彧	《历史与阶级意识》中物化与现代性批判研究	黑龙江大学 / 马克思主义哲学	硕士论文	2016
182	和楠	论卢卡奇的现实观——读《历史与阶级意识》	安徽师范大学 / 马克思主义哲学	硕士论文	2016
183	郭菲	卢卡奇物化理论及其对当代中国的启示	中国人民大学 / 马克思主义哲学	硕士论文	2016
184	向建京	卢卡奇艺术反拜物化理论研究	中国社会科学院 / 文艺学	博士论文	2017
185	唐干钧	卢卡奇《小说理论》总体性思想研究	首都师范大学 / 文艺学	硕士论文	2017

续表

序号	作者姓名	中文题名	学位授予单位及专业	类型	时间
186	林炜圣	1906—1918年卢卡奇的"形式"问题研究	中国人民大学/文艺学	硕士论文	2017
187	曲妍	卢卡契现实主义文论及其对中国的影响	辽宁大学/文艺学	硕士论文	2017
188	赵静薇	卢卡奇物化理论与马克思异化理论之比较研究	贵州师范大学/马克思主义哲学	硕士论文	2017
189	屈直	卢卡奇早期美学思想中的现代性批判研究	中南财经政法大学/马克思主义哲学	硕士论文	2017
190	陈松	卢卡奇物化理念研究	中国青年政治学院/马克思主义哲学	硕士论文	2017
191	田燕斋	卢卡奇辩证法思想研究	陕西师范大学/马克思主义哲学	硕士论文	2017
192	高莉	乔治·卢卡奇的文化批判理论探析	湖北大学/哲学	硕士论文	2017
193	高雪	超越现代性：政治思想光谱中的卢卡奇与施米特研究	吉林大学/马克思主义哲学	硕士论文	2017
194	刘春元	卢卡奇与马克思总体性思想比较研究	海南大学/马克思主义基本原理	硕士论文	2017
195	包红梅	卢卡奇马克思主义哲学思想研究	内蒙古大学/马克思主义基本原理	博士论文	2018
196	李晓敏	论卢卡奇历史辩证法的形成及开展向度	武汉大学/马克思主义哲学	博士论文	2018
197	夏伟	卢森堡总体性思想对卢卡奇的影响研究	南京师范大学/马克思主义发展史	硕士论文	2018
198	裴盼盼	论卢卡奇对罗莎·卢森堡的"总体"观的评价	中国人民大学/国外马克思主义研究	硕士论文	2018
199	曹可	卢卡奇物化理论中的人本主义思想	广西民族大学/国外马克思主义研究	硕士论文	2018

续表

序号	作者姓名	中文题名	学位授予单位及专业	类型	时间
200	赵秀梅	卢卡奇与马尔库塞的物化批判理论之比较研究	东北石油大学/马克思主义理论	硕士论文	2018
201	李金博	卢卡奇和列宁意识形态思想比较研究	江西师范大学/马克思主义理论	硕士论文	2018
202	杨程捷	卢卡奇与马尔科维奇辩证法思想比较研究	黑龙江大学/马克思主义哲学	硕士论文	2018
203	甄志平	卢卡奇《历史与阶级意识》中的阶级意识理论研究	河北大学/马克思主义哲学	硕士论文	2018
204	李鑫浩	《历史与阶级意识》的现象学构图	吉林大学/马克思主义哲学	硕士论文	2018
205	王宣珂	卢卡奇与马克思人道主义思想比较研究——基于对物化、异化理论的再认识	内蒙古工业大学/马克思主义基本原理	硕士论文	2018
206	王健男	论卢卡奇对列宁主义的理解	北京外国语大学/科学社会主义与国际共产主义运动	硕士论文	2018
207	季通宙	卢卡奇的现实主义文学观研究	陕西师范大学/文艺学	硕士论文	2018
208	彭志翔	延续与断裂：略论卢卡奇的传播思想	安徽大学/新闻传播学	硕士论文	2018
209	杨光强	卢卡奇物化理论研究	吉林大学/国外马克思主义研究	博士论文	2019
210	于晓霞	卢卡奇物化理论与马克思异化理论之比较研究	上海师范大学/国外马克思主义研究	硕士论文	2019
211	王凯莉	后卢卡奇时代的物化理论探析	华东师范大学/马克思主义哲学	硕士论文	2019
212	苏芮黎	卢卡奇中介范畴探析	四川师范大学/马克思主义哲学	硕士论文	2019

续表

序号	作者姓名	中文题名	学位授予单位及专业	类型	时间
213	宋孟琦	卢卡奇物化理论研究	吉林大学/马克思主义哲学	硕士论文	2019
214	戚海东	马克思、卢卡奇、霍耐特异化理论比较研究	吉林大学/马克思主义哲学	硕士论文	2019
215	任怡琳	卢卡奇晚年异化理论研究	武汉大学/马克思主义哲学	硕士论文	2019
216	邓沁汶	卢卡奇对主客体关系的阐释	武汉大学/马克思主义哲学	硕士论文	2019
217	周昕慧	卢卡奇《关于社会存在的本体论》中的劳动思想	山东大学/马克思主义哲学	硕士论文	2019
218	吴火伟	卢卡奇物化理论研究	云南大学/马克思主义哲学	硕士论文	2019
219	姜婷	马克思辩证法的黑格尔源头与超越--以"卢卡奇命题"为例	中共上海市委党校/马克思主义哲学	硕士论文	2019
220	李璐	马克思主义视角下卢卡奇物化理论研究	云南师范大学/马克思主义基本原理	硕士论文	2019
221	刘朋静	卢卡奇的模仿论研究	河南大学/文艺学	硕士论文	2019
222	张珊珊	卢卡奇的晚期审美人类学思想研究	西北民族大学/文艺学	硕士论文	2019

参考文献

一、卢卡奇的著作

[1]《表现主义论争》,张黎编选,华东师范大学出版社,1992年。

[2]《存在主义还是马克思主义?》,韩润棠、阎静先、孙兴凡译,商务印书馆,1962年。

[3]《关于社会存在的本体论》(上下卷),白锡堃、张西平、李秋零等译,重庆出版社,1993年。

[4]《历史与阶级意识》,杜章智、任立、燕宏远译,商务印书馆,1999年。

[5]《理性的毁灭》,王玖兴、程志民、谢地坤等译,江苏教育出版社,2005年。

[6]《列宁——关于列宁思想统一性的研究》,张翼星译,远流出版事业股份有限公司,1991年。

[7]《卢卡奇文选》,李鹏程编,人民出版社,2008年。

[8]《卢卡契文学论文集》(一),中国社会科学院外国文学研究所外国文学研究资料丛刊编辑委员会编,中国社会科学出版社,1980年。

[9]《卢卡契文学论文集》(二),中国社会科学院外国文学研究所外国文学研究资料丛刊编辑委员会编,中国社会科学出版社,1981年。

[10]《卢卡契文学论文选(第一卷)》,范大灿编选,人民文学出版社,

1986 年。

[11]《卢卡契修正主义文艺论文选译》,世界文学编辑部,1960 年。

[12]《卢卡契修正主义资料选辑》,中国作家协会上海分会文学研究室,1960 年。

[13]《卢卡奇早期文选》,张亮、吴勇立译,南京大学出版社,2004 年。

[14]《卢卡奇自传》,杜章智等编译,社会科学文献出版社,1986 年。

[15]《论德国法西斯主义与尼采思想》,居甫译,《民主世界》1945 年第 2 卷第 7 期。

[16]《论文学上人物底智慧风貌》,周行译,《文艺杂志》1944 年第 3 卷第 3 期。

[17]《论新现实主义》,王春江译,《文学月报》1940 年第 1 卷第 1 期。

[18]《青年黑格尔》(选译),王玖兴译,商务印书馆,1963 年。

[19]《社会存在本体论导论》,沈耕、毛怡红译,华夏出版社,1989 年。

[20]《审美特性》(一),徐恒醇译,中国社会科学出版社,1986 年。

[21]《审美特性》(二),徐恒醇译,中国社会科学出版社,1991 年。

[22]《是人民辩护者抑或是事务主义者》,陶甄译,《中苏文化杂志》1941 年第 8 卷第 2 期。

[23]《小说》,以群译,生活书店,1938 年。

[24]《小说底本质》,胡风译,《小说家》1936 年第 1 卷第 1、2 期连载。

[25]《叙述与描写》,吕荧译,《七月》1940 年第 6 卷第 1、2 期合刊。

[26]《叙述与描写》,吕荧译,新新出版社,1947 年。

[27]《一篇美学专论的序论》,孔阳译,《国外社会科学文摘》1964 年第 12 期。

[28]《作家与世界观》(节译),《现代外国哲学社会科学文摘》1960 年第 7 期。

[29]《左拉和写实主义》,孟十还译,《译文》1935年第2卷第2期。

二、研究卢卡奇的著作

[1] 陈振明:《"新马克思主义"——从卢卡奇、科尔施到法兰克福学派》,厦门大学出版社,1992年。

[2] 程代熙:《程代熙文集》第9卷,长征出版社,1999年。

[3] 程代熙:《马克思主义与美学中的现实主义》,上海文艺出版社,1983年。

[4] 段方乐:《总体性的终结:从卢卡奇到阿多诺》,中国社会科学出版社,2009年。

[5]〔俄〕别索诺夫,纳尔斯基:《卢卡奇》,李尚德译,黑龙江人民出版社,2003年。

[6] 冯宪光:《西方马克思主义文艺美学思想》,四川大学出版社,1988年。

[7] 宫敬才:《卢卡奇的哲学思想》,唐山出版社,1993年。

[8] 宫敬才:《睿智圣殿的后裔:捷尔吉·卢卡奇》,河北大学出版社,1998年。

[9] 黄力之:《信仰与超越——卢卡契文艺美学思想论稿》,湖南文艺出版社,1993年。

[10] 黎活仁:《卢卡契对中国文学的影响》,文史哲出版社,1996年。

[11] 李俊文:《社会存在本体论:卢卡奇晚年哲学思想研究》,中国社会科学出版社,2007年。

[12] 李茂增:《现代性与小说形式》,东方出版中心,2008年。

[13] 刘昌元:《卢卡奇及其文哲思想》,联经出版事业公司,1991年。

[14] 刘秀兰:《卢卡契新论》,西北大学出版社,2000年。

[15] 刘卓红:《回归与重构:卢卡奇哲学思想体系研究》,广州出版社,1997年。

[16] 刘卓红:《历史唯物主义新形态的探索——卢卡奇社会存在本体论研究》,人民出版社,2006年。

[17] 陆梅林:《西方马克思主义美学文选》,漓江出版社,1988年。

[18] 马驰:《卢卡奇美学思想论纲》,东北师范大学出版社,1997年。

[19] 马驰:《"新马克思主义"文论》,山东教育出版社,1998年。

[20] 潘于旭:《从"物化"到"异质性"——西方马克思主义哲学逻辑转向的历史分析》,浙江大学出版社,2009年。

[21] 〔日〕初见基:《卢卡奇——物象化》,范景武译,河北教育出版社,2001年。

[22] 孙伯鍨:《卢卡奇与马克思》,南京大学出版社,1999年。

[23] 谢胜义:《卢卡奇》,东大图书股份有限公司,2000年。

[24] 〔匈〕阿格妮丝·赫勒:《卢卡奇再评价》,衣俊卿等译,黑龙江大学出版社,2011年。

[25] 〔匈〕平库斯:《卢卡契谈话录》,龙育群、陈刚译,湖南文艺出版社,1991年。

[26] 〔匈〕伊·艾尔希:《卢卡契谈话录》,郑积耀、潘忠懿、戴继强译,上海译文出版社,1991年。

[27] 徐崇温:《当代中国的马克思主义》,中国青年出版社,1994年。

[28] 徐崇温:《评苏联和"西方马克思主义者"的辩证法理论》,吉林人民出版社,1979年。

[29] 徐崇温:《"西方马克思主义"论丛》,重庆出版社,1989年。

[30] 徐崇温:《"西方马克思主义"》,天津人民出版社,1982年。

［31］〔英〕G. H. R. 帕金森：《格奥尔格·卢卡奇》，翁绍军译，上海人民出版社，1999年。

［32］〔英〕盖欧尔格·里希特海姆：《卢卡奇》，王少军、晓莎译，中国社会科学出版社，1989年。

［33］〔英〕佩里·安德森：《西方马克思主义探讨》，高铦、文贯中、魏章玲译，人民出版社，1981年。

［34］张伯霖：《关于卢卡契哲学、美学思想论文选译》，中国社会科学出版社，1985年。

［35］张西平：《历史哲学的重建——卢卡奇与当代西方社会思潮》，生活·读书·新知三联书店，1997年。

［36］张西平：《卢卡奇》，湖南教育出版社，1999年。

［37］张翼星：《为卢卡奇申辩——卢卡奇哲学思想若干问题辨析》，云南人民出版社，2001年。

［38］赵司空：《中介与日常生活批判——卢卡奇文化哲学研究》，上海社会科学院出版社，2010年。

［39］赵一凡：《从卢卡奇到萨义德：西方文论讲稿续编》，生活·读书·新知三联书店，2009年。

三、研究卢卡奇的论文

［1］艾晓明：《后期创造社与日本福本主义》，《中国现代文学研究丛刊》1988年第3期。

［2］艾晓明：《胡风与卢卡契》，《文学评论》1988年第5期。

［3］B. 基腊里福维：《卢卡奇或布莱希特，二者必择其一吗？》，廖惠和译，《国外社会科学动态》1986年第8期。

[4] 毕治国:《"新马克思主义者"——卢卡奇》,《学习与探索》1980 年第 1 期。

[5] 曹天予、林春:《卢卡奇的思想与活动》,《马克思主义研究》1984 年第 3 期。

[6] 程伟礼:《一个对僵化精神进行游击斗争的思想家——读〈卢卡奇自传〉》,《探索与争鸣》1988 年第 3 期。

[7] 〔德〕M. 布尔:《评卢卡奇》,《哲学译丛》1986 年第 1 期。

[8] 丁玉柱:《胡风与卢卡契文艺思想之比较》,《佳木斯大学社会科学学报》2000 年第 2 期。

[9] 杜章智:《谈谈所谓"西方马克思主义"的问题——兼与徐崇温同志商榷》,《现代哲学》1988 年第 1 期。

[10] 杜章智:《我的生活和工作——卢卡奇逝世前的一篇答记者问》,《哲学译丛》1985 年第 3 期。

[11] 范大灿:《两种不同的战略方向——卢卡契与布莱希特的一个原则分歧》,《外国文学评论》1989 年第 3 期。

[12] 范大灿:《两种对立的马克思主义文艺观——评卢卡契与布莱希特的分歧与争论》,《外国文学评论》,1990 年第 3 期。

[13] 高捍东:《〈历史与阶级意识〉中卢卡奇的马克思主义继承发展观基本思想述评》,《湘潭大学学报(社会科学版)》,1989 年第 4 期。

[14] 宫敬才:《近年来我国的卢卡奇研究》,《哲学动态》1989 第 9 期。

[15] 宫敬才:《正统马克思主义的真髓——卢卡奇〈什么是正统的马克思主义?〉述评》,《中州学刊》1989 年第 1 期。

[16] 韩雅丽:《异化、物化与人的生成》,《哈尔滨学院学报》2002 年第 3 期。

[17] 韩耀成:《用马克思主义构建我国的文艺理论——"布莱希特与卢

卡契关于现实主义问题的论争"学术研讨会侧记》,《外国文学评论》1990年第3期。

[18] 侯敏:《心路历程的契合——关于胡风与卢卡契文艺思想的探讨》,《学习与探索》1988年第8期。

[19] 李稳山:《匈牙利发表文件重评卢卡奇》,《国际共运史研究资料》1985年第2期。

[20] 李衍柱:《卢卡契的典型观与布莱希特的诘难》,《文史哲》1990年第1期。

[21] 刘清玉、史巍:《论卢卡奇物化理论的现代性批判价值》,《学术交流》2006年第12期。

[22] 刘文纪、李欢英:《胡风和卢卡契的现实主义理论比较》,《湖北经济学院学报(人文社会科学版)》2005年第7期。

[23] 刘小明、肖建华:《物化、总体性与美学人道主义——卢卡奇美学思想侧论》,《宜春学院学报(社会科学版)》2004年第5期。

[24] 刘艳坤、任平:《逆境中创新精神的坚守——卢卡奇、胡风比较研究》,《涪陵师范学院学报》2005年第4期。

[25] 《卢卡奇的思想》,《哲学译丛》1980年第1期。

[26] 马驰:《卢卡奇、胡风、冯雪峰现实主义理论的比较研究》,《马克思主义美学研究》1998年第1期。

[27] 马俊领、刘卓红:《论物化批判的三种模式》,《广西社会科学》2008年第12期。

[28] 〔美〕斯太因勒:《卢卡契的文艺思想》,《现代外国哲学社会科学文摘》1960年第7期。

[29] 邱亿通:《马克思主义哲学多样化的探索——读刘卓红〈回归与重构:卢卡奇哲学思想体系的研究〉》,《学术研究》1999年第2期。

［30］盛宁:《"卢卡契思想"的与时俱进和衍变》,《当代外国文学》2005年第4期。

［31］舒谦如:《格奥尔格·卢卡奇》,《国外社会科学》1980年第2期。

［32］苏晓云:《卢卡奇早期的物化异化观及其当代启示》,《求索》2003年第4期。

［33］汪建:《三十年代卢卡契和布莱希特的"现实主义论战"述评》,《外国文学动态》1983年第8期。

［34］〔匈〕M.阿尔马希:《评卢卡奇的〈社会存在本体论〉一书》,《哲学译丛》1986年第1期。

［35］徐崇温:《就"西方马克思主义"问题答杜章智同志》,《马克思主义研究》1988年第3期。

［36］徐崇温:《关于西方的"马克思主义研究"——流派和观点综述》,《国外社会科学》1978年第3期。

［37］徐崇温:《关于"西方马克思主义"研究中的若干问题》,《马克思主义研究》1987年第1期。

［38］徐崇温:《"西方马克思主义"述评》,《社会科学辑刊》1979年第2期。

［39］徐崇温:《"西方马克思主义"问题种种》,《现代哲学》1988年第1期。

［40］徐崇温:《"西方马克思主义"关于发达资本主义社会中异化的理论》,《江西社会科学》1982年第1期。

［41］薛民:《G·卢卡奇研究》,《哲学动态》1987年第4期。

［42］杨少波:《现实主义与表现主义的论争——"卢卡契与布莱希特"论战述评》,《马克思主义美学研究》1999年第4期。

［43］耀辉:《齐塔〈乔治·卢卡奇的马克思主义:异化、辩证法、革

命〉》,《国外社会科学文摘》1965 年第 5 期。

[44] 叶封:《乔治·卢卡契:〈美学的特点〉》,《国外社会科学文摘》1964 年第 12 期。

[45] 叶水夫、钱中文:《国际修正主义文艺思想必须彻底批判》,《文学评论》1960 年第 2 期。

[46] 叶廷芳:《一场论战的幽灵》,《读书》1986 年第 9 期。

[47] 衣俊卿:《异化理论、物化理论、技术理性批判——20 世纪文化批判理论的一种演进思路》,《哲学研究》1997 年第 8 期。

[48]〔英〕戴维:《卢卡契:〈现代现实主义的意义〉》,《现代外国哲学社会科学文摘》1963 年第 4 期。

[49]〔英〕哈代:《历史小说》,《国外社会科学文摘》1963 年第 5 期。

[50] 章辉:《在政治与学术之间——卢卡奇文艺美学在中国的曲折历程》,《河北师范大学学报(哲学社会科学版)》2007 年第 3 期。

[51] 张翼星:《卢卡奇对当代马克思主义哲学的贡献》,《安徽大学学报(哲学社会科学版)》1994 年第 1 期。

[52] 张翼星:《资本主义社会特征的深刻揭露——卢卡奇的物化概念评析》,《学术界》1994 年第 5 期。

[53] 张亮:《国内卢卡奇研究七十年:一个批判的回顾》,《现代哲学》2003 年第 4 期。

[54] 张黎:《"表现主义论争"的缘起及有关讹传》,《外国文学评论》1999 年第 4 期。

[55] 张西平:《历史概念的二重奏——卢卡奇〈历史与阶级意识〉研究》,《哲学研究》1988 年 12 期。

[56] 张西平:《卢卡奇论马克思主义哲学的本质》,《哲学动态》1988 年第 12 期。

[57] 张西平:《卢卡奇的〈历史和阶级意识〉与黑格尔哲学》,《学术月刊》1990年第6期。

[58] 张西平:《论卢卡奇的"历史"概念》,《中国社会科学院研究生院学报》1989年第1期。

[59] 赵华丽:《卢卡奇与"左联"时期的现实主义美学》,《湖北广播电视大学学报》2007年第6期。

[60] 赵桂琴:《卢卡奇物化思想评述》,《辽宁大学学报》1988年第1期。

[61] 周凡:《重审卢卡奇的物化理论》,《社会科学家》2003年第2期。

[62] 周立斌:《论卢卡奇物化理论的当代意义》,《山东理工大学学报(社会科学版)》2004年第2期。

[63] 周煦良:《卢卡契:〈理性的毁灭〉》,《国外社会科学文摘》1960年第7期。

四、其他论著

[1] 艾晓明:《中国左翼文学思潮探源》,北京大学出版社,2007年。

[2] 《创造社资料》(上、下卷),福建人民出版社,1985年。

[3] 陈惇、孙景尧、谢天振:《比较文学》,高等教育出版社,1997年。

[4] 陈建华:《革命与形式——茅盾早期小说的现代性展开(1927-1930)》,复旦大学出版社,2007年。

[5] 陈思和:《2003年翻译文学》,山东画报出版社,2004年。

[6] 陈思和:《中国当代文学史教程》,复旦大学出版社,2008年。

[7] 陈思和:《中国新文学整体观》,上海文艺出版社,1987年。

[8] 党圣元:《文学史理论》,中国社会科学出版社,2011年。

[9] 〔德〕西美尔:《货币哲学》,陈戎女译,华夏出版社,2002年。

［10］〔德〕威廉·狄尔泰:《精神科学引论》第一卷,童奇志、王海鸥译,中国城市出版社,2002年。

［11］〔德〕威廉·狄尔泰:《历史中的意义》,艾彦、逸飞译,中国城市出版社,2002年。

［12］董健、丁帆、王彬彬:《中国当代文学史新稿》,人民文学出版社,2005年。

［13］董学文:《马克思主义文论教程》,广西师范大学出版社,2002年。

［14］董学文:《西方文学理论史》,北京大学出版社,2005年。

［15］葛红兵:《20世纪中国文艺思想史论》第一卷,上海大学出版社,2006年。

［16］《郭沫若选集》第1卷,四川人民出版社,1979年。

［17］洪子诚:《中国当代文学史》,北京大学出版社,1999年。

［18］《胡风回忆录》,人民文学出版社,2005年。

［19］《胡风评论集》(上、中),人民文学出版社,1984年。

［20］《胡风评论集》(下),人民文学出版社,1985年。

［21］《胡风散文》,浙江文艺出版社,2007年。

［22］胡风:《人民大众向文学要求什么》,华夏出版社,2009年。

［23］黄淳浩:《创造社:别求新声于异邦》,社会科学文献出版社,1995年。

［24］黄应全:《西方马克思主义艺术观研究》,北京大学出版社,2009年。

［25］贾植芳、陈思和:《中外文学关系史资料汇编(1898～1937)》(上下册),广西师范大学出版社,2004年。

［26］蒋原伦、潘凯雄:《文学批评与文体》,北京师范大学出版社,2006年。

［27］蒋原伦:《媒体文化与消费时代》,中央编译出版社,2004年。

［28］李春青:《在审美与意识形态之间——中国当代文学理论研究反

思》，北京大学出版社，2006年。

[29] 李明滨：《二十世纪欧美文学史》（三），北京大学出版社，1999年。

[30]《列宁全集》第6、8卷，人民出版社，1986年。

[31] 林伟民：《中国左翼文学思潮》，华东师范大学出版社，2005年。

[32] 刘登阁、周云芳：《西学东渐与东学西渐》，中国社会科学出版社，2000年。

[33] 鲁枢元、刘锋杰、姚鹤鸣：《文学理论》，华东师范大学出版社，2006年。

[34]《鲁迅全集》第3、4、6、14、15卷，人民文学出版社，1981年。

[35] 罗明洲：《现代主义与后现代主义》，中国国际广播出版社，2005年。

[36] 吕元明：《日本文学史》，吉林人民出版社，1987年。

[37]《"拉普"资料汇编》（一），中国社会科学出版社，1981年。

[38]《马克思恩格斯选集》第4卷，人民出版社，1972年。

[39] 毛崇杰：《20世纪中下叶的马克思主义美学思想》，中央编译出版社，1999年。

[40]〔美〕雷纳·韦勒克：《近代文学批评史（修订版）》第4、7卷，杨自伍译，上海译文出版社，2009年。

[41]〔美〕勒内·韦勒克、〔美〕奥斯汀·沃伦：《文学理论》，刘象愚、邢培明、陈圣生、李哲明译，江苏教育出版社，2005年。

[42]〔美〕马丁·杰伊：《法兰克福学派史》，广东人民出版社，1996年。

[43]〔美〕赛义德：《赛义德自选集》，中国社会科学出版社，1999年。

[44]〔美〕杰姆逊：《后现代主义文化理论》，唐小兵译，陕西师范大学出版社，1987年。

[45]〔美〕詹姆逊：《新马克思主义》，王逢振主编，中国人民大学出版社，2004年。

[46] 孟庆枢、杨守森:《西方文论选》,高等教育出版社,2007年。

[47] 祁述裕:《市场经济下的中国文学艺术》,北京大学出版社,1998年。

[48] 钱竞:《中国马克思主义美学思想的发展历程》,中央编译出版社,1999年。

[49] 钱理群、温儒敏、吴福辉:《中国现代文学三十年(修订本)》,北京大学出版社,1998年。

[50]〔日〕森正藏:《风雪之碑:日本近代社会运动史》,赵南柔、闵德培、曹成修等译,中国建设印务股份有限公司,1948年。

[51]〔日〕市古贞次:《日本文学史概说》,倪玉、缪伟群、刘春英译,东北师范大学出版社,1987年。

[52] 单世联:《西方美学初步》,广东人民出版社,1999年。

[53] 孙景尧:《简明比较文学》,中国青年出版社,2003年。

[54] 汪介之、唐建清:《跨文化语境中的比较文学》,译林出版社,2004年。

[55]《王瑶文集》第3、4、5、7卷,北岳文艺出版社,1995年。

[56] 王宁:《"后理论时代"的文学与文化研究》,北京大学出版社,2009年。

[57] 王喜绒:《比较文化视野的形成与近代小说的勃兴》,甘肃人民出版社,2000年。

[58] 王一川:《文学理论》,北京大学出版社,2011年。

[59] 王一川:《西方文论史教程》,北京大学出版社,2009年。

[60] 温潘亚:《追寻文学流变的轨迹——文学史理论研究》,人民出版社,2009年。

[61] 温儒敏:《新文学现实主义的流变》,北京大学出版社,2007年。

［62］吴福辉：《插图本中国现代文学发展史》，北京大学出版社，2010年。

［63］晓风：《胡风路翎文学书简》，安徽文艺出版社，1994年。

［64］谢地坤：《走向精神科学之路——狄尔泰哲学思想研究》，江苏人民出版社，2003年。

［65］谢天振：《译介学》，上海外语教育出版社，1999年。

［66］谢志宇：《20世纪日本文学史：以小说为中心》，浙江大学出版社，2005年。

［67］徐俊西：《上海五十年文学批评丛书（理论卷）》，华东师范大学出版社，1999年。

［68］《雪峰文集》第2卷，人民文学出版社，1983年。

［69］严家炎：《二十世纪中国文学史》，高等教育出版社，2010年。

［70］杨冬：《文学理论：从柏拉图到德里达》，北京大学出版社，2009年。

［71］叶渭渠、唐月梅：《20世纪日本文学史》，青岛出版社，2004年。

［72］〔英〕拉曼·塞尔登、〔英〕彼得·威德森、〔英〕彼得·布鲁克：《当代文学理论导读》，刘象愚译，北京大学出版社，2006年。

［73］〔英〕理查德·墨菲：《先锋派散论——现代主义、表现主义和后现代性问题》，朱进东译，南京大学出版社，2007年。

［74］〔英〕罗素：《西方哲学史》，马元德译，商务印书馆，1976年。

［75］〔英〕特雷·伊格尔顿：《二十世纪西方文学理论》，伍晓明译，北京大学出版社，2007年。

［76］袁国兴：《中国现代文学史教程》，广东人民出版社，2008年。

［77］乐黛云：《比较文学简明教程》，北京大学出版社，2004年。

［78］乐黛云：《跨文化之桥》，北京大学出版社，2002年。

［79］曾繁仁：《中国新时期文艺学史论》，北京大学出版社，2008年。

［80］张岱年、敏泽:《回读百年：20世纪中国社会人文论争》第3、4卷，大象出版社，1999年。

［81］张玉书:《二十世纪欧美文学史》(一、二)，北京大学出版社，1995年。

［82］张政文:《马克思主义文学阐释观的哲学研究》，黑龙江人民出版社，2005年。

［83］支克坚:《胡风论》，广西教育出版社，2000年。

［84］周启超:《跨文化的文学理论研究（第2辑）》，黑龙江人民出版社，2008年。

［85］周启超:《跨文化的文学理论研究（第3辑）》，北京大学出版社，2010年。

［86］周锦:《中国新文学大事记》，成文出版社，1980年。

［87］朱立元:《当代西方文艺理论》，华东师范大学出版社，2005年。

［88］朱立元:《现代西方美学史》，上海文艺出版社，1993年。

［89］朱谦之:《日本哲学史》，人民出版社，2002年。

［90］朱维之、赵澧、崔宝衡:《外国文学史（欧美卷）》，南开大学出版社，2004年。

后记

"窗外园中,点点新绿和着暖风的舞步,渐已掀起翻波涌翠之势。艳丽春红,稍纵尽燃,撩人的芬芳总驻在昨日。何必撒下惆怅的种子,任哀怨荒草般疯长?不如将期待收获的目光投向明天,投向勤劳的双手与坚实的脚步。耕耘——孕育果实,更记录了成长。寒舍一隅,几株新绿终扛过严冬的冷酷,垂死的枯黄中所剩无几的生意竟也勃发出生机。忆起失落之余依旧不舍,呵护的精心,被希冀一次次唤起。倘若将那丛枯黄尽弃,便少了这份早春的问候,小小的清新与慰藉。耕耘——延续生命,更享受着蓬勃。曾几何时,零星散乱的思绪,粗浅稚拙的见解,不正如挣扎着求生的弱小幼芽吗?是沃土给予的坚实支撑,源源不断的供养,渐渐成就了挺拔与茁壮。曾几何时,愚钝肤浅的自己,不正如荒芜丛中不甘枯萎的一抹绿么?是园丁的怜爱,辛勤耕耘,修剪斧正,灌溉滋养,使贫瘠心田渐渐萌生对智慧的求索,对真理的信仰。耕耘——播撒无私而绵长的爱,收获铭刻感恩的心。"

此乃博士论文完稿时的些许感触,时至今日,记忆犹新。书稿《卢卡奇文艺思想在中国的接受与影响》,是在博士学位论文的基础上,以卢卡奇在中国的接受与影响为研究对象,进一步拓展研究和深入探讨,不断修改完善的结果。卢卡奇作为具有国际影响的马克思主义文艺理论家、美学家和哲学家,书稿围绕他对中国文学与文艺理论的关系展开梳理与探讨，希望能为今后的大学生、研究生及学术界同行提供一些资料或意见，为坚持和发展中国特色马克思主义文艺理论提供一定借鉴，为中国当代文学与文化构建提供某种理论启发，为中国的卢卡奇研究提供新层面的思考。忆当初，确定此选题，与导师张云鹏先生的悉心指导与严格要求密不可分。我硕士阶段的专业是比较文学与世界文学，博士阶段的研究方向是中国新文学与外来文化。张云鹏先生给予弟子以极大自由而广阔的阅读与选题空间，及其在文艺学领域深厚的学识与严谨的治学态度，促使我不能单纯以探讨某位国外作家或作家群与中国新文学的关系为选题对象，应紧密结合文艺学领域的专业知识，努力选取某个文艺理论流派或文艺思潮、某个文艺理论家，结合中国新文学与文艺理论的建构和发展来凝聚、确定选题方向。经过博一阶段坚持不懈地阅读学习、摸索，与导师的多次沟通和交流之后，我的博士选题经过筛选、沉淀，最终确切为卢卡奇与中国新文学的关系问题。博士毕业之后，导师和师母胡菊兰女士一如既往地关心我的学习、生活和工作。先生广博深厚的智者思想，严谨求实的学者风范，师母和蔼亲切的慈母之爱，无微不至的关心呵护，给予我坚持科研、不懈探索的动力。上海社会科学院马驰先生的知遇之恩，无数次的学术帮助和点拨，让我铭感肺腑。马先生是学界卢卡奇研究的知名专家，与先生的交谈总能给我以新的启发和勇于攀登的信念，为学生学术成长之路提供发展空间，指引前进方向，如他告诫除了关注卢卡奇与中国大陆新文学和文艺理论的关系之外，还要将卢卡奇与港澳台文学的关系研究纳入视野之中加以研究。遗憾的是，因诸多的因素，有关这一方面的探讨，拙著的论述仍是非常有限的，仍有待加强。中国社会科学院党圣元先生在学术方面给以我的无私指导与批评，给我提供学术发展的机遇和平台，敦促我向更高层次的阶梯迈进。如果没有诸位先生以及李春青、谭好哲、金惠敏、张进、周启超、曾军、段吉方、傅其林、张清民等众多老师无私的关心与支持，这部书稿是不可能完成和出版的。

感谢河南大学文学院对我学术著作出版的重视、支持和资助，感谢商务印书馆提供此次出版拙作的机会，感谢商务印书馆陈洁主任为本书的出版所付出的心血，感谢家人多年来夜以继日的悉心关怀、默默地任劳任怨的付出，使得书稿才有机会出版面世，也感谢我的研究生李佳奇、马慧君两位同学对书稿所作的校读工作。

如果说本书的存在有点滴的价值意义可言，就当作是对前辈耕耘的沃土、师长们无私的辛勤，一份微不足道的回馈。他们的耕耘，将是我一生受用的财富，永不磨灭的铭记。如果说本书的生成得益于一个阶段的耕耘，我愿将这一个阶段延展，与生命等长。如果说本书是一个阶段性劳作的收获，我愿继续付出更多的辛勤，以培植真正的硕果。本书中若存在的不当、错误或不足之处，敬请读者和专家同仁不吝批评斧正。

王银辉

2020 年 5 月于开封

图书在版编目(CIP)数据

卢卡奇文艺思想在中国的接受与影响 / 王银辉著. —北京：商务印书馆，2023
（河南大学文论与美学丛书）
ISBN 978-7-100-22040-8

Ⅰ.①卢… Ⅱ.①王… Ⅲ.①卢卡齐(Lukacs, Gyorgg 1885—1971)—文艺思想—研究 Ⅳ.①I515.065

中国国家版本馆 CIP 数据核字（2023）第 032728 号

权利保留，侵权必究。

卢卡奇文艺思想在中国的接受与影响
王银辉 著

商 务 印 书 馆 出 版
（北京王府井大街36号　邮政编码100710）
商 务 印 书 馆 发 行
北京顶佳世纪印刷有限公司印刷
ISBN 978-7-100-22040-8

2023年9月第1版	开本 889×1194　1/32
2023年9月北京第1次印刷	印张 10⅜

定价：83.00元